手枪和小提琴

ПИСТОЛЕТ И ЦИГУЛКА
保加利亚现当代中短篇小说选集

[保]斯托扬诺夫 等著

余志和 译／编

上海三联书店

目　录

手枪和小提琴

留德米尔·斯托扬诺夫

[作者简介]

　　留德米尔·斯托扬诺夫（Людмил Стоянов，1886—1973）生于乡村教师家庭，中学肄业后先后主编《盾》《文学评论》《斯拉夫人》《九月》等刊物，曾任作协主席、文学研究所所长等职务，并当选为保加利亚科学院院士。主要作品有长篇小说《黎明》，中篇小说《马托夫上校的银婚》《霍乱》，短篇小说集《上帝的惩罚》《在先进岗位上》等。曾获季米特洛夫文学奖。

一

　　每天傍晚，青年们排着队，唱着歌从工地回来，停在祖国阵线①市委员会前面。他们一张张古铜色的脸庞开朗豪放，挂着微笑，眼睛里闪着快活的光芒，牙齿洁白晶亮。一天的劳动已经结束，娱乐活动开始了。广场上举行了小小规模的

---

① 1944年9月9日人民革命胜利后，保加利亚建立了工人阶级同农民和其他民主力量结成联盟的人民民主政权——祖国阵线政府。

游行，劳动队员们列队行进，参加各种体育活动，再聆听轻松的歌曲和诗朗诵，最后跳起了民间圆圈舞。圆圈舞把城里的小伙子和姑娘们卷了进来，有些波马克①姑娘也大着胆子参加娱乐活动。

工地地处高山上，在那儿干活又艰苦又危险。已经修好的一条道路把通往各镇的距离缩短了几十公里，大大方便了这座城市和周围的村庄。现在，劳动队员们凝望着国境线这边的悬崖峭壁，思考着自己的劳动、美好的明天和新的生活。然而，国境线的安危又幽灵般在他们心上投下浓重的阴影。

星期六的娱乐活动总要延续到深夜。在这个访客罕至的偏远的一隅，大家都自寻快乐。边防军军官杜伊切夫上尉也常来这儿，他喜欢跟青年们聊天，同他们一起游玩。他骑着一匹骁勇的枣红马，告别山崖和森林，从他那批山鹰栖息的高处下来，混杂在人群中。他来自人民，酷爱人民，竭尽精诚地履行职责，为祖国效力。

但他有什么心事。一段时间以来，他脑海里翻滚着对往事的回忆。这些回忆犹如秋风扫落叶，纷至沓来。他经历过的事件旋风般地过去了，但是，那一桩桩往事，一个个奇怪而令人费解的问题涌上心头。他坐卧不安，睡不好觉。他不知道这种使人忧虑的怀疑是从哪儿来的。那些光荣的、雷鸣电闪般的日子已过去快三年了。法西斯的惨祸已像乌云一样沉入脑海，自由的太阳洒下了千万道紫红色的霞光。

---

① 波马克人，在奥斯曼土耳其人统治时期改信伊斯兰教的保加利亚人。

青年们雄壮的歌声中夹杂着小提琴悲怆的音韵。拉小提琴的是区政府的绘图员迪科·佩特罗夫。为什么杜伊切夫上尉每回瞅见他那张惨白的脸和他那略微倾斜的左肩，心中就升起前所未有的愤懑呢？有些人能记住别人的相貌，但难以记住他们的名字，杜伊切夫就是这样一个人。

迪科·佩特罗夫演奏小提琴是出于自愿，因此，劳动队员们都喜欢他，城里人也不对他另眼相看。至于他是什么时候来的，是怎样当上区政府的绘图员的，谁也不感兴趣。区政府需要绘图员，他就被录用了。市民们喜欢他，是因为他乐于替他们办事，又懂得谦让。他深居简出，但碰上了热闹却喝得很多，从来不醉。杜伊切夫上尉有一回貌似随便地问他：

"您面孔好熟，可我不记得在哪儿见过您。"

迪科·佩特罗夫胸有成竹，咧嘴一笑，笑得很不自然，就像一个抄别人答案的小学生被当场抓住一样。他一耸肩膀，回答说：

"这有可能，上尉先生，世界大得很……"

"您好像去过库布拉特①，要不就去过普雷斯拉夫……"

迪科·佩特罗夫稍稍红了脸，但马上又镇定下来，一摆手，用一种略含奚落的口气说：

"我是小特尔诺沃人……"

"啊，瞧，这倒有可能……"杜伊切夫上尉似乎宽了心，

---

① 库布拉特以及下面的普雷斯拉夫、小特尔诺沃，均为保加利亚东部城镇。

"我以前去那儿视察过……"

他笑了笑，和蔼地审视迪科·佩特罗夫一眼，意思是说：那好，就算是这样吧……他如释重负，回忆里的疑团烟消云散，他决定不再想这件事。青年劳动队员干得很欢，他们正在筑路，修水库。波马克人和保加利亚人都为自由欢欣鼓舞，都在建设新生活。杜伊切夫上尉凭他的经验，知道同法西斯匪帮斗争是怎么回事；往事历历在目：巴尔干山上的斗争、狂暴的宪兵、牺牲的同志……

这次谈话的地点是开展业余文艺活动的学校院子。院子里摆着几排椅子，椅子后面有个游廊，可以站许多人。迪科·佩特罗夫是业余文艺活动的核心人物，他指挥合唱队，还表演小提琴独奏。他演奏一些俄罗斯古老的乐曲、罗马尼亚乐曲和新乐曲。他站在圆圈舞圆圈的中心，微微伛着腰，入迷地从左到右晃动他的肩膀，小提琴奏出的乐曲便在挤满人的院子里回荡。最后，他一手举弓，一手操琴，张开了双臂。他累了，无力再演奏下去。

"拉得好啊！再来一个！"大家向他喝彩、鼓掌。

观众对演员的要求没完没了，迪科·佩特罗夫想要自卫。

"不行不行，兄弟们！我累啦！"

杜伊切夫上尉对坐到他旁边椅子上的迪科·佩特罗夫说：

"祝贺您，佩特罗夫同志……"

迪科·佩特罗夫开朗而抱愧地笑着，略微红了脸，上尉在一片嘈杂声中勉强听见他喃喃说道：

"没有办法，上尉先生。人民……"

他顿了顿，又连珠炮般斩钉截铁地说：

"我爱人民，自小就懂得他们的甘苦，把心都掏给他们了！"

他把垂下的头凑过来，但没有看上尉的眼睛，继续说道：

"我看见您，上尉同志，就羡慕您！我也喜欢边防工作！要知道，这也是为本国人民服务，为祖国服务啊。"

但是，观众仍不饶他。女孩子们、劳动队员们和波马克姑娘们又来请他演奏。

"佩特罗夫同志，这可是劳动队的命令……"

于是，小提琴手拗不过去了。他站起来，奏出了当地的波马克圈圈舞曲。青年们发狂了，娱乐活动一直持续到深夜。

杜伊切夫上尉曾对祖国阵线市委书记戈乔·多切夫说：

"这个迪科·佩特罗夫真有能耐，把整个劳动队弄得晕头转向。好样的！"

戈乔·多切夫长得胖胖的，有一张和善的脸，他也把迪科·佩特罗夫称赞了一番。

"他什么时候来城里的？"上尉问道。

"快两个月了。"戈乔·多切夫对上尉的这个问题感到纳闷：什么时候来的有啥意思？"他从索非亚带来了可靠的介绍信，我们就同意了。区政府没有绘图员。谁也不愿到这儿来受罪，可他是自愿来的。"

"从哪儿来？"

书记耸了耸肩膀。他觉得这个问题毫无意义。不过他想，要是把家喻户晓的小提琴手和波马克姑娘杜达谈恋爱的事跟上尉说说，他一定更有兴趣。上尉听了这段插曲，一声不吭。

二

九月九日快到了。杜伊切夫又隐隐觉得不安和心中无数。那张惨白的脸又在他眼前晃动，仿佛在讥讽他：你不认识我吗？

迪科·佩特罗夫拼命工作。合唱队正在排练新的进行曲和其他歌曲。他马不停蹄地从业余文艺小组赶到了少先队员那里。说不定他这回能捞个突击手称号吧。他也确实很卖力，惹人注目。

边境小城的节日非常热闹。人们在学校院子里兴高采烈地跳起了圆圈舞，迪科·佩特罗夫也不知疲倦地伴奏。他拉琴入了迷，热情饱满。他那件咖啡色的旧上衣摆来摆去，一绺头发披在额头上，他不时把它往后撩撩。不知怎的，撩头发的动作又引起了杜伊切夫上尉的注意，这个动作像影子一样罩在上尉心上。

青年们围着小提琴手，要他演奏新歌。迪科·佩特罗夫又操起了小提琴。他拉得矫揉造作，但技术娴熟，那深沉的音调特别惹姑娘们喜欢。许多姑娘不加掩饰地跟着他转，而他却故意躲着她们，红了脸，装着没有发现她们的青睐。他只注意和顺从杜达一个人。要是她叫他拉点什么，他就满口应承，不管自己有多累。

"真棒，杜达！你这魔女！"青年劳动队员们嚷道。

杜达刚刚脱下她带面罩的长衫，那张胖乎乎通红的脸在花头巾的映衬下显得过大。她脸上最漂亮的地方要数那两撇眉毛：高高的、黑黑的，卷曲得像歌里唱的"两条水蛭"。眉毛下面有一对深陷不动但又充满热情的眼睛。

杜伊切夫上尉想，能为她着迷的不单单是迪科·佩特罗夫这样的小提琴手。她笑得那般自然，声音清脆，仿佛天空都变得更蓝了。她一开始笑，红润的嘴唇后面便露出两排雪白的牙齿。

她的两个哥哥围着她转，他们不大乐意看她卖弄风情。她在保加利亚学校念完了三年级，正准备升中学。他们是用旧时的宗教狂热者的眼光来看待她的放纵。

迪科·佩特罗夫同他们搭讪，领他们到小卖部喝汽水，然后又递给他们香烟。二哥无拘无束地聊了起来。九月的太阳散射出柔和的光芒，劳动队员们的灰布上衣同本地五光十色的衣服混在一起，显示出特殊的生活情调。各种色彩融进人声和歌声，使整个院子好像在空中飘荡。

杜伊切夫挎着照相机走来走去，把一些精彩的场面拍了下来。杜达要波马克姑娘们别那么土里土气，但她们总是躲躲闪闪。劳动队员和突击队员把她们围起来，跟她们一起照相，才使她们顺从下来。她们害怕回家后挨骂。

小提琴手低着头，侧着身子，似乎在偷偷把背冲着照相机。在他光着脑袋，用下巴把提琴夹在肩上，往琴弓上涂松香而顾不得瞅前面时，上尉抓拍了一张他的头像。他没有发现上尉倏忽关好了照相机，把它装进了皮套。

娱乐活动一直持续到深夜。业余文艺小组表现出色。他们朗诵了瓦普察洛夫①的诗歌，唱了保加利亚和俄罗斯歌曲，跳了圆圈舞。迪科·佩特罗夫累极了，但他赢得了姑娘们的掌声和称赞。

杜伊切夫上尉很快回到自己的住所。他这一天想得很多。一桩桩往事涌上心头，使他不能平静。他现在仿佛看见了那条小路，他正随同游击支队走下巴尔干山，就要进城。他仿佛看见了聚集在广场上欢呼的人群，也看见了那些罪恶深重的刽子手和杀人犯胆战心惊的神态。

这是怎样的一天啊！似乎天空更高，地平线更远，人们都陶醉了。那一件件往事、一幕幕场景是令人难以置信的、感人肺腑或令人揪心的，它们现在正在接踵而来。女人们正呼唤和拥抱她们的丈夫，失去儿子的母亲在哭泣。空中回荡着雄壮的游击队歌……他，杜伊切夫，支队的政委，几乎不相信这个奇迹，因为胜利的到来确实像神话一样。只有欢喜雀跃的人们才使他敢于相信……苏联的第一批摩托化部队是这天下午开过去的。他还记得那个满身尘土的下士，记得人民的喜悦和几个包着头巾的老年妇女的眼泪……

这些回忆触动了上尉的心，他难以避开它们。他也想摆脱另一个思想——不久前困扰他的思想，但是办不到。那张脸使他忧虑——额头上耷拉着一绺头发，一双苍白的手把头发往后撩撩……这是一张和善的脸——又是一张凶手的

---

① 瓦普察洛夫（1909—1942），保加利亚革命诗人。

脸……这可能吗？要不就是他想得太多，又犯了疑心病？

他躺在柔软的毛毯上，一支接一支地抽烟，想拉回自己飞得很远的思绪。但是，这些思绪仍然缠着他。怎么办？死在额上的那绺头发上，这合算吗？是呀，那人是另一副模样，另一种声音，还有那把小提琴……不，这完全是另一个人。再说，库布拉特和小特尔诺沃又不是一个地方……

第二天早晨，上尉冲洗了照片。照片烘干后，他瞅了一眼那张枯瘦的惨白的脸。"不是那个人，"他一甩手，"这纯粹是瞎想……脑子死板，自以为是。"

但他仍然把照片装进信封，附了几句话，把信送往索非亚，送到他在国家安全机关的朋友那里。发了信，他就动身到边境上去了。

他随之放了心。他认为，这不会有什么结果，最好是管好自己的事情，守住国境线。

一个没有通行证的波马克人被带来了，他脸上冷冰冰的，现出一副若无其事的样子。他在靠近国境线的地方寻找什么？上尉好像认识他。

"我在哪儿见过你吧？"上尉问。

"当然见过，在下边城里。"小伙子似笑非笑地回答，"你不是跟我们照过相吗？"

上尉的眼睛一亮。

"你不就是杜达的哥哥吗？"

"是她哥哥……"波马克人神气活现地回答。

"你来这儿干什么？"上尉继续问道，"又没有通行证……"

"我爸爸有一片山林在这儿，"波马克人指着对面的树林说，"我来砍柴，马就拴在那边。"

"可离这儿很远，"上尉说着，又像是自言自语地补充了一句，"你们这些波马克人……你们当中有坏人。"

波马克人中确实有些不要命的走私犯、叛徒和敌对分子。可是这一位……对面确实有一片树林，马也确实拴在那里。一株老橡树树桩旁边有一把斧子。这已经查清楚了。

"哎，你走吧，"上尉心里很矛盾，慢腾腾地说，"可你要放聪明点。要是再抓住你，我就派人脱了你的裤子，打你一百大棍。"

三

上尉收到了索非亚发来的电报。电报上说："他是卡尔塔洛夫中尉。宪兵匪徒。害死过二十三名游击队员。曾在库布拉特人民法庭受审。"

上尉把电报看了一遍又一遍，然后把它放在桌上。但他接着又拿起来看。他不相信自己的眼睛。

他坐在床上。透过哨所宽大的窗户，他看到了对面斜坡上的绿地、稀疏的松树，再过去是悬崖、树林和沟壑。周围的寂静令人沉闷。上尉的心中也是一潭死水。

他的脑海里浮现出了卡尔塔洛夫中尉的形象。这是同一张脸，只不过那时比较呆板、迟钝，现出一副绝望的神情。

那只手慢慢抬起来，把不断耷拉到额头的一绺讨厌的头发往后撩撩。他常常用手遮住眼睛，仿佛羞于看见人民法庭审判员们一张张正直的脸，羞于看见杜伊切夫——人民的公诉人。也许他心里在为自己被抓起来而打颤，并且在琢磨，要是他还有力量和权势，一定会好好教训这些家伙……

杜伊切夫上尉一骨碌站起来，翻寻书架上的书籍和卷宗。他抽出库布拉特人民法庭对被告们的起诉书，找到一百二十八号材料，念了起来。这份材料曾打印和分发到全县，征求人民的意见。杜伊切夫随身带着这些材料，常常翻开来参考。他是人民的公诉人——深知现时被抓起来的这些罪犯的嘴脸，深知他们凶残的、至死不改的本性和他们骇人听闻的恶行。卡尔塔洛夫是第三十五号罪犯。这就是他：

"……潘特列伊·亚内夫·卡尔塔洛夫。瓦尔纳①人，现年三十二岁。他当师参谋时，曾下令杀害人民战士。一九四三年任讨伐连连长时，曾在名为'波里亚扎'的地方同一批游击队员作战，残杀了二十名被俘的游击队员，其中有十一人是邻近村庄的交通员。他们的尸体被运到各区示众，以儆效尤。

"人民公诉人问：'是你亲自下手吗？'被告没有回答。副官基斯基诺夫在回答同一问题时供认：'是的，是他亲自下手。他起先命令士兵们开枪，但当他们累了时，他就掏出手枪，向游击队员们射击，把枪里的子弹都打光了。他还枪杀

————————

① 瓦尔纳，保加利亚东部黑海海滨城市。

了士兵们曾经请求饶恕的女游击队员玛拉,她当时已有身孕……'"

"就是他。就是他。白纸黑字。"杜伊切夫想道。材料表明,卡尔塔洛夫还有别的杀人放火罪行。因此,法庭是果断的——卡尔塔洛夫被判处死刑,执行枪决。

自那时以来已经过去三年了。日月如梭呀!卡尔塔洛夫和其他几个同他一样的杀人不眨眼的罪犯被枪决了。他的坟堆无人问津,已被夷为平地,上面长满了冰草、毒人参等野草。可现在,他的形象又复活了。杜伊切夫煞费苦心地思索他是怎样复活的,但不得其解。也许这是搞错了,是巧合,是长得相像,是白费劲吧?

是呀,当时人们急不可耐,满腔仇恨,情绪激昂。这里有遇难的游击队队员、交通员和其他无辜的一大群母亲、姐妹、父兄——他们的房子被法西斯分子放火烧了。他们团团围住充作人民法庭的那所学校,对法庭的审判拖泥带水表示愤慨。杜伊切夫未能使他们安静下来。他们扬言要亲手打死被捕者,把审判员和人民公诉人抓起来……

"同志们!"一位包着黑头巾的年轻妇女说道,"人民法庭开庭两个月了,可这些作恶多端的家伙仍然活着。法西斯分子在杀害我们的兄弟和丈夫时,根本不讲法律,他们的法律就是手枪和绞架。而我们的人现在却在推敲法律,自作聪明,只不过是要为这些杀人犯大开方便之门,让他们溜走。这公平吗?不公平。我们要人民法庭干点实事,不要光讲空话。绞死这些凶手!"

发言者一个比一个坚决。人群中爆发出喊声：

"处死凶手！"

"人民法庭要名副其实！"

杜伊切夫记得，他当时需要站出来安抚这些群众，因为他们确实受了许多苦，有权清算老账。但是他说，审判必须按照法律程序进行。

"我们是实行法制的国家，要依法审判。我们不是法西斯分子！人民法庭会称职地完成自己的任务。"

情节最重的一些罪犯得到了公正的惩罚。他们之中也有卡尔塔洛夫。一共是七个人，七个双手沾满人民鲜血的恶魔……人们怒发冲冠，只等一声命令……为了避免出现私刑的情况，判决是在深夜执行的。人们借着区上挂起的两盏灯，看见了那些幽灵。当时刮起一阵风，树林里发黄的干树叶沙沙作响。光秃秃的山梁上响起了低沉的枪声。拥在黑洞洞的山谷里的人们马上就散去了。杜伊切夫回到城里，派人去掩埋尸体。

上尉把两手插在衣兜里，踱来踱去，从一个角落走到另一个角落，考虑着对策。他又看看电报——也不知看了多少遍了——最后决定采取行动。他拿起电话听筒，通知区长马上逮捕迪科·佩特罗夫。区长惊讶地问道：

"怎么？迪科·佩特罗夫？是那个小提琴手吗？"

"就是他。"

"那么安分守己的人……"

"是呀，他很安分守己。他欠了二十三个游击队员的血债……"

"你说什么？不，这是误会……这儿的人都喜欢他……"

"我不想跟你争论。"

"好吧，马上把他抓起来……不过，我总想……"

杜伊切夫火了。

"由你想去吧……"

半小时以后，他又拿起电话听筒。

"怎么样？逮捕了那个匪徒吗？"

"什么？"区长吃惊地问道，"啊，是你呀，你是说迪科·佩特罗夫吗？"

"我想问，事情怎么样？"上尉不满地说。

"他走了。"

"上哪儿去了？"杜伊切夫气冲牛斗。

"去普罗夫迪夫①办事。"

"快通知普罗夫迪夫，要不然就把你抓起来，要你负责。"

"是。"

"你采取措施，逮捕学生杜达·萨利耶娃和她的两个哥哥。"上尉的声音在颤抖，"明白吗？"

"明白。"

"但愿咱们不要再有麻烦。"

他放下电话听筒。

匪徒失踪了。他当然清楚地记得人民公诉人杜伊切夫的

---

① 普罗夫迪夫，保加利亚第二大城市。

面容，还在第一次见到杜伊切夫时就采取了防范措施。不知他是否查看过杜伊切夫守卫的那个地段。很明显，他的目的是越境逃走。对他来说，小提琴是一种负担，是用来掩人耳目的工具，而他真正的武器却是手枪。上尉攥紧拳头，诅咒自己，诅咒世上的一切。

四

那一夜犹如一场恶梦留在从前的中尉卡尔塔洛夫的记忆里。一切都是那样严峻和井井有条。从九月九日起，他的肩章被摘掉了。接着，他的所有情况都被调查清楚了。他自己最后也认了罪，说他思想糊涂，执行了命令——尽管谁也没有命令他枪杀游击队员和用手枪射击一个孕妇。

因此，他被押到枪口下，没有逃脱不可避免的结局。他看不到一线希望。当下令"开枪"时，他把眼睛一闭，昏过去了。往后他就什么也不知道了……

……他吃惊地看见了天空和繁星。这是另一个世界——他好像是在深不可测的井底看到了另一个世界——他还没有意识到自己还活着。一个木棚后面有说话声。他们在开会吗？这是些什么人？他们在窃窃私语，他们的声音中似乎隐藏着什么秘密。随后，他们消失了。他这才感到，自己的衣服被剥光了，身上冰凉冰凉的。这是有生命的感觉。一个念头像闪电一样从他脑子里掠过：自己还活着。他躺在一动不动同样是赤条条的尸体中，但他马上感觉到了和他们的区别：他们已经死了，而他还活着。

夜晚一片漆黑。天空飘浮着灰色的云团。他觉得，这些云团就像一个个大陆。他轻轻抬起身子，从土坑里一看：周围是一片光秃秃的平地、杂乱的树丛。

他一翻身站起来，隐没在漆黑的夜色中。

他马上认准了方向：他熟悉这一带的地形。他想，他现在自由了，可以行走了，不用担心游击队的哨兵在他身后开枪了，他也可以思考问题了。这一想法是那么古怪，他揪了揪手，想证明自己不是在做梦。黑暗遮住了他赤裸裸的身子，在这深更半夜，谁也看不见他，谁也碰不到他。一个赤身裸体的人在赶路——这真是荒诞不经。因此，他跑得气喘吁吁，想趁天亮以前多赶一段路程。他觉得肩膀疼痛，伸手一摸，明白自己受了伤。伤势显然不重：大概锁骨被打断了，周围血糊糊的。小意思！重要的是性命保住了。他一再想：有命了，有命了……

他有了目标：从头干起……就像被赶出了天堂而地狱又不肯接收的亚当一样。他盘算着种种计划，但又把它们一个个否定了。所有计划都碰到了这样一个现实：他赤裸着身子，这是个性命攸关的问题。

东方的天上慢慢泛出鱼肚白。同时，一个光身子的轮廓在路上也显露出来。公路干线上偶尔闪过马车或卡车。必须找个地方藏起来，远离开人们的目光。

他不习惯赤脚走路，两脚都磨破了。他走得吃力——张开双手，一跳一跳地显得有些可笑。他长得干瘦，肋骨外露，两腿又细又长。他冻得瑟瑟发抖，便蜷缩在一个废弃不用的茅屋里，躲在那儿碰运气。天亮了，空中露出一轮十一月冷冰冰的太阳。时间过得很慢，天气寒冷而又多风，但他庆幸自己还活着。他的脑子里一遍遍地重复着一句土耳其格言：宁做活狗，不做死狮。确实，一条丧家犬未必会落到这步田地，但他毕竟可以透过茅屋的窟窿，看见高高的蓝天、低低的云朵、河流、收割过的庄稼地、漫着轻烟的山岗，再往前看则有巴尔干山冰冻的雪冠。这些景象都引起他模糊的、忐忑不安的喜悦。只要看得见东西，听得见声音，身体有感觉就行！

这时节，葡萄快采摘完了，他决定夜间去搜寻漏摘的葡萄充饥。下面那条河流懒洋洋地发出哗哗的水声，似乎时间也过得懒洋洋的：天黑下来了，他又准备上路。他知道该往哪儿去，并相信自己能够成功。匪徒也有自己的同伙、自己的交通员。他在做生死的拼搏。

到了深夜，他碰见人了：一老一少和一头驮着面粉的毛驴。父亲蓄着花白的短胡子，十岁的儿子或孙子赶着毛驴。父亲看见一个赤条条的汉子，失声喊道：

"哎哟，真主。一丝不挂！站住！你是谁？什么人？"

卡尔塔洛夫停了下来。他羞答答地用土耳其话说，他遇到坏人，强盗，他们抢了他的东西，剥光了他的衣服。土耳其人呃吧了半天舌头，一再说"扎瓦利"①。走近村子时，他

---

① 扎瓦利，土耳其语，意为"不幸"。

好心好意地说：

"你在这儿等着，孩子。我要为你做件好事——真的。"

卡尔塔洛夫等着等着，等得不耐烦了。时间一分一秒地过去。对他来说，时间是宝贵的。正当他准备再走时，土耳其人快步赶来，塞给他一包东西。

"给你，孩子，遮遮羞吧。"他说着就走了。

卡尔塔洛夫高兴得忘了道声谢谢。他躲到路旁穿衣服。

他从从容容而又精疲力尽地赶路了。他饿得发慌。他害怕有人盘查他的证件，就绕开村子赶路。他穿着褴褛的衬衫和坎肩、很旧的灯笼裤，打着赤脚，深夜里去敲镇子边上一间低矮的屋子的门。漫长的路程、恐惧和饥饿使他浑身乏力。老妇人没有认出他。女子却叫道：

"天哪！"然后惊讶得闭上了眼睛。他们进了天花板很低、灯光微弱的房间。他开口先问：

"有人来搜查吗？"

"没有。"老妇人回答。

他坐下来，深深地嘘了一口气。开始说话前，他捂着额头沉思了几秒钟。他讲了些可怕的、不连贯的事情，两个女人由此知道：他正在东躲西藏，幸好还没有危险。最初可怕的几个月已经过去了，现在需要小心。真奇怪！他有一回曾在这里过夜，邻居们都知道那女子接待过他，那母亲也对他很好——那是在法西斯统治的黑暗时期——可你瞧，现在谁也没有兴趣来看看，来问问她们同这个匪徒和宪兵有什么关系。他在法庭上已经听惯了"匪徒"这个字眼，他几乎也认为这个字眼正确地说明了他的身份。况且，他也顾不得自己的名声，只能顾命。大概两个女人把他看成了"受害者"，以为他只是来过夜，不会胡作非为，抢劫吧？

他宽心了。

他喜形于色，怀着一线希望。

"姑娘，"他弯腰对那女子说，"你会救我。我以后要报答你的，重重地报答！"

"不行，中尉先生，"已经平静下来的母亲马上说道，"现在是另一种世道，这你也很清楚……"

"就是说，你要赶我走吗？"他又冲女子问道。她愣愣地一言不发。

"我不知道，潘特列伊，"她痛楚地说，"这儿很危险，等你镇静下来，就上别处去吧……"

其实，他也不想留在这里。这里有他的行李，有一些需要销毁的文件。这里还存放着几个被杀害的游击队员的照片——他曾想拿这些照片去请赏。一个人头五万块！不过，这已经来不及了，现在需要使恶狼披上羊皮。要是人们发现他已经逃走，他们会追捕他；要是像他希望的那样，人们夜间没有清点尸体就把他们掩埋了，那也并不安全——还会被人认出来。不过，只要活着就算有运气，他值得为此作出任何牺牲。

不，那女子并不完全冷眼旁观。她为他准备了衣服、食物。她不知道他已被判处死刑，相信他的恶劣行径已经成为过去，他会重新做人。她想，他为什么不去打德国人呢？过去的许多军官都上前线去了。是呀，他也许会去。

他一直睡到第二天很晚才醒来。醒来时，浑身是劲。他的脑子转得很快，生的欲望更强烈了。

他撕去了游击队员迪科·佩特罗夫的照片，这个人的相貌和年纪同他相仿；他巧妙地在身份证上贴上了自己的照片，道路畅通了。

一切都面目全非！火车里挤满了人。人们赶往四面八方，都在谈论新生活。新生活像一股汹涌澎湃的洪流。全国的人民法庭还在审判。有些案子已经了结，法西斯匪徒和凶手受到惩罚。他相信过的一切——国王、上帝、法西斯政权、"新秩序"——统统都不复存在了。他恨之入骨的一切——共产主义、布尔什维克、红军——却自由地挂在人们嘴边。到处都搭起了欢迎苏联军队的拱门，拱门上挂着绿叶纷披的树枝和标语："欢迎无往不胜的苏联军队——各国人民的解放者!"……

负伤的游击队员迪科·佩特罗夫住进了医院。他肩上的伤已经坏死。伤员的性格呢——文静、温和、寡言——这马上赢得了大夫和护士们的好感。锁骨真的断了——这是在哪次战斗中打断的呢？他详细叙述了游击队的生活。有谁能比他更清楚呢？

病人们把他团团围住。伤口长好了。尽管左肩矮了一点，不大方便，但他仍然拉起了小提琴。在医院里听小提琴——这好比在沙漠里听夜莺鸣啭。迪科·佩特罗夫不仅在医院出了名，而且还在全城出了名。

"现在上哪儿去啊？"出院时，大夫半开玩笑地问他。

他耸耸肩膀。

"哪儿也没有工作。"他回答说，把耷拉在额上的一绺头发往后撩了撩。

一个英雄，过去的游击队员，能没有工作吗？这说不过去。这是在祖国阵线执政的新保加利亚啊！医院为他到处打电话，说这太不公正了，必须改正。

迪科·佩特罗夫在普罗夫迪夫公安局混了将近一年，这真是活受罪。他提心吊胆地翻看每一件公文，每一份电报，生怕这些材料提到他。上面要他的材料——问他加入过哪支游击队、参加过几次战斗、在哪次战斗受的伤，他跟首长说他写信要材料去了，还没有回音，需要等待。于是，首长只好等待。

有一回在车站上，在国王的显贵流亡到国外时，一位清洁女工按照民间的风俗习惯，在火车后面泼了一桶水——让他们永世不再回来。……他的心揪紧了。但是，在接着举行的群众大会上，当演讲人讲到"君主政体已彻底完蛋"时，他又跟着鼓掌。他同情反对派，还偷看绿党的《旗帜报》[①]。他经常在萨哈佩特站岗，从那儿望着连绵不断的罗多彼山脉[②]，心中升起了邪念。那儿就是国境线，逃到那边就有救了。国境那边有他的朋友，他可以免遭子弹的袭击，可以有所作为，大显身手。他的手痒痒的，情不自禁地摸了摸皮套

---

① 《旗帜报》，保加利亚当时的反对党农民联盟的机关报。
② 罗多彼山脉，保加利亚西南边境的山脉。

里的手枪。世界上有人打捞珍珠，捕杀鲸鱼和长颈鹿——他这个猎人却专捕游击队员。这是他自鸣得意的。在国境线那边，他可以捕到更大的猎物。

真正的迪科·佩特罗夫已长眠于波里亚扎的一丛蔷薇下，而他的替身却盗用了他的名字。大家常常连喊几声"迪科"，他才转过身来。有一回，他在军事学校的老相识当着一大群警察叫他："你好，潘特列伊！"他装着没有听见，那人便扫兴地走了。他的工作使他总是担惊受怕，怕他的材料被传来传去，跟着他跑。他着急，由于孤立无援、不能自拔而怒火中烧。他辞了职，当了公共汽车司机，跑普罗夫迪夫—切佩拉雷这条线。糟糕的是，开汽车也不方便——全保加利亚有许多人要坐这趟车。他白天黑夜都怕有人把他认出来。就在这时，林业合作社需要一个事务长，迪科·佩特罗夫于是当上了事务长；在这小镇上，这是一个肥缺，他决定保住这个肥缺。他需要取得社员们的信赖，需要熟悉这一带的树林。可这又倒霉了。镇上的学校校长是瓦尔纳人，过去教过他。老人好奇地瞅着他，眨着镜片后面的两只眼睛，似乎想说：我可认识你哟，你不就是潘特列伊·卡尔塔洛夫吗？

他决定赶快溜掉。

他一打听到斯莫梁区①正在物色一个绘图员，便递了申请，被录用了。这里的工资少些，但工作也轻松些。

_____

① 斯莫梁区位于保加利亚西南部，离边界不远。

五

杜伊切夫上尉责备自己太优柔寡断。他这个当年的游击队指挥员和现在防备各种敌人和破坏者的边防卫士，竟让一个真正的匪徒、野兽、人民公敌从自己手里溜掉了……他不能原谅自己手软，以为自己是在对付一个高贵的伯爵或者美国外交官。

第一步，他加强了岗哨。他通知战士们和他的副手们说，企图偷越国界的是个危险的凶手。要是他还没有越境过去，必须采取一切措施挫败他逃跑的阴谋。

毛蓬蓬的边防军军犬奥菲士摇着尾巴，用它的一对聪明的眼睛瞅着上尉，似乎想从他脸上的表情和手势看出他在想些什么。

上尉到城里去了。

匪徒没有搭车去普罗夫迪夫。这已经查明了。可他在哪里呢？他也没有在他的住所过夜。他的女房东——好心肠的帕拉什凯娃奶奶谈起他来就像谈论自己的儿子一样——又疼又爱。

"奇怪呀，孩子，他上哪儿去了呢？我给他洗好了衣服，可他不在。"她说。

杜达·萨利耶娃和她的两个哥哥被带来了。

"你知道迪科·佩特罗夫的什么情况吗？"上尉问杜达，"他藏在哪儿？"

杜达抬起一张宽圆脸，奇怪地问：

"干吗要藏起来？"

"因为他是罪犯、凶手。"杜伊切夫干巴巴地说。

杜达把她的两只大眼睛睁得圆圆的。

"天哪！我跟他毫无关系，什么也不知道。"

"不知道？那谁知道？……"上尉皱起眉头，转向她二哥问道："你呢，你叫什么名字？"

"穆罕默德。"年轻人傻乎乎地笑着。

"你看你都干了些什么呀？你那天不是去过哨所吗？是不是把路指给他看了？……"

上尉气呼呼地瞪着他。

"不，没有。"穆罕默德若无其事地说。

她的另一个哥哥又聋又哑，上尉觉得没有必要审讯他。兄妹三人是不是知道这个逃犯的情况呢？他大概并不相信这个很嫩的小姑娘和这两个傻头傻脑的青年。他有别的更可靠的人，要不就是他凭本事一个人干。

消息在城里传开，警备司令部前聚集了一大群好奇的人。大家议论纷纷，都对这样一个匪徒能够逃走并窝藏了这么长时间感到奇怪。他真的逃走了吗？大家对他的印象是他少言寡语、腼腆，跳圆圈舞时拉他的小提琴，真想不到就是这只演奏苏联军歌或保加利亚民族复兴歌曲的手，竟举起手枪对准英雄的游击队员的头颅。但是，这是无可辩驳的事实。他的逃跑就是雄辩的证明。

杜伊切夫上尉站起来，走到另一间屋子。有人给他打电话。

随后，他告别了大家，出了门。他骑上枣红马，向丛山疾驰而去。那儿发现了匪徒。匪徒同战士们交火了，看来他不是单独一人。

差不多在上尉守卫的地段的尽头，在离边界不到两公里的地方响起了枪声。那地方坎坷不平，怪石嶙峋，松树稀稀落落。烈日当空，周围的土地冒着热气。野草枯黄了，被枪声惊飞起来的几只山鹰在蔚蓝色的天空中盘旋。

杜伊切夫仍然在想，匪徒是逃不出去的。他的眼前又浮现出匪徒在法庭上受审的样子。

那时，匪徒用胳膊肘支在桌子上，打着瞌睡，或懒洋洋地站起来回答问题，无动于衷地讲述着他杀害游击队员和放火烧毁农民房屋的情景。但上尉记得，那个匪徒叫卡尔塔洛夫，而现在这个人叫迪科·佩特罗夫。那时的被告有将近一百五十人，另外还有几百个证人……上尉正竭力证明自己没有搞错。

他沿着陡峭的山径朝下走去，后面跟着两个勤务兵。枪声越来越稀。当他走到岗哨那儿时，就完全听不到枪声了。

军犬奥菲士发现了他。光荣的奥菲士！准尉随即向他报告了情况。

"我们沿着小路巡逻时，奥菲士挣扎着想朝沟底跑去。我们放了它，它拼命叫了起来，跑进树林，那儿便响起了枪声。奥菲士窜到树林边上，继续狂叫。它的腿有点跛。它肩胛骨受了伤。"

上尉摸摸它的鼻嘴。它伤势不重。准尉继续说：

"它很勇敢，好样的！匪徒从一棵树后躲到另一棵树后，不断射击。我们起先以为他不是一个人。一颗手榴弹炸响了，接着便鸦雀无声。我们找到了他仰面朝天躺着的尸体。我们想检查一下他是被别人打死的还是自杀的。

"我们走上前去。

"逃犯仰面朝天躺着，半睁着眼睛呆呆地盯着明洁的天空和黑糊糊的松树。奥菲士站在高处，若无其事地瞅着躺在地上的逃犯，似乎知道他已经不再有危险了。"

罗西查河上的石桥

安格尔·卡拉利伊切夫

[作者简介]

安格尔·卡拉利伊切夫（Ангел Каралийчев，1902—1972）生于保加利亚中部大特尔诺沃州斯特拉日查村，毕业于索非亚大学化学系和自由大学外交系。曾任《新路》杂志、《文学阵线报》和人民青年出版社编辑。一生创作了30多部文学作品，其中大多以农村变革为题材，因而被誉为"农村的讴歌者"。著名短篇小说有《黑麦》《罗西查河上的石桥》《花岗石》《卡梅诺夫大叔》等。

"妈妈，我真的不知道，我是不是错啦……"

"你就说说话吧，儿子。"

"说啥好呢?"

"你已经在床上躺了三年。这接连三个夏天呀，就像长长的车队一样，从你窗下经过，往你窗口张望。鸟儿在樱桃树上歌唱。樱桃树三次结出紫红色的果实，可你呢，还没有尝过果子的味道。打谷场上三次堆起高高的麦垛。老天真的没长眼吗？你不想出去晒晒太阳，看看小树、田地和漂亮的石桥吗？你不想瞅瞅鲜花一样的姑娘吗？你三个夏天没有起床啦。"

"我不知道，妈妈，我现在觉得，我没有亏欠这个世界。"

"干吗又说这事呢？"

神灯柔和的红光照着病人的脸庞。神龛上慈眉善目的圣母玛利亚紧紧搂着圣子，似乎没瞅病人一眼。老妈妈坐在长榻上，抚摸着儿子的一只手。她不知道该问些啥。一大滴满含母爱的泪珠从她的左眼眶里滚落下来。窗外，夜晚的天空分外明亮。在街上啥地方，有人站在黑篱笆边轻声祷告；树上的枝叶不住地摇曳，发出悦耳的沙沙声。一根根白烟囱掩映在浓密的枝叶中，似乎在察看昏暗的大地是否已经入睡。户外，一只灰猫睁大两眼，惊讶地望着天空。

"你还记得吧，妈妈……"

"啥呀？"

"我修了罗西查河上的石桥。那年夏天，米尔卡为我缝了一件镶着红色花边的衬衫。"

"记得，记得，就像今天的事情一样。那年夏天，你二十二岁，是个到了结婚年龄的小伙子。"

"大伙都笑话我，笑我不能把田地同村庄连接起来。我走到河边，想制伏河水，给它系上一条石砌的带子。我把它当成我年轻的未婚妻，要它听我的话。我知道，这不可能。我和我爹终年东奔西走，为大伙修房子。我学了手艺，啥都会干，我爹很高兴。我们有一回到了河边，想砍那棵老杨树，你还记得吧？我们坐在河岸上。脚下，河水哗哗流淌，垂柳的枝叶拂着水面，它也喜欢凉爽。

"我爹说：

"'你听着，马诺尔，我已经无能为力，可你一定有办法。哎，就在这儿，在河上修一座桥，把两边连起来。河对岸就是耕地，有了桥，就能去收割庄稼。'

"一只小鸟在老杨树上鸣叫。我听着它美妙的歌声，问我爹：

"'我有本事修这桥吗？'

"'有哩。记住啦，这地方最好。要修一座石桥，一座四拱石桥。要把平原上的石匠请来开采石头。要把乡亲们组织起来，别怕。大伙会永远记住你。没有啥事比这更好啦。'

"小鸟在歌唱，两翅银光闪闪，抖落了晶莹的小水珠。我站在树下，心想：即便我爹不叫我干，我也一定要修桥。嗨嗨，快看呀，我的前面果真出现了一座石桥！我看见了石桥，妈妈，我看见了我修的那座石桥。它就架在河上。河呢，像一条狡猾的黄斑蛇，在桥下自由自在地舞动，拼命游向蓝幽幽的群山。一辆沉重的大车在桥上喘着粗气，侧挡板哐当作响，两头长着大弯角的犍牛吃力地往前走。"

"大桥建成那天，桥上就打上了你善心的印记。"

他猛地惊醒了。

"啥是我的善心呀？"

"你自己明白。"

病人说话了。圣母低下头，嘴唇在抖动："我要保住这个孩子!"淡淡的月光穿透窗子。银白色的夜的地毯在街上展开。远方，在黑沉沉的原野上，天使仿佛在问麦地：是不是渴啦？明天就会下雨。

麦穗作了回答。

我爹去了另一个世界，留下我一人修桥。我知道如何修桥，可不知道谁会按本地的风俗，为这桥作出牺牲。①谁能告诉我呢？春天到了，白鹳飞来。蓬头垢面的石匠来了，又开山，又刻石。我忙忙碌碌，又高兴，又担心。妈妈，我该咋办呢？谁会作出牺牲呢？河上作业的日子到了，乡亲们挖开两岸的泥土。我陶醉了，心想，我会高兴得发疯。一天晚上，我到了我爹坟前，趴在地上，两手贴着地面。

"告诉我，谁会作出牺牲？你是知道的！"

但是，坟墓没有回答。冷漠的坟墓不会说话！……

我回到家里，黎明时分睡着了。我梦见我爹。他自天而降，还是先前那副模样。他系着宽宽的腰带，右手托着一只白鹰。他站在高高的罗西查河岸边，向我喊道：

"看好啦，我一松手，鹰就降落，它会告诉你谁该作出牺牲。别怕，儿子！"

我爹举起白鹰，然后把它放了。白鹰扇动翅膀，朝天上飞去。它在村子上空绕了三圈，然后下降，就像石头坠地一样。我没有看清楚它停在啥地方。我爹瞅了我一眼，摇了摇头，朝河岸走去。一眨眼功夫，他的前面就出现了我梦想的

① 据巴尔干地区民间传说，天神下谕：修建一座石桥时，要把一个活人"砌"进桥里，这桥才不会垮塌。

石桥。他走下来，站在河对岸，仔细察看河的两岸，然后一挥手，说道：

"快点！"

我吓得跳了起来。这时，妈妈，你站在我的头顶说道：

"快点，马诺尔，天亮啦。大车都上了工地，快起床，石匠开始干活啦。"

我出了家门，没有去看桥，而是朝诺尤夫爷爷家的院子走去，指望能看见米尔卡，把我梦见的一切告诉她。这样，我心里就会好受一些。到了那儿，我朝她家房顶一望，吓了一跳。站在米尔卡家核桃树上的，竟是一只白鹰。它就是我爹放飞的那只白鹰。我眼前一黑，跌倒在地，耳朵里嗡嗡直响。我朝墓地跑去，想找到我爹，把他的骨头挖出来，然后问他：干吗要把米尔卡从我手里夺走？你是我爹，我不是还在思念你吗？可是，这没有用——能问一个死人吗？

石匠在桥上唱歌。罗西查河把他们的歌声带到很远的地方。

他们啥都不知道，只顾唱歌、干活，用裂开口子的大手搬弄石头。他们要把美妙的歌声砌到桥里。我羡慕他们。可我该把谁砌到桥里呢？

我坐在我爹坟上，望着米尔卡家的核桃树。天上飘着一朵白云，这是白色天使的灵魂在朝霞中沐浴。我想，我晚上见到米尔卡时，啥也不要告诉她。

我站在黑色十字架前，低着头，死死盯着地面……

我看见地下深处有一团黄云，我听见了铃铛声和吆喝声。

满载麦捆的大车一辆接着一辆，多得数不清。妈妈，停在头一辆大车上的，就是在老杨树上唱歌的那只小鸟，它现在正在车杆上啄食。车把式到了河边，停了下来，没有卸车。他们在默默等待。

这是在等谁呢？

我站起来，揉揉眼睛，把手放在额头上，沉思默想：谁也不该成为牺牲品。石匠们在下面劳作、喊叫。

我横下一条心：听天由命。

晚上，我的米尔卡在井台上低头打水。我打量着她长长的身影，发现她的耳环黄灿灿的，煞是迷人。

只有月亮在天上睁大了眼睛。

小鸟在枝头歌唱。小猫竖起耳朵，一纵身跳到窗台上。它盯着夜空，可啥也看不明白。病人只顾愣神：这只小鸟就是那只小鸟。它接连几天晚上都在这儿歌唱。它藏在樱桃树黑糊糊的枝叶中。小猫在窗台上舞弄它的小掌。老妈妈站起身，瞅着儿子，满腹狐疑。他咋舍得失去米尔卡？

"这该死的桥！"

马诺尔扭头瞅着母亲，说道：

"妈妈，你咋骂那大桥？不是我自己决定要修的吗？……"

"你这是犯罪啊，儿子！"

儿子的眼睛里噙满泪水。

妈妈，你还记得大桥修好那天吧？这是个礼拜日，乡亲们高兴得简直要疯啦！九个村庄的人都聚在一起，庆祝罗西查大桥完工。一群孩子也被领来看这座大桥。巴尔干山上的两个牧羊人，奏响了他们的风笛。你还记得他们吧？其中一个黑眼睛的，看上了咱村的库娜，可你没有答应他，还说把她嫁到远处是一种罪过。河对岸的原野上，一锅一锅的羊肉汤热气腾腾——乡亲们总共宰了九只羊。河对岸的庄稼地伸展开来，仿佛在笑。一群燕子在田野上空嬉戏。庄稼地在等着乡亲们扛来老式木犁，相互吆喝着深翻土地。它还等着妇女们挽起袖子，到地里撒播麦种。老人们在桥上走来走去，用手杖敲打冰冷的石头，交口称赞：

"上帝给了马诺尔一双巧手！"

只有我自己明白，上帝咋就给了我一双巧手。

乡亲们都很高兴，抱着大酒壶痛饮。我一言不发，也不会喝酒，一味看着身穿花衣的人群。当风笛手奏起手帕舞的舞曲时，男女老少都开始跳舞。大伙还疯狂地跳起了圆圈舞。有人喊道：

"唉呀，你们把他忘啦！马诺尔在哪儿呢？要他来跳舞！"

话音未落，风笛手骤然停止演奏。大伙回过神来，安安静静地让出一条道。妈妈，我回头一望，看见一个死人。

你知道他们抬的是谁。

我到了墓地，撒下一捧土——这是献给米尔卡的。从墓地回来，我跳了圆圈舞，同大伙一块联欢。我举起大酒壶，喝呀，喝呀，喝了个酩酊大醉。我们一直闹腾到半夜。

我们点燃篝火，火光照亮了姑娘们的眼睛。可我悲痛欲绝，五脏俱焚。我想：我无法再爱她啦，还会把她忘掉。我这个醉鬼，请她原谅吧。

夜里，当鸡叫头遍的时候，大伙就回家睡觉去了。他们一个个头昏眼花。我没有回家，而是坐在一块石头上，愁肠百结。我究竟在想些啥，连我自己也不清楚。突然间，我听见黑暗中有谁在叫我：

"马——诺——尔——"

我站起来，冲着喊声走去。月光如洗。我不记得我在田野上走了多远，总之是全神贯注。我看见对面的坟堆上站着一个赤身裸体的女人，她散乱的头发一直拖到脚踝。

她出现在我的左边——是踏着麦地走来的。她在哪儿栖居？谁也听不见她的声音，谁也看不见她的身影。在四围广袤的田野上，只有蝈蝈在放声歌唱，星星在天上闪烁。这是咋回事啊——也许是我神思恍惚吧？我继续往前走，眼睛死死盯着她。她在等我。我又听见她呼唤我的声音：

"马——诺——尔——"

哪儿传来悲哀的狗声。我觉得，这些狗在无缘无故地冲着月亮狂吠。无缘无故。我停下脚步看她，浑身发抖。田野也仿佛缩着身子，浑身发抖。这个女人是谁？我真的看见她了吗？当我睁大眼睛看清了她乌黑闪亮的眼睛时，为啥觉得那么亲切？这眼睛使我感到温暖。她正朝我走来，身子白白的，非常漂亮。我从未见过赤身裸体的女人。她卷曲的黑发丝丝作响，两眼灼人。星光顿时隐没了，她向我伸出双手：

"我等了你好久！"

听这声音，我马上认出她来：米尔卡！

我大叫一声。可又不像我的叫声。我惶恐不安，拔腿就走。她跟在我后面。

"马诺尔，你跑啥？我今天同你订婚，你没有看见来了那么多人吗？各个村子的人都到啦，他们都向我们道喜！"

我听见她放声大笑——我熟悉这笑声。你还记得这个米尔卡吧，诺尤夫爷爷家的米尔卡？

我倒在地上。

她柔软的头发捂得我喘不过气来……

神灯的火苗抖动一下，熄灭了。月亮躲在樱桃树后面。老妈妈抚摸着病人的额头，不住地抽泣。小猫在街上追逐月亮的影子。无人认识的天使仿佛在原野上很远的地方询问麦地：想不想下雨？麦穗点头作答。

"妈妈，星期六是悼亡节，我求你去墓地时，到她坟头看看。要晚些去，等大伙走后再去。你要对她说：罗西查河已经流了三年，把我桥上的石头冲刷了三年，该是洗去了我的罪孽吧？你就问问她，而她会对你说，她是不是原谅我啦。"

花岗石

深秋的傍晚，大雾笼罩着车轮压平的土路、空荡荡的田野、树林中的红叶和村庄。路边大树模糊的影子，像是一个个哨兵，死盯着在昏暗中蠕动的神秘车队，细听着它的铃铛声、车轮声、牛蹄声和赶车人的说话声。一头头犍牛被浓雾吞没，只有它们湿润的黑角在乳白色的雾气中若隐若现。它们的主人披着粗布斗篷，戴着尖顶风雨帽，慢腾腾地走在车队前面，犹如童话故事里的小矮人。蒙着篷布的牛车形似大桶，满载着看不见的货物在雾气里缓缓移动。

"停停！左拐！"空气中传来领队嘶哑的声音，"好像这附近就是波罗伊尼查河，那儿有清亮的泉水，从巴尔干山上流下来的泉水。"

车队一拐弯，车轴和辕杆就发出嘎吱嘎吱的响声，而牛蹄声则湮没在干草的沙沙声中。赶车人七手八脚地卸下车套，抱给犍牛草料，给它们披上牛衣，然后从牛车的侧挡板上取下面包口袋，围坐在领队周围。此时，领队已经蹲在一棵大树下，用他的燧石打火，想点燃一把干草。

"你们傻看啥啊，快去下面的河边捡点柴来，要干的!"他吩咐这些男人说，而他们很不情愿地钻进了四周的浓雾中。

篝火燃起来了。火光照亮了七个陶工赤黑的脸膛。他们的额上布满皱纹，眼睛无神，须发飘忽。他们正从平原地带赶回巴尔干山。他们在山下的村庄里卸下陶罐、陶钵、砂锅、坛子和水壶，用这些东西换得粮食，现在正用羊皮口袋把粮食运回家去。

"这雾好大啊，朦朦胧胧，牛都站不稳。"年纪最大的罗亚爷爷说，"想必天太晚啦。"

"下面啥地方有鸡叫，说不定附近有个村子。"

"才不止一个呢，是两个：洛克维查村和斯列普切村。我知道这两个村子，年轻时去过。村里有个铁匠，叫啥迪莫。不晓得他现在是不是还活着。他手艺不错，打的马掌呀，即便马蹄断啦，马掌也还扣在蹄上。快，给我三脚架、小锅，咱们煮土豆! 火旺啦。"

老人放好三脚架和小锅，继续说道：

"这个迪莫喜欢说笑。他说：'我那媳妇长得漂亮，要是你把她绑在桥上，过路人会把绳子偷走，把她留下。'不过，这个人太厉害。他那铁匠铺就像一个兵工厂，啥都有：墙壁上挂着老式手枪、军刀、土耳其大弯刀、枪刺，还有骨头把手的各种刀子。他的手掌很宽，是个凶猛的保加利亚人! 他打铁时，劲特大，把铁砧都砸烂啦。他有一个男孩，这孩子蹲在墙旮旯里拉风箱，只顾笑。他是迪莫的心肝宝贝——就像一个甜油饼。可他太小，才四岁，居然也能帮他爹干活。男孩长得黑，腰上系着羊皮围裙，也是一个铁匠，活像是出生在吉卜赛篷车里的小天使。我不知道为啥还记得他。我有一回对他说：'你这个帮手呀，太小。'可他的回答是：'小是小点，也要学会干活，要不，就会像锄头一样生锈！'说着，他指了指那把长了锈的锄头。波罗伊尼查河在两个村子中间，是它们的分界线，泉水的石头下面藏着好大好大的河鳟！"

罗亚爷爷惊喜地用左手一拍右胳膊——水开了，一个个土豆在锅里跳起了欢快的圆圈舞。雾霭中，一群小鸟惊慌而悲惨地吱吱尖叫，它们是从寒冷的山顶飞到这平原上来取暖的。陶工们抬头望着天空，搜寻着这些会飞的旅客，因为他们自己也像这些飞鸟一样，在沉沉黑夜中，随便找个地方歇歇。不远处传来轻轻的脚步声——有谁像猫一样从大车中间钻了出来。

"哎，谁呀？"两个陶工猛地站起来。

"是我，是我。"

"你是谁？"

"本地人。"

"你干吗在大车中间穿来穿去？快过来烤烤火，让我们瞧瞧你是一只啥鸟！"

这个夜里的不速之客怯生生地走过来，站在篝火边，挨个审视着这些挤坐在一起的男人。他瘦高个子，满脸胡髭，一双眼睛深陷下去。裤子上系着皮带，没穿外衣。在这潮湿的夜晚，他竟只穿一件衬衫。右手臂上缠着黑纱。乍一见面，他羞涩地笑笑，把手伸到头顶，取下压得很低的鸭舌帽。

"大家好！"他说，把一只脚跷到火上取暖。

"这大雾天，你来干啥？"罗亚爷爷问道，"干吗不在家睡觉？"

"天黑算啥。我丢了一头牲口，东奔西跑，找了一个晚上，还是没有找到。刚开始下雾时，我到地里砍一棵老梨树。要犁地，这东西碍事。我起先用十字镐刨树，就把两头牛赶进格尔米沟。我砍倒梨树，把根刨出来，装到车上，雾就大起来啦。我找我的牛，可哪儿也找不到。找来找去，只在一个水坑边找到了'贝尔乔'，可'切尔纽'不见啦。这家伙太任性，不服管，你们这一路走来，没有看见它吧？"

罗亚爷爷用木勺把锅里的土豆捞出来，倒在干草上，陶工们伸手就抓。

"拿个土豆去吧，大概你还没有吃晚饭。"

"我现在不想吃，心里难受。要是牛跑到山上去，狼群一定把它撕成碎片。真倒霉。"

"干吗戴着黑纱？哀悼谁？"老人问道。

"我孩子在圣母圣诞节那天死啦。一个炸雷轰塌了我家房子。这孩子本来不错，记性好，又听话，就像羊羔一样，可是得了重病。我们村里的许多房子都倒啦。兄弟呀，我们住在上边，从前没有干净水喝，那地方缺水。我们有过两眼老井，可在夏天掉进去一些鸡啦，猫啦，老鼠啦，到了秋天，水很脏，疾病就出现啦。疾病找上门来，死了很多人。不过，眼下年轻人正在挖水渠，要让水流到每家每户。但愿上帝保佑！"不速之客说完，又把另一只脚跷到火上。

"你是洛克维查村的还是斯列普切村的?"罗亚爷爷问道。

"两个村子眼下都没啦。"

"咋就没啦? 迁走了吗?"

"还在老地方,不过,不再是两个村子。成立合作社后,就合在一起啦,两个村子变成了一个村子,我们给它取了个名字,叫作花岗石。这儿的人干了一件大事。合在一起,力量就比过去大多啦。"

"下面那个村子,从前有个铁匠,大伙叫他迪莫,可还活着?"

"活个啥,十七年前就被杀死啦。那时候,波罗伊尼查河发大水,冲垮了沿路的石桥。于是,两个村子——我们的村子和斯列普切村就发生了械斗。我们村子领头的是哈吉·德拉甘,下面那个村子是铁匠迪莫。格尔米沟里有过一场血战。不知道你们有没有路过那条沟,那儿有一片树林,长着高大的橡树,还有石楂子树。石楂子树的果实白白的,有榛子那么大。我们做的石楂子酒味道不错。这片树林是当年的土耳其大地主留下来的,就为它,两个村子争论了数不清的年头。哈吉·德拉甘把斯列普切人骗到法庭上,还花钱请来一些律师和假证人,而铁匠迪莫呢,他把刀子磨得快快的,像一头野兽,在法庭上拼命吼叫。一个星期天,斯列普切人喝足了石楂子酒,就到迪莫的铁匠铺里抢来斧子、刀子和土耳其大弯刀,把那片林子里的树木全都砍啦。看到这种情况,我们这边的人简直就要疯啦。他们操起家伙就跑,冲到林子里见谁打谁。这场械斗就发生在格尔米沟。四个人被打死啦。哈吉·德拉甘的儿子把匕首捅进了迪莫的背部，就是这样。他后来坐了七年牢，事情就算了结啦。兄弟们，这算哪门子事哟！"

不速之客不再吭声，蹲到了篝火边。陶工们剥了土豆皮，在盐罐里蘸着盐吃。

"那么，迪莫的孩子呢？"罗亚爷爷问道，"他咋啦？"

"你们不知道吗？铁匠的儿子躺下啦，坟上竖着很大一个墓碑，就在波罗伊尼查河的石桥边。真怪，你们满世界跑，就是没有听说过他的事情。就是他，迪莫的儿子，把两个村庄合到一块啦。流血事件发生以后，两个村庄的人都变得很凶狠。那天晚上，一个村庄的人攻击另一个村庄，烧了那个村庄的粮食和草棚，还用松焦油往姑娘们的脖子上乱抹。这世道太糟，他娘的……河边本来有三棵大树，都被斯列普切人砍啦。我们这边呢，就把波罗伊尼查河的水堵死，让它流到别的地方，然后再放水，把斯列普切村淹啦。迪莫被杀以后，他的铁匠铺关了三年，随后才由他的儿子里斯丘接着干。他像他妈，爱笑，腼腆，就跟女孩子一样。他把他爹各种各样的刀子通通扔出了铁匠铺，只打锄头和镰刀，手艺越做越精。后来，他就开始捣鼓一些细活，为姑娘们打手镯，为未婚妻打戒指，甚至还做钟表。大伙夸他，就像俗话所说，他就是看见蚂蚁也会绕道走。晚上呢，他爱看书。有一天，大伙听说巴尔干山的水青冈林里出现了一支八十三人的游击队，都很吃惊，因为这些人就是来自我们两个村子——一半是我们的人，另一半是斯列普切村人。你们猜猜，领队是谁？就是迪莫家的里斯丘。游击队的名字叫'花岗石'。这是两个村的年轻人第一次结集在他的战旗下。人民的敌人在克利苏拉的修道院里把他杀害啦，他的铁匠铺也被烧啦。两个村子的人把他的遗骨捡回来，埋葬啦。于是，两个村的人就在他的墓前宣誓：永远和好，赶快合并，成立合作社，而且不再用先前那两个难听的名字，另起了一个村名——花岗石。今年春天，我们在两村之间修了一座桥，还为他立了碑。我要跟你们讲的就是这些。"

不速之客不说话了。陶工们紧盯着几块还没有熄灭的木头发愣。不速之客哆嗦一下，说：

"兄弟们，帮我拿个主意吧：我要不要卖了我家菜园子？我有一个菜园，大伙都盯着它。园子不大，可种啥长啥……年轻人想把土地连成一片，还动手修建公共面包房，这样，各家各户的女人就不用再烤面包啦。别村也是这么干的。可我担心自家园子……你们说，咋办？"

"你自个拿主意吧，"罗亚爷爷摇了摇头，"要是你定不下来，就问问那个躺在纪念碑下的人，他会告诉你农业合作化的真相。"

不速之客用他那双深陷的眼睛瞄了一下罗亚爷爷，愣了愣神，终于明白了老人的意思。

"你说得对！"他挺直身子，"我这就走，再见啦。我的牛跑到哪儿去了呢，真怪！"

"说不定回家啦，你干吗不回家看看呢？"

"你瞧，我就没有想到这一层。但愿运气好，能把它赶回家。我走啦！"说着，他迈开双腿，隐没在大雾中。

难熬的日子

奥尔林·瓦西列夫

[作者简介]

　　奥尔林·瓦西列夫（Орлин Василев，1904—1977）生于教师家庭，曾在索非亚自由大学攻读外交专业。主编过《世界报》，参加过反法西斯斗争。 1927年开始文学创作，主要作品有长篇小说《小路》、中篇小说《火箍》，短篇小说集《纯朴的心》《苦面包》等。剧本《警报》的中译本名为《人间乐园》。曾获季米特洛夫文学奖。

　　社会主义真是厉害！

　　它使我的儿女成了党务工作者。

　　他们的儿女紧随其后……

　　这些人从前都是农民——割草的、翻地的。一转眼，社会主义就把他们变成了耕作能手、畜牧行家、禽类专才——各种各样的机械师、生产队长、小组长，还有农艺师、助产士和两个军官。有个闺女提着一篮子书，挨楼挨门、挨家挨户免费发给大家。

所有儿孙都不赖。如果有人把他们的奖章凑在一起，那可是满满一盆。

他们新修的房子，要是在山上，就建在村子中心，要是在山下，那就靠近车站。所有的房子——山下的房子有水泥阳台，山上的房子加了护栏。收音机从肚子里发出声音，烧饭的炉灶贴着瓷砖……还有大衣柜、尼龙袜……电视机！他们整天劳动，积攒钱财，根本没有喘气的时间，更谈不上来看看老爸。

就因为这个缘故，我自个儿留在村里，留在就像我自己这样寒酸、低矮的房子里。我靠退休金过日子，另外还有合作社发放的补贴，因为我是合作社的一个奠基人。进了厨房，无非是鼓捣些野菜啦、云豆啦、土豆啦这些简单的东西。想吃肉呢，有屠宰场，想吃面包呢，就去面包房，不给谁添麻烦。只有需要洗衣时，才去找我的大儿媳妇达科维查。

我从来不说昧心话：他们要我呀，再三要我离开"蓝水潭"山崖，到山下的某个白楼里去住。

"你就一个人在这儿折腾吧！"大儿子达科，大田农艺师，有一次冲我吼道，"哪一天刮大风，把你这破房子撂倒，我们只能在长满苔藓的大石板下，翻寻你的老骨头。"

"这没啥，"我反驳说，"这样一来，你们就省事啦，不用花丧葬费。对啦，到底要多少丧葬费？"

"这不用你操心，我们会把钱凑齐的……"

"我知道，知道，知道你们有钱！"我毫不退让，"不管咋说，也得尊敬老人吧。我养了你们这一大群畜牲，你们就每天来一个人，看看我，一年都轮不完。"

达科瞅着我，一副抱愧的样子：

"唉，老爸，老爸！你倒轻松——只是接客、送客。你压根儿就不知道啥是社会主义。"

"社会主义是啥呀，儿子？"我对他说，"我这两只眼睛还管用，看得清清楚楚。你不记得啦，那天，我去你家，你那喜欢唠叨的老婆从厨房里跑出来，还没来得及问一声'你好'，就对我说：'唉呀，老……爸！你这是咋整的？你看你，把地毯踩脏啦！你没看见我刚刚铺上吗？'"

达科嘿嘿一笑：

"说得不错。要讲卫生嘛！"

我发起进攻：

"好啊，要讲卫生。我退了出来，在房前的台阶上蹭了蹭鞋子，可她还是不饶人：'啊，老爸！……你那脚趾都从袜子里漏出来啦！像是鹰爪！要是让外人看见，我们有多丢脸。大伙会说，看呀，我们不给你衣服穿，不给你袜子穿。'"

"没有给你买厚实一点的袜子吗？"

"给我买啦，"我回答道，"还把剪刀递到我手里，好像我是个小孩子似的。她怕我出事，就在桌上给我留了一张字条：'剪指甲时要小心，别把尼龙袜剪破啦，那是从柏林买来的。——彭卡！'"

达科噗嗤一笑……

"有啥好笑的！"

这尼龙袜，还有卫生，真要我的命。我还是待在老房子里吧。自由自在!

再说,我也并不那么孤独——我们在"蓝水潭"小村落里,有一大帮老爷子、老奶奶,都是退休的。我们坐在长椅上听收音机,看着对面地里的社会主义拖拉机耕耘土地,议论天下大事。村里人说,我们这是在开"高层会议"。当然啰,我们有时也胡扯些电影啦、会议啦什么的,再有就是养蚕啦、掰棒子啦,一混就是四五十天。

不过,你知道吗?就这样白白活了许多年:身子骨不行啦。一场感冒,你瞧,我就躺了下来。晚上,我虚弱得没法去参加会议,没法去听收音机。"高层会议"的老伙计们惊恐不安,派人去找医生。

医生是一个十分严肃、说话刻薄的女人,还没进门,就嘭嘭嘭敲打窗子,高声嚷道:

"你这些儿孙真不像话!我要把他们叫到医务室来。就在天亮以前!"

她给了我药片、维生素,还打了针。出门的时候,就像马蜂那么厉害。

她找了谁,又说些啥,我不知道。就从这一天起,我的儿孙们轮流着来看我,还作了计划:这一次是儿子或者媳妇来,下一次是闺女、女婿、孙子辈来。

每个人都带来热乎乎的发面饼、白面包、一锅肉菜、油饼、从水库里钓的鱼……

每个人都很和气,温存,为你操心:

"咋样啊,老爸?"

"感觉如何，爷爷？"

"哎呀！"我装得很可怜。"咋样，你们没看见吗？……我的社会主义建设呀，这下完啦……"

"这没啥，老爸！"

"要挺住，爷爷！社会主义嘛，这日子好着哩。我们还要把你带到共产主义……"

"哎哟！"

"坐起来，坐起来！吃点东西。我们给你带来了热乎乎的奶酪饼。很好吃的，热乎乎的。吃吧……补补身子……"

我任由他们摆布，让他们给我补身子，虽说我已经能够坐起来了。不过，他们没有看见我用手支着腰杆吗？这腰杆僵硬了，好像就要折成两节。我知道，这是从前用锄头挖地、用镰刀割麦，老是猫腰造成的。

"给你，老爸，奶酪饼。吃吧，吃吧……"

我吃了奶酪饼。

我哼哼着，到底吃下了奶酪饼。奶酪饼确实热乎乎的，还浇有糖浆——热乎乎的糖浆鼓鼓的，就像一朵盛开的玫瑰花。

"现在呢，再喝一杯葡萄汁。我们没有问大夫，不过，大概葡萄汁对身体有好处。"

"哎哟！……给我吧……反正是要死的……"

今天这样，明天还是这样，我于是有点儿发胖了。我用上了皮带的最后一个窟窿眼。

病痛过去了，可现在呢？

我该咋办呢？我真的康复了吗？我觉得，我空空如也，那些兔崽子又可以去忙他们的社会主义了。我也不能成天待在家里。

我开始出门，把剩下的能吃、能喝的东西带到"高层会议"上。我的同志们吃了这些东西，喝了这些东西，却没有说一句称赞我有教养的儿孙们的话。不过，当儿孙之中有谁再拿东西来时，我就一声不吭，只是摇头。

"这倒霉的病！"

儿子马上问我：

"咋啦，老爷子？"

"哎呀，儿子，要是我能活过今天晚上，那就算我命大……"

"你没有吃药吗？维生素呢？"

"吃啦，吃啦！按时吃！要是你们再给我炖点鸡汤……或者煎条鱼，那就更好！……这些东西吃起来轻松一些……"

"这好，这好！"我儿子许诺说，"斯塔科夫舅舅家明天就准备这些东西。我会对他们说：要么炖鸡，要么煎鱼。"

"你还要对他们说，儿子……哎呀……但愿这难熬的日子赶快结束……"

"会结束的，会轮到你升天的！"儿媳妇拉达冒出这么一句。

"是这么回事，是这么回事……"所有的人都点着头。

所有的人都点着头。然后，他们放下带来的食品、药品，又急急忙忙下了山，忙他们的社会主义去了。再后来，所有

"高层会议"的高官都盯着我的两只手：我今天拿来的是白葡萄酒呢还是红葡萄酒？

"啊……这回是黄灿灿的……加了糖的'弗拉查麝香葡萄酒'……"

"这没啥……兴许更好喝!"老爷子、老奶奶们舔了舔干瘪的嘴唇。

总而言之，我就这样唉声叹气地打发着难熬的日子，不知何时是尽头……

新路

格奥尔基·卡拉斯拉沃夫

[作者简介]

　　格奥尔基·卡拉斯拉沃夫（Георги Караславов, 1904—1980）生于普罗夫迪夫州德伯尔村，先后在索非亚大学和布拉格卡尔洛夫大学学农。主编过多种报刊，当过"伊·伐佐夫"人民剧院院长和作协主席。为保加利亚科学院院士。一生创作了大量小说、戏剧、游记等，其中以长篇小说《儿媳妇》《普通人》，中篇小说《探戈》和短篇小说《在岗位上》等在国内外享有盛名。曾两次荣获季米特洛夫文学奖。

　　烈焰当空，尘土飞扬——这是八月的一天。大地被太阳烤得发烫，薄薄的一层暑气在地平线上微微颤抖。恰好在这样一个日子，工程师达莫夫到了一个小乡镇。五十年前，他在这个镇上念完了初中。不知是什么原因，他过去每年想到这个小镇，心里就不是滋味。

　　眼下，勃拉特尼切沃这地方正在为四五个村庄修水库，局里要他出差几天。他虽然很不乐意，面有难色，但他到底还是答应了。他当年开过商行，而现在快要退休了，因此不便推脱。他无需向任何人陈述他的过去，而且也没有谁能理解他。勃拉特尼切沃是他的老家，他大学毕业前一直待在这儿，大家都认识他。正因如此，他才感到十分为难。

二十年前，在他父亲亡故后，他曾回村变卖父亲留下的遗产。他父亲在垂暮之年胡里胡涂冒险娶了一个老婆，挥霍了一些钱财，但剩下的财产仍不算少。老达莫夫的手里掌握了一些邻居和亲戚的欠账单，穷人们埋怨说，他们至少已加倍还了钱，因而要求继承人别再讨债。但是，达莫夫工程师根本没有理会，一算完账就把穷人们搜刮得分文不剩。他用这笔钱建了一座别墅，这座别墅在一九四四年九月九日社会主义革命后被没收了。

进了小镇，达莫夫问了问本单位驻乡上的办事处地址，便心事重重、垂头丧气地寻找起来。不消说，他的故乡像整个保加利亚一样发生了巨大的变化。人们会怎样对待他——当年的财主的继承人、稻田的出租者呢？

办事处占用了过去的水霸的一部分宅邸，里面那个饶舌的、头发浅黄的年轻人，表情淡漠地向达莫夫抛出了一连串问题。工程师紧锁眉头，不想多吐一个字，回答得干干巴巴，因为他一向不屑于同小职员交谈。他想刺一刺这个饶舌鬼，可又怕他是个重要人物。谁知道呢，说不定他当过游击队员或者政治犯。世界被颠倒了，不能根据职务或衣衫来评判一个人的影响和实力……

　　年轻人一面盘问，一面好奇地、嘲弄地打量着他。他瘦高个子，衬衣领子笔挺，领带打得很像样，外衣是白色的，帽子是杏黄色的，手里还拄着一柄扣好的雨伞。饶舌鬼禁不住心里问道："此乃何人？"

　　还在根特①上大学时，达莫夫就把那些敞着领口、不穿外衣、不戴帽子的男人统统视为阿飞流氓。在四年大学生活中，在法兰斯德淫雨霏霏的天空下，他学会了出门带伞，而回国四十多年来，虽然国内下雨不多，他依旧改不了这个老习惯……许多人悄悄提醒过他，他却我行我素，把雨伞看作受过西洋教育的特殊标记。

　　饶舌的年轻人把客人打量了一番，说了声"对不起"，便去寻找能去水库的交通工具。隔了一会儿，他回来了，还在门口就一声长叹。

　　"活见鬼！"年轻人愤然叫道，似乎在为工程师生气，"乡党委第一书记刚坐小车到勒拉特尼切沃去了。错过了机会。乡人委的'胜利'牌小车去了索非亚，而我们的卡车都在工地上运东西。"

　　年轻人唠叨了一通后，又照他在军营里养成的习惯，说了声"对不起"，冲出去了。他隔了很久才回来。达莫夫工程师急不可耐，满脸怒气。

　　"有一辆大车要去工地，坐不坐？"年轻人抱愧地问道。看来，他愿意侍候上级，这使客人感到高兴，"我有一辆安了

_____

① 根特，比利时北部城市。

特制弹簧的拖车，把它挂上，是很舒服的。"他解释说。

工程师想了想，只好同意。他不喜欢坐大车，可也不愿在小镇旅店里留宿。勃拉特尼切沃的事情办得越快越好。

拖车确实很舒服，工程师稳稳当当地坐在上面，想起了过去的一大堆事情。是呀，在他起初念中学，后来又念大学时，每回放假回村，老人就用这种大车接送他。殊不知过了这么多年，情况大不一样了，回故乡仍然同先前一样要坐马车。先前，生活是轻松愉快的，就像插上了幻想的翅膀……他如今又踏上了那条老路，他的脑子里装满了永志不忘的对青年时代的回忆。

"伊利亚大叔，路上不好走，多留点神。"年轻人向车把式吩咐道，向他招了招手，祝他一路平安。

伊利亚大叔的脚上套着一双胶皮便鞋，身上穿了一件衬衣，头上戴着一顶皱巴巴的鸭舌帽。他把帽沿拉得很低，罩住了眉毛。他晃晃脑袋，表示啥事都懂，然后轻轻一拽缰绳，马车便辘辘行驶在尘土飞扬的街道上。街上，一辆辆大车装满了西红柿、青椒、粮食、西瓜，一辆辆卡车喘着粗气，司机频繁地按着高音喇叭。达莫夫愁眉苦脸地把头一扭，甚至轻声骂了几句扑面而来的尘土。车把式熟练地驾着大马，时不时睥睨自己的乘客。他觉得，他在哪儿见过这个人，那说话的声音蛮熟的。

"这街上车多，"伊利亚大叔心生怜悯，"乡里去工厂的车，去仓库的车，都打这儿路过……过不久就该运棉花啦，到那时您瞧吧，挤得很哩……"

工程师好像没有听见。他似乎到了一个陌生的、奇怪的地方。小镇的这部分从前是光秃秃的田野，地里布满了由于挖土烧砖而留下的一个个奇形怪状的深坑。在这儿念初中时，达莫夫同伙伴们捉过迷藏，玩过打仗。这儿曾经是真正的战场。孩子们躲在深坑里，藏在荆棘后面，冷不防袭击"敌人"，然后撤退……不过，这座小镇如今不仅仅在这么一个地方扩展。达莫夫一下火车就看见，一座座房屋延伸到四面八方。这些房子全是新的，既漂亮，又整洁。在小镇外河流经过的地方，即从前的牛市场后面，一座新村已拔地而起，它以坚固的建筑、突出的房檐、迷人的两层住宅而引人注目。

"这是我们的机器拖拉机站！"车把式洋洋得意地说。

在机器拖拉机站的后面，公路的右侧，有一排大型油库。这儿的土地吸足了机油，散发出汽油和柴油味。这儿当年离小镇有三公里，由一条河流同小镇隔开，现在矗立着一座座建筑物。工程师不知不觉过了一座崭新的大桥。过了桥，大车顺着一面斜坡向左拐去，工程师好像猛地从梦中惊醒。

"等一等！等一等！"他高声叫道，迷路似地东张西望，"咱们这是上哪儿去呀？"

"去水库哩。"伊利亚大叔不慌不忙地回答，紧紧勒住缰绳。大车停了下来。

"为什么……走这儿？"

"上公路去。"

"什么公路？通哪儿？"

"这是一条新路，一直通到勃拉特尼切沃。"

"可为什么……不走那儿?"工程师往东边的公路指了指。

"想避开陡坡。"伊利亚大叔耐心地解释说。

"走老路吧……经过磨坊的老路。"达莫夫命令道。

车把式只犹豫了一秒钟,便抿着嘴唇,把缰绳一抖。大车拐了个弯,大马奔跑起来。马跑了一百米,身上冒汗,又放慢了速度。车把式挪了挪身子。

"你熟悉这儿的路?"他奇怪地问道。

"我是本地人。"工程师吞吞吐吐地说。伊利亚大叔一惊,像是被什么东西猛击了一下,扭过脖子来。

"啊!是吗?那你是哪家的?"

"我在这一带混过……常去下面的水田。"旅客支吾搪塞道,把手一挥,指着磨坊的水沟和河流之间的那片土地。这条河拐了一个急弯,流到平川,在炎炎赤日下,像吸足了果汁似的懒洋洋地缓缓流去。"这是很久以前的事啦,"工程师又说道,脸上微微现出缅怀往事的神情,"那还是巴尔干战争①以前……"

伊利亚大叔把帽子往后一抹,似乎捕捉到了工程师的思绪。

"哎呀!"他眯缝着眼睛,在脑子里探索着一个人的形象,"你该不是……"他犹豫起来,脑子飞转,"你该不是……达莫夫家的吧?"他满有把握地对自己的旅客晃晃脑袋,一扬鞭子,说:"真是的!嗨!瞧你!俗话说,山与山不交往,人与

———————
① 两次巴尔干战争发生在 1912—1913 年。

人能见面！……我就想……到底猜中啦……那时候你留着胡子。”

工程师唯恐勾起对往事的回忆，于是蜷缩在车座上，暗自责怪自己嘴巴不严。

"是呀，是呀，留着大胡子！"车把式像是有了什么重大的发现，微笑着，兴奋地自言自语。

"那时候兴留胡子。"工程师干巴巴地说。

"你当然不记得啦，"伊利亚大叔说，"我也在你家稻田里干过活。"

车把式滔滔不绝地讲起自己的过去，把他说过的话，见过的世面，经历的事情，一一和盘托出。旅客瞅着他那张好奇的、干燥的、布满皱纹的脸，发现这张脸神采飞扬，脸上的一双眼睛隐隐闪射出光芒。

道路的右边是稻田，而在左边的大地块上，一辆拖拉机正在耕地。拖拉机是冲着道路开过来的，它开得不紧不慢，稳稳当当。机身微微颤抖，像是一座移动的小房，使人感到力量和信心。车把式瞅了一眼拖拉机，把浓重的眉毛一扬，满有精神地晃晃脑袋，得意地用主人的口吻说：

"'基罗维茨'牌的。正犁葡萄园。这是我们的土地。"

达莫夫咬着嘴唇，然后吃力地咽了一口唾沫。

大车到了拖拉机跟前，一个年轻的女拖拉机手敏捷地从拖拉机宽敞的驾驶室里跳了下来。她身穿褪了色的工作服，扎着淡褐色的头巾。

"伊利亚大叔，要是你在下边看见塔拉绍罗娃·佩卡，叫

她赶快来。"她天真地笑着，但看得出来，她有点生气——不
是生车把式的气，而是生同伴的气。

"我们不到下边去，明卡。"车把式亲热地回答道，又遗
憾地闭紧嘴唇。

"哈，你们准是去稻田。"姑娘像是自言自语。她灵巧地
一转身，钻进了驾驶室，把拖拉机开走了。

车把式望着耕过的高低不平的土地。

"大机器，了不起！"他说，"总也看不够。"

达莫夫工程师茫然若失地盯着拖拉机，似乎不相信自己
的眼睛。他激动得喘不过气来，想说点什么，但一时又找不
到话语。

"这姑娘……是谁？"他含含糊糊地问道，想摆脱窘境。

车把式诡谲地使劲挤了挤眼。

"看见她啦？"他笑容满面地说，"跟她奶奶长得一模一
样。一个模子倒出来的！你还记得她奶奶吧？肯定记得！克
尔卡，克尔卡，磨坊主乔勃里亚的女儿！"他又挤了挤眼，
"当年大家都围着磨坊主女儿转，其中兴许有你哩……当然
啦，应该承认——也有我……晚上翻来覆去睡不着觉，在磨
坊边上的葡萄园里把裤子都挂破啦，就一心等着她回家，听
她说话……"

车把式长叹一口气，若有所思地晃晃脑袋。大马迈开步
子，马车在满是尘土的道路上向前移动。

"同这姑娘一模一样！"工程师惊讶地想到，"真凑巧——
正好在磨坊边上遇到她！"

　　许多年前，老达莫夫租了邻村的一片草场，开辟了三四十狄卡尔①稻田。有一年放暑假时，年轻的达莫夫从比利时回来，路过这儿，向水稻工吩咐什么，偶然看见了磨坊主的女儿。不知怎么回事，一直到现在，工程师也想不明白，他怎么就被她的美貌、她的机灵劲、她的歌声给迷住了。当时，由于流水全被稻田占用了，磨坊闲了下来，但磨坊主一家在附近还有耕地，又养了两三头猪和许多鸡，仍有农活可干。年轻的达莫夫本来打算当晚就走，可他灵机一动，留了下来。尽管草房很不舒服，令人反感，他仍然在里面留宿，一心要看看磨坊主的女儿，同她见见面。水稻工们心里有数：他是为姑娘留下来的，因而悄悄地相互努嘴碰胳膊。而他一个财主的儿子，从西欧回来的骄傲的大学生，虽然轻视普通老百姓，把跟他们说话看作一种侮辱，仍然不得不睡在草房里，同满腿黄泥的水稻工滚在一起！年轻的达莫夫找了一个借口，进了磨坊，还同姑娘开了几句玩笑。他以为，对一个乡下姑娘来说，这是莫大的荣耀，他等着姑娘扑到他怀里。然而，姑娘却巧妙地反唇相讥，后来终于生气了，不再理他。这更使他心潮澎湃，抓住不放。于是，一个名叫斯坦乔的水稻工——善于溜须拍马的男人只好对他说，磨坊主的女儿已经有了心上人啦。

　　"记得吗，那一年你留在草房里过夜时，我正好在稻田干活。"车把式继续说道，"克尔卡爱上了我们当中最年轻的马

---

① 狄卡尔，保加利亚面积单位，1 狄卡尔等于 1.5 亩。

林。你是记得的，这个人很壮实，沉默寡言……说起来，长
得不算漂亮……"

车把式把左脚放在马车的踏板上，倚着靠背，津津有味
地讲述马林和克尔卡之间的爱情。但是，工程师没有听进去，
他陷入了对那些日子的回忆：当时，他一心一意要占有磨坊
主漂亮的女儿。为了排除竞争者，他会给马林双倍的工资，
要他去巴扎尔吉克的稻田干活。马林坦然地走了。但是第二
天，克尔卡也不见了——回村去了。年轻的达莫夫在草房里
那张怪不舒服的硬板床上被跳蚤咬、蚊子叮，心里酸溜溜的。
夙愿未偿，他痛苦至极。他回勃拉特尼切沃不久，就动身到
根特去了。

自那时以来，他经历过的许多事情，都已淡忘了。有些
事曾使他激动，但他现在什么也想不起来。他爱过的一些女
人，说是没齿难忘的女人，也早从他的脑海里消失了。只有
他同这个带着野性的磨坊主女儿的几次既故意又偶然的暗面，
才使他无法忘怀。只有她那可望而不可即、令人惊叹的形象，
才在他干枯的、瘠薄的、冰冷的心灵上闪闪发光！……而现
在……再过一会儿，他又要看见田野边上磨坊的白顶，看见
磨坊前面那棵橡树，看见笼罩着磨坊的柳树、蔷薇、铁线莲
的浓密的枝叶，他的心中将涌出对青年时代、对昔日的美好
时光的甜蜜回忆……

"她怎么样啦……那个姑娘?"工程师非心所愿地问道，
旋即又为向一个普通农民袒露心扉而感到窘迫和遗憾。

"克尔卡吗?"车把式满怀喜悦地笑着，脱口问道，"她嫁

给了马林，俩人生了孩子……现在的乡党委第一书记就是他们的儿子……可你知道，她运气不好……"

"为什么？"工程师又好奇又同情地问道。

"她受了许多罪，守寡……那个马林，就是她的男人，在索非亚教堂谋杀案发生后给抓起来了。那是一九二五年，听人说，他参加了米丘·加内夫的游击队。从此再也没有回来，关进警察局啦。我们这一带有不少人就是这样死的……"车把式心情沉重地停了片刻，"看看今天的一切，我就明白为啥他要那样做，为啥会死……法西斯统治时期，她的儿子，哎，就是这个拖拉机手的爸爸，也遇难了……他这个游击队员从巴尔干山下来后，被子弹打死了……"

"可她……还活着吗？"

"克尔卡吗？活着哩，还活着……马林被抓走后，她等了他两年，到处找他，后来又结了婚，生了一个儿子和女儿。她的第二个丈夫生的那个儿子是军官，不知是上校还是将军，据说现在在莫斯科学习……"车把式又跷起左腿，对走得懒洋洋的大马吆喝了一声，打四下里张望，于是又想起什么，继续讲道："克尔卡真受了不少苦，可到底活了下来，过上了舒心日子……她还跟从前一样……爱干净……眼下在管理农业社的养鸡场……"

大车慢慢翻过一个高坡，到了一片不大的平地。平地上有一棵树干粗壮的老橡树，一群羊正在橡树的阴影下啃草。达莫夫工程师从座位上站起来，凝视前方。他不住地眨着眼，像是在寻找和观望什么一去不复返的东西。是的，这就是从前人们套着牲口来磨面的地方。但是磨坊已经毫无踪影。只是在被废弃的干涸的水沟对岸，还看得见当年沟底的石块。沟底差不多跟泥岸一般高。从田野的高处，在当年柳树成荫而如今已辟为果园的地方，送来一股难闻的铁锈味。只有那条铁皮水槽，才使人想到这儿过去有一家磨坊。而在田野的低处，在村子的那边，在骄阳照射的地方，是一片浓密的、沉甸甸地低下头来的水稻。

"我们前些年也想种水稻！"车把式高兴得像孩子一样，"这条小沟能灌溉两三百狄卡尔土地，我们真担心它干了。可现在呢，扬水站把一条河的水都抽上来啦……"

工程师毫无反应，他并不对此感到吃惊。他低着头，沉思默想，就像被强盗抢了一样沮丧。

橡树后面钻出来一个老人，他缠着灰色包脚布，套了双猪皮便鞋，身上穿了件薄坎肩，头上顶了块家织的蓝毛巾。

"帕纽，你在放牲口吗？"车把式扬起鞭子向老头打招呼。

"是呀，"帕纽走过来，打量着旅客，"你们去稻田吧？"

"不，我们去勃拉特尼切沃水库。我送工程师同志去。"他朝拖车点了点头。

"还要兜风吗？"帕纽奇怪地问。

"兜啥风？"车把式恼怒了，"想找一条便道——直去勃拉特尼切沃。"

"嗨，伊利亚，这哪能去勃拉特尼切沃！"帕纽惊讶地说，"你土生土长，居然不识路！"

"这不是老路吗？"车把式来了火。

"老路已经没有啦!"帕纽着急而满有把握地说,"给犁掉啦。你看,那边是果园,再过去是棉田,嗨,一直到那条干线,就是葡萄园那地方。"

"糟糕,现在咋办?"车把式咬着嘴唇,惭愧地瞅瞅旅客,"再没有别的岔道吗?"

"哪来的岔道?"帕纽神气活现地一笑,"'基罗维茨'把啥都犁掉啦,管你三七二十一,然后又开走啦。真是了不起——六十公分宽,六十五公分深……早先开葡萄园时,挖了整整三年,才刨了三公里。可现在呢,一条犁沟就有一公里半。"帕纽走上前去瞅瞅工程师,"咱们活着见到多少新鲜事啦!"

"那就只好返回去啰?"失望的车把式打断他的话,抬头望了望太阳。

"转去吧,转去吧,"帕纽有点幸灾乐祸地说,"只有走新路才能去水库……你咋就不知道?"

"咋说呢,我三年没有过来啦,"车把式一面辩解说,一面拨转马头,"哎,没有办法,工程师同志!还得走公路。"

达莫夫皱皱眉头,蜷缩在拖车的角落里。他心里又苦又涩,脑子里像塞了一团乱麻。

大车往回走了。

"一路平安!"帕纽很有礼貌地挥着手,"下次可别忘啦。"

达莫夫工程师没有听见牧羊人的祝愿,也不明白车把式向他提出的问题。他软绵绵地瘫在车座上,什么也听不见,什么也不想听……只有"基罗维茨"刺耳的、单调的轰鸣,震耳欲聋地灌进他的耳朵……

森林里的故事

埃米梁·斯塔内夫

[作者简介]

　　埃米梁·斯塔内夫（Емилиян Станев，1907—1979）生于保加利亚中北部历史文化名城大特尔诺沃，后随全家迁居到离该城不远的埃列纳镇，同时开始文学创作。曾受过高等财经和绘画教育，肄业后在索非亚当过小职员，后专事文学创作。享有"契诃夫式作家"之称，为保加利亚科学院文学院士。主要作品有长篇小说《伊万·康达雷夫》《反基督者》，中篇小说《傍晚静悄悄》《偷桃子的人》，以及许多反映城市生活和描写动物的短篇小说。

　　在长着稀疏的青草和灌木的林间隙地旁边，一棵高大的山毛榉巍然矗立。它的树干犹如一根灰色大理石圆柱刺向青天，使周围的树木相形见绌，而树干的上端隐没在绿叶纷披的枝杈之间。它的树根犹如一条条粗壮的赤练蛇，在地下舒展遒劲，支撑着森林中这棵独占鳌头的大树，并供给它养分。清晨，阳光首先给山毛榉的树冠抹上一片金黄，然后才照射到其他树上。

深褐色的树蘑和苔藓附着在山毛榉背阴的一面，而下部的枝杈挂满了女妖头发般柔软的浅黄色茸毛，露出了道道酷似肿大的伤口。山毛榉的树冠下有个小洞，每到春天和秋天，洞里总是长满一嘟噜一嘟噜珍珠般发亮的银灰色蘑菇——这棵树曾经遭受虫害。

一对燕雀在山毛榉下部的枝杈上营巢安家已有几年了。它们从这棵树上衔来干枯的苔藓、地衣和由于日晒雨淋而脱落的树皮，营造了一个球状的坚固的鸟巢。鸟巢附在一根细枝上，看上去就像山毛榉的一个裹着地衣的节疤。

雄鸟起早贪黑地伫立枝头，神气活现地亮开嗓子鸣唱，那歌声就像夜莺的啼啭。高大的山毛榉柔和的树荫，宛如浅绿色的闪耀着点点光斑的漂亮帐幕，雄鸟就身居其中昂头鸣唱，长着玫瑰色绒毛的胸脯一起一伏。它怡然自得地眯着一对黑亮的小眼，深绿色的尾巴随着心脏的跳动不停地扇动。它欢乐的歌声在林中回荡，同百鸟的歌声融为一体。此时，雌鸟已在巢中下了七个榛子般大小的白蛋。

啄木鸟时不时飞来啄啄树干，野鸽或鹞子也时不时栖息树上，但没有任何飞禽发现这个燕雀窝。尽管蚂蚁成群结队地爬上树冠，四处觅食，企图吃掉尚未长毛、尚未睁眼的雏鸟，但它们终未遂愿。七只雏鸟依偎在铺着绒毛和地衣的暖和的鸟巢底部。这对燕雀隐避在山毛榉的绿叶下，安安稳稳地过着日子。

一天夜里，六月的星空洒下银色的光华，林间隙地的野花绽开花瓣，吐出浓郁的花香。就在这时，一只貂正在林中走动。这只貂瘪着肚子，悄声无息地搜寻着食物。它轻盈地攀上一棵棵大树，用它平滑的小嘴在身子周围嗅着，从一棵树跃到另一棵树。它光亮的貂毛反射出微弱的星光，细长的爪子在树皮上几乎不留痕迹。

这只貂来到山毛榉跟前，朝上一望，嗅了嗅树干。它既闻到了草木和腐叶的气味，也闻到了树洞里的气味。小野兽纵身一跳，抓住树干，朝上爬去。树洞里只有朽木和秋风刮来的树叶。这只貂撇开树洞，沿着山毛榉伸向侧面的树枝继续爬行。

没有哪只飞禽发现它。雄鸟栖息在鸟巢上方的树枝上睡觉，它把头缩进一只翅膀，整个身子就像一团地衣。雌鸟张开翅膀挡着夜露，用它的胸脯紧贴着尚未长毛、尚未睁眼的小宝宝。它把头歪靠在背上睡觉，那姿势很不舒服，只有当妈妈的才能忍受。

那只貂搜查着一根根树枝。凭着经验，它知道鸟们喜欢栖息在大树下部的枝杈上，因为那儿风小。况且，它还听见过雄鸟的鸣唱。它来到挂着鸟巢的那根树枝，小心翼翼地爬着，生怕震动枝头。雌鸟被惊醒了。它纹丝不动地伏在鸟巢上，睁开眼睛，骤然发现了星星的反光。树枝已被压弯。貂吃力地抓着树枝，一心想够到挂着鸟巢的小枝。雌鸟看见小野兽的一对眼睛，那眼睛射出两股似乎是灼热的蓝幽幽的磷光，但它依然伏在小宝宝身上，因为母爱压倒了它对死亡的恐惧。

貂猛地纵身一跳,死死抓住鸟巢,把它从小枝上扯了下来,抱着它掉在一根树枝上。尖利的牙齿刺进了叽叽惨叫的燕雀。随后,小野兽就像猫吃东西一样,慢慢咽下了雌鸟和七只幼雏⋯⋯

雄鸟醒来了,但它待在老地方,无计可施。它凄楚地轻轻叫了几声,久久未能安静。

貂吃饱了肚子,现出一副懒洋洋的、若无其事的样子。它钻进树洞,呼噜呼噜地睡着了。山毛榉的树叶喁喁低语,就像远处的山泉潺潺流淌。星星在黑沉沉的森林上空冥冥发光。雄鸟重新把它的头缩进一只翅膀,整个身子依旧像一团地衣。

晨光熹微中,燕雀醒来了,寻找着它的鸟巢。鸟巢在山毛榉的树根上打旋,稀疏的青草上挂着根根深绿色的羽毛。

雄鸟啼叫了很长时间。它不安地伸长脖子,想听到同伴的声音。

无边无际的森林苏醒了。天边的山峦披上了朝霞,晨光依然给山毛榉的树冠抹上一片金黄。橙红色的光斑在它银灰色的树干上跳跃。大树异常温柔。树荫中似有一幅幅飘忽不定的锦锻。千万张柔软的树叶自上而下披着阳光,轻轻摇曳,低声絮语,仿佛山毛榉笑得浑身发抖⋯⋯

燕雀飞到林间隙地上,啄食了几粒种子和几条蚯蚓,又重新回到树上。它若有所思,不安地伫立了许久许久。但是,当林中的百鸟放开歌喉时,它也跟着鸣唱了⋯⋯

傍晚静悄悄

一

他躺着，毫无倦意，脑海里浮现出明天就要发生的事情：他把水桶朝警士抛去，然后沿着被太阳晒烫的旷野，拼命奔向能够救命的青纱帐。这片青纱帐离打水槽有四五百米。当这一情景在他脑海里清晰可见时，他浑身的肌肉绷紧了，胸口也堵得慌，仿佛他已奔跑在弹雨之中，感觉到死亡的临近。

他仰卧在贮藏室般狭窄的牢房的木板床上，出神地望着罩着一层蛛网的灯泡映在天花板上的柔和的光圈，这么想着，大概已经有十次了。他断定，越是想得活灵活现，他就越容易对付行将发生的事情，越有勇气一举成功。剩下的主要问题是时间——需要充分利用每一秒钟，精确计算两腿的速度。

他相信自己能顺顺当当地逃走，因而屏住气息，想看看自己是不是过于自信。不，他必须具有这种信心。他不曾想过会被打死，似乎这不在他的考虑之内；他也不曾想过有可

能受伤被擒，因为这是最糟糕的——如果被擒，他的身份就
要暴露，一个不大但却宝贵的武器库就要落到敌人手里。

　　抓住他的不过是一个庸庸碌碌的暗探，他为此不能饶恕
自己。这件事说来有些蹊跷。暗探出现在他眼前时，他正站
在炸油饼的小摊旁边，心不在焉地瞅着周围的农民。暗探要
他跟着自己走，他断定不能脱身，二话没说就跟去了。不过，
他如此容易就范，主要是因为他觉得，他只是受到嫌疑，身
上又证件齐全。

　　他脸上掠过一丝苦笑，规规矩矩地跟着暗探朝乡公所走
去，嘴里还嚼着刚买来的油饼。但他仍然有些发懵，满腹狐
疑。他带着多次帮助自己脱身的假证件，还有一张通行证，
上面写着他叫安东·阿赫塔罗夫，是个大学生，索非亚人，
现被疏散到普列文州①某村，到这个小镇上来是有一桩要紧的
私事。

　　但他小看了地方警察的能耐，以为凭着他的知识分子模
样和整洁的衣衫，就能轻而易举地瞒过他们。警察局长生性
多疑，他一声不吭地听了解释，看了证件，然后用两个指头
捏了捏大得出奇的歪鼻子，半信半疑地打量了安东足足一分
钟。最后，由于一只苍蝇飞来捣乱，这番审视才告结束。警
察局长有些犯难，恶狠狠地盯他一眼，在他的抗议声中下了
拘捕令。

　　从那时起，他心里布满疑团，觉得事情已经败露，接头

---

① 普列文州位于保加利亚西北部。

的人可能已经被捕。他咬紧嘴唇，心里直恨自己，怪自己掉以轻心，也怪自己傻乎乎地束手就擒。他从来不曾料到，自己会不加反抗，没拼个你死我活就窝窝囊囊地落到警察手里。他当时那样做，是因为懂得自己重任在身，同时也怕自己忍受不了严刑拷打。于是，这一切就这样如此简单，如此突然，如此倒霉地发生了！谢天谢地，他外衣领子上还缝了一小包毒药，供他绝望时服用。他摸摸外衣领子，不觉一阵心寒。他过去常常想到过死，可从来不曾为此多愁善感，认为说到底无非就是疼痛，死的恐惧来源于对疼痛的恐惧。难道疼痛会永远存在吗？人一失去知觉，疼痛就随之消失。

他早就估量过自己的生活。他的生命是属于党的。如果能在斗争中取胜，他死不了，那就继续活下去。要是党遭到失败，他则会全力以赴地进行斗争，直到在这场斗争中或早或迟地献出生命。尽管他才二十八岁，风华正茂，但他还不曾尝过生活的任何一点快乐。他从不感情用事。他选择了书籍，舍弃了爱情；选择了斗争，舍弃了娱乐；选择了事业，舍弃了其余一切。他是一个钢铁工人的儿子，历尽沧桑才自学成才，并为艰苦危险的历程作好了准备。世界对他充满了敌意，他在世上只有为数不多的朋友——他的同志。他很少看到他们，因为他们也同他一样，无时无刻不在提心吊胆。加入游击支队以前，他担任过重要职务，曾受命完成过许多艰巨的任务。

他除了怨恨自己外，心里还一直犯疑：明天会不会再派他到打水槽去给大桶灌水？如果不让他去，他就找不到逃跑的机会，一切就都完了。

他知道，在查明身份之前，他将一直受到拘留。大概眼下他们正在搜集材料，要不就无法解释，为什么要给他照相。警察局找来一个衣衫褴褛的匈牙利犹太人，这个犹太人在一架老式照相机后面猫着腰，把头伸进一个黑布套。他自己站在墙边，警察局长和那个暗探瞅了瞅他，又瞅了瞅各自手里的照片。他随后发现，他们的脸上露出了不悦，他这才松了一口气，断定他们手里的照片不是他的。暗探把他带进牢房。当他再次提出抗议，甚至指出警察随便抓人的后果时，警察尴尬地说："也许你说得在理，但我们要查查你是什么人，是到镇上来干什么的。"警察还给了他一床被子，显然对他还算客气。这发生在昨天上午。到了下午，当他要求透点新鲜空气时，他就被派去打水了。

他被领到后院，那儿有一匹套好的小黑马，还有一个被捕的男孩。小孩一头鬈发，面孔黝黑，瘸着腿吃力地跟在马拉的大桶旁边。看见这个小孩，他心里一惊。这小孩不就是那个小交通吗？正是这个小交通要把六支卡宾枪和一批子弹转交给他。

他着魔似地盯着小孩，惊讶于在这里看到他，而且还是那么精神、健壮，没有被枪弹打死。如果这个小孩确实就是小交通，大概是刚被抓住吧？可能是故意领来吓唬人的？……

他瞅了警士一眼，想从警士脸上发现一点能证实他的怀疑的东西。接着，他又环顾左右，看看是否有人在监视他。但又高又黑的警士只顾盯着马，院里并无他人。安东十分窘迫地走过去，两眼仍旧盯着小孩。他的脸渐渐恢复了平静，还显得有点生气。他需要装出一副受了侮辱的知识分子的样子——无辜被捕后现在又被派去打水。

时值八月，午后的骄阳把院子照得通亮。刷成粉色的旧楼把长长的影子投在屋檐下，遮住了一辆沾满稀泥的马车。院子朝阳的一边晒着几张床，床上放着软垫，软垫的影子伏在草地上。离这儿不远有一个已经干涸的打水槽，上面的水管只安了一个铜的龙头。石砌的围墙把旧楼的后面堵死了，而旧楼临街的一面有几畦残败的花卉。

安东走在黑马旁边，黑马不安地咬着笼头。出了两扇大门，前面是又陡又窄的街道，街道两旁有一堵堵围墙，围墙里面栽着李子，一座座小房掩映其间。

他提着水桶和用来往大桶里灌水的漏斗。街上满是石子，大桶哐当作响，黑马在下坡时直往前冲，小个子男孩一瘸一拐地好不容易才把它拉住。安东走过去抓住笼头。

"把桶提好！"还没等小孩接过水桶，他就贴着小孩的耳朵说了一句悄悄话。

小孩睁大褐色的眼睛，惊讶得半张着嘴，露出两排白牙。

"真巧，"他说，叹了口气，"同志……"

"小心，"安东说，"提好水桶，别站住！"随后又轻声补充一句："走我左边。"

他们并排走着，警士跟在后面。当警士在一个很窄的拐弯处掉在后面时，安东不动声色地问道：

"你是昨晚被抓来的吗?"

"是的。"小孩愁眉苦脸地说。

"在磨坊里吗?"

"不，在家里，当我准备动身的时候……"

"为什么抓你?"

"搜查时翻出了一些书籍。"

"枪呢?"

"还在老地方。"

"哪儿?"安东急不可耐地问道。

"就在磨坊里，埋在地下。"

安东长嘘了一口气：

"挨打了吗?"

"不要紧，给他们擦了擦靴子。我不信他们会用重刑。"

"啥都别说。"

"知道。"

警士走上来了，他们默不作声。三人出了小镇，路好走了，大桶也不响了。

过了不一会儿，他们来到打水槽。石头砌成的打水槽，又旧，又高，又牢，水槽很长，发出一股水藻味。天旱使水流变小了，灌满大桶要用很长时间。

打水槽前面是毫无遮挡的平坦的牧场，牧场那边是收割过的庄稼地，再过去便是青纱帐……

二

如果十秒钟跑一百米，全程就要三十五秒或四十秒，至多一分钟。

他一骨碌翻身下床，走到门边，竖着耳朵听听外面有无动静。过道里传来警士们的鼾声。有一只耗子咯吱咯吱啃着木板。隔壁关的就是男孩。安东刚才还敲了敲墙壁，想试试能不能同他通话，可小鞋匠对"发报"一窍不通。

安东断定门外无人，就直立在牢房里，两手下垂，然后猛抬左腿，往后一闪，双手往胸前一合，似乎在防备向他投来的东西。他左手挡开想象之物，右手往腰部一摸，直到他用脚点了两个拍子——拔出了"手枪"，他才把右手平举起来，做出射击的姿势。

他沉思了片刻。那蓄着络腮胡子、长着尖鼻子的轮廓分明的脸庞流露出不满和忧虑。在做这一连串动作时，他的右脚只打了五个拍子。这就是说，警士从挡开他扔过去的水桶，发现他逃跑，直到开枪射击，只需要五秒钟。

他不由得皱起眉头，晃了晃脑袋。如果要砸警士的脑瓜，使用裹着铜皮的漏斗倒比水桶强得多。不过，如果警士站在打水槽上方，从下往上就不好砸。这得随机应变。或许要另换一个警士吧？或许他不会站到打水槽上方去吧？

他又躺上木板床，试图入睡。明天要把全身放松，保持旺盛的精力。他裹着被子，可又闻到了枪上的机油味和汗臭味。于是，他又兴奋地想起昨晚离开宿营地时的情景。在一堆已经不吐火苗的篝火旁边，支队长盖特曼、政委和他正在冥思苦想：如何才能完成取回枪支弹药的任务。这些枪支是预备给一支新的游击队使用的，但一次出乎意料的挫折使小镇上的十来名青年团员落到了警察手里。卡宾枪未被搜走，只有瘸腿的小鞋匠才知道它们藏在哪儿。

他摸着黑走在收割了的庄稼地里，四周漆黑一团，只有禾秸依稀可见。接着是覆盖了一层软绵绵的尘土的道路、一棵大树、一块坡地，最后终于发现了废弃不用的老磨坊乌黑的影子。磨坊周围只有蚊子嗡嗡乱飞，青蛙鼓腮鸣叫。他走过去，支起带托的毛瑟枪，趴在地上，盯着磨坊的黑影待了很久。磨坊里无声无息。他说了一句暗号，便顺着杂草丛生的小沟爬过去，发现磨坊里确实无人……

他见门上顶着一根杠子，心里踏实了。这根杠子表明，接头的地点是在镇上。他仔细查看了四周，就在磨坊旁边躺了下来。一群蚊子在头上嗡鸣，叮得他厉害，他只好用手帕缠住脖子，把裤脚放下来。他一觉睡到朝阳染红了禾秸和树梢，便把手枪埋在磨坊旁边，在小河里洗了脸。他相信自己的证件顶用，一向不带武器进村或进城接头，并大大方方地用一些冠冕堂皇的理由搪塞警察，然后住进旅馆蒙头睡觉，等着店员把他的身份证送到警察局去让警官过目。

……他上了路，进了镇子。卵石路面的街道坑坑洼洼，洒满阳光，长得没有尽头。街旁尽是两层的旧房，屋檐很宽，墙壁很长，其间开了许多小铺。每座房子的后面都有院子，房门宽宽的，门前有一块石板。

初来乍到，他的头桩事情是熟悉环境。他看得清楚，街后那条小河就是他洗过脸的小河；镇子很长，凋零冷落。几棵杨树长在河畔，树冠已枯，高入蓝天。小广场上停着两辆卡车，卡车的轮子已卸了下来，因而用大石头支着。他想去理发。一夜没有睡好觉，路上又累，他脸色难看。他进了一家刚刚打扫过的理发店，理了发，眯着眼睛把自己那张脸瞧了半天。殷勤而好奇的理发员问他话，他差点愣住了。

随后，他到了市场，挨家找着修鞋店，想找到那个"纳恰洛"招牌，以便故意问问他送去的那双登山鞋修好了没有。

广场上正在炸油饼，他饥肠辘辘，想先吃点东西再找。就在这时，暗探来了……

也许今夜将是他一生中的最后一夜。这要看情况如何。他对个人的命运是毫不介意的，既要斗争，就会遇到千变万化的情况……

头十秒钟要跑离警士一百米。端着手枪瞄准百米之外的人影，谈何容易。枪身短，晃来晃去，子弹难以击中目标。何况他要跑个曲里拐弯。另外，警士慌慌张张，持枪的手准会发抖……

"打中我，不过是一种侥幸。"他最后这样断定，心里也不再害怕。他是善于控制自己的，此刻又把思路收拢到逃跑的关键问题上，一面默念着警士的一连串动作，一面用他的脚在被窝里算着时间。裹着铜皮的沉重的漏斗仿佛已攥在他的手里，在他跟前晃动。

他用被子蒙住头，两腿一曲，但又猛地坐了起来，穿他的鞋。他过惯了游击队员的生活，喜欢和衣入睡。然后，他脱下外衣，叠成一个枕头。重新躺下时，他觉得两眼发胀。

"该睡了。"他想。

然而，他仍很兴奋，无法入睡。翻腾的思潮、昨夜的步行、突然的被捕、逃跑的准备、不断的疑团，使得他神经紧张。此刻，他的思路又转到囚禁他的这座旧楼上。

旧楼共两层，下面一层是乡公所，上面一层是区公所和警察局。在这种情况下，白天是不便拷打犯人的，这就是说，审讯只在晚上进行。是不是还有一个地下室呢？说不定十来个青年团员就在那里遭殃……

为了镇静下来，他开始采用一个行之有效的老办法。平常，大雨过后，当他和同志们躺在树林里湿漉漉的枯枝上时，他就经常采用这个办法：想些愉快的事情，比方说战争就要结束啦，红军取得了胜利啦，等等。苏联军队已经到了摩尔达维亚，再有两三个星期就会开进我国国土。假如人们知道他是谁，知道他为什么而来，那就有救，就能看到红军……

他越想越兴奋，心里美滋滋的。但他接着又控制住自己，知道想入非非会挫损他的意志。他翻了一个身，决心什么也不再想。

周围死一般沉寂，仿佛旧楼内没有一个生灵。镇上也悄然无声。不过他仍然听见一辆卡车轰隆隆地开过去，震动了这座旧楼。

卡车运送的莫非是宪兵？奇怪的是，镇上竟没有宪兵。听说宪兵驻扎在附近一个大村子里，离这儿约莫二十公里。

……有一回，他到山区一个小村取盐。当时食盐极其贵重。他见到了交通员，他们把盐放在村外，由他带走。交通员对他说，乡里关了一名游击队员，一个教员。他白天躲在草地的小棚里，天一黑就把盐装进口袋，扛回山去。他穿过田野，抄近路朝树林走去。走近山岗的一个小教堂，他听见有人说话，就停下脚步。接着是十字镐和铁锹的声音。他又等了几分钟，想听个究竟。静静的黑夜里传来吓人的号叫声和沉闷的打骂声……

过些日子，他听说他碰到的正是那个教员被打死的情景。那天晚上宪兵进了村……

不行，这么东想西想，哪能入睡！

他于是又回到他的童年，想起了他的母亲。他母亲又高又瘦，长着一副男人的脸，前额很高。但她已在九泉之下。母亲的神态使他感到欣慰，他觉得自己的神经松弛了下来。他像在幻梦中一样看见了洛增内茨①的那座小房，房前有个小院，院里开着野花，墙边的西葫芦攀附在玉米秆上。就这样，他又想起了过去——起先想到老家，继而想到召开秘密会议的维托沙山和他的同志们居住的各个街区。在这样的环境中，他长大成人，投入了阶级斗争和党的事业。至于他个人，他是满怀信心，愿意作出自我牺牲的。在这场斗争中，活着的人很少，牺牲的人很多，也许他明天就要加入这些死者的行列……

---

① 洛增内茨位于索非亚市南郊，再往南则是本文中提到的维托沙山。

合眼之前，他又对那只怀表感到可惜。这只怀表眼下放在警察局长的抽屉里。丢了这只表，丢了证件，他心里非常难过。那些证件是靠一位在乡公所办事的同志弄到手的，失去它们是个很大的损失。

他入睡时，镇上的旧式土耳其报时钟敲响了一点。

三

姑且就把这间临时关押犯人的黑洞洞的斗室称作牢房吧。牢房只朝着后院开了一眼小窗，窗玻璃多年未擦，像是蒙上了一层赛璐珞，就连固定在外墙上的铁栅栏也看不清楚。白天的光线勉强透进牢房，如果不开灯，简直难以找到自己的衣服。

醒来时，安东闹不清时间，只能凭区公所的动静估计个大概。过道上传来警士们的靴子声、说话声和系腰带的声音。他们正在洗脸，在院子里跑动。看来时间还早。

当院子里稍静下来，镇上的报时钟响了七下时，安东等得不耐烦了，动手敲门。几分钟后，有个粗嗓子问他干吗敲个没完。随后，他被领到院子里洗脸。警士们阴沉着脸，好奇地瞅着他。陪他的那个警士，一个农民模样的褐发青年，洗脸时还帮他浇水。这一星半点的关照使他感到高兴，也给他壮了胆。他请求警士替他买包烟，并留在过道里等候。看着院子里的警士，他心里琢磨："今天要向我开枪的是哪一个呢？"他很想多看几眼那个黑大个子，但不见他的影子。而那些已经回到屋里穿衣服的警士，一个个懒洋洋地打不起精神。他们被迫在这里当差，对农事和家庭的操心自然超过了对现政权的安全的兴趣。

他铁青着脸，瞅着一边，拘谨地站着，继续装出一副不得不忍受他们的上司欺凌的知识分子的样子。有的警士问他为什么被捕，他没好气地回答说："问你们长官去吧，他知道！"

快七点半了，机关已开始办公，他被关进牢房。

"我要吃早饭，"他说，"请帮我买点东西。"

警士答应了，拿走了钞票，几分钟后给他送来了奶渣饼。他狼吞虎咽地吃了饼，坐在木床上抽烟。他没有烟瘾，平时抽得很少，但也不怕尼古丁。在这些难熬的时辰，抽烟使人解闷。

他想弄清楚他和小孩之外，楼里是不是还关着别人。他不敢向任何人打听，可他断定，这里只关着两个人，不然的话，他不会不发现他们，也不会单独一人待在牢房里。这使他放心了——没有人会替他去打水。不过，他仍然不知道会不会再派他去，什么时候去。

今天必须跑掉。这是燃眉之急。天一黑，支队的两位同志就要在离这儿七公里的临时交接站旁边等他。他必须赶到那里，告诉他们发生了什么事情，然后一同去磨坊取枪。游击队中还有人赤手空拳，而新的战斗日益临近。

他很想见见那个暗探，再向他提出抗议，并旁敲侧击地打听一些消息，譬如说是不是还派他去打水，警察局长想拿他怎么办，等等。他竖起耳朵想打听出暗探的声音，但在一片开门和关门、说话和上楼的嘈杂声中，很难分辨出一个不太熟悉的嗓门。小孩的屋里也毫无动静。会不会是昨晚他睡觉时，小孩被带走了呢？

他走到墙边敲了几下，小孩也敲了敲，这才使他踏实下来。说不定小孩也躺在那里，一门心思地期待着有人把他领出去。

他懊恼而气愤地想道："干吗要把进步书籍放在家里呢？"

铁锁当啷一响，牢门打开，暗探出现。他一头浓密的褐发湿漉漉的，看来刚刚梳过；小胡子一撅一翘，许是刚上街吃过油饼。粗糙的脸露出严肃的表情，浅灰色的眼睛透出高傲和严厉的神色。

"去见局长！"暗探把头一歪，示意他出去。

他先到楼道，然后走进一个小厅。小厅的地板脏得一塌糊涂，一大堆农民正在里面等发通行证。暗探在一扇门上敲了敲，把他推了进去。

局长办公室的中央铺着一长条积满尘土的蓝色旧地毯，地毯的尽头摆着一张旧式办公桌。在桌后的保加利亚君主像和希特勒像下面，他看到了一对冷冰冰地射出凶光的眼睛、一个大得可笑的鼻子和鼻子下的小胡子。警察局长两手握着被他扭成弧形的铁尺，一双眼睛贼溜溜地在安东高大的身躯上扫来扫去：先是瞅他黝黑的脸膛，然后瞅他略微泛红的头发、他的衣服，最后又恶狠狠地把目光转回到他的脸上。

还没有等警察局长开口，安东就愤愤不平地说：

"你们把鄙人当成盗贼，要关到何时才肯罢休？"

警察局长把身子往前一倾："好大的口气。竟不问一声好，不叫一声局长先生？"他的眼睛里射出两道凶光：

"我还没说话，哪容你多嘴！"他用铁尺敲着桌子。

"我要去告你们！"安东口气很硬。

警察局长打量了他半晌。

"你先回答我几个问题，然后再看看该谁告谁！"他鄙夷地把眼睛一眯，红眉毛吓人地夺拉下来。

安东气愤地回敬了他一眼，想惹他生气，让他漏点底。他知道自己应当充当什么角色。对于这样的角色，他是经过深思熟虑的，几乎每次执行任务之前都要动一番脑筋。现在的问题是要把戏演活。

他堂堂正正地说：

"我父亲是后备役上校，没有什么可怕的。我有十足的理由提出抗议。"

警察局长又抬起一只眼睛，瞟了他一下，似乎想从他的外表上看看他是否言之有据。

"我对此兴趣不大……不管您如何标榜自己，"他改变了口气，这次还用了"您"。"您是谁，马上就会查清。使我感兴趣的是，您是坐什么车来的。"

安东胸有成竹，随口说道：

"坐大车。"

"什么时候到的？"

"昨天早晨。"

"车把式叫什么名字?"

"叫什么佩特科的大叔。"

"全名呢?"警察局长伏在桌上记着安东的答话。

"不清楚,是一个老农民。"

"'不清楚'可不妙,要被关起来的。"

"那我就胡编乱造。"安东斩钉截铁地回答。

"哼……在哪儿上的大车?"

"在奥里亚霍维查车站①。"

"是您雇的吗?"

"我没有雇车,只是求人捎个脚。"

"车把式是哪村的?"

"据他说是一家小店的,记不起小店的名字了。"

"哼,记不起了。是不知道呢还是记不起了?"

警察局长放下铅笔,趴在桌上,逼视着安东。

"好好想想吧。"他酸溜溜地说。

"大概能想起来,不过得等一会儿。好像叫米科瓦的小店。"安东心里明白,压根儿就没有这个小店。

"有把握吗?"警察局长又拿起铅笔。

"不太有把握……诸如此类的名字。"

警察局长把他的回答记了下来。

"您说,"他口气很硬,"在什么地方下车的?"

"镇子边上。"

———

① 该车站位于保加利亚中北部。

"干吗在那地方下车，不在镇上下？"

安东也酸溜溜地一笑。

"想下就下呗。"

"哈，想下就……这么说来，您是在镇子边上下车的？"

"如果您是我的话，也会这样。"

"这是什么意思？"

"意思是说，一个人坐了三十公里的大车，到了镇边，准会憋不住的。试想想，要是您颠簸了一夜，不会这样吗？"

"干吗不等公共汽车？"

"我等过，可后来发现旅馆房间太脏，我宁可步行离开车站，也不愿睡在里面。要不是碰见那个农民，我会一直走到镇子上来。我不能随便找个地方就过夜。"

接着是一阵沉默。警察局长若有所思地望着墙角，用铁尺刮着脸。随后，他连眼睛都不抬一下，就气大声粗地说：

"来镇上干什么？"

"有点事情。"安东漫不经心地回答。

"什么事？"

"这不便向您透露。"

"要想放您，非说不可。"

"通行证上写得清清楚楚。"

"通行证已经过期……逾期一月……不管用。您说，您是来干什么的？"

安东摸出烟盒，像在家里一样悠闲自在地抽起烟来。点火前，他还把卷烟在烟盒上抖了抖。警察局长瞅着他，皱起眉头，闷声不响。

"快说，到这儿来干什么？"他脸带愠怒，开始失去耐性。

"我不会说的。这是我的隐私。"

"那我就继续关您，直到您说出来为止！"警察局长气势汹汹地嚷道。

"您无权继续关我，哪怕再关一小时。"

警察局长直挺挺地站起来。

"您是什么东西？"他冲着安东大声叫着，"要是不回答我的问题，我就把您送到地下室去！您知道这是什么地方吗？是在咖啡馆里吗？"

安东不吱声。

"再给您一分钟时间，然后说说您来镇上干什么！"警察局长转过身去，踱到窗前。

窗外传来小镇上低沉而单调的喧嚣声。一辆大车嘎吱嘎吱地从街上过去，行人边走边说话。什么地方有人在箍木桶，箍桶的声音撞在墙上又折了回去。透过窗户，披着朝阳的蓝中泛绿的山脉隐约可见，天空明洁。

"你们是强人所难。"安东终于屈服，装出不得不吐露真情的样子。他侧过脸去瞟了暗探一眼，然后悄声说道："我来找一个女人……"

警察局长转过身来好奇地望着他。暗探憋不住扑哧一笑，用手梳着油光可鉴的头发。办公室里一片沉寂。安东低着头，又愁闷，又恼怒。警察局长朝他走去。

"哪个女人？"他问。

就在这时，电话铃响了，警察局长弯腰抓起听筒。听筒里的声音很急。警察局长满脸惊色。

"什么地方发现的？"他在电话里问，对方回答了一句，"什么时候？走了？真是的……盯住他……不要打草惊蛇……等一等……"

他捂住话筒，没看安东一眼就对暗探说：

"带他下去！让准尉查查他的身份。给波尔迪姆去个电话。把他换到警士室里！"他随便摆了一下手，似乎是表示"再见"，又似乎是表示"滚开"，然后继续对着听筒发话。

暗探把安东领到小厅里。

"请让我待在老地方。"安东说。

"为什么？警士室要好些。"

"我不愿意警察们问这问那，也不愿意办事的老百姓把我当猴看。"

暗探想了想，无动于衷地说：

"既然如此……"——于是又把他带回牢房。

四

从现在起，安东计算着时间——听着镇上报时钟慢悠悠的打点声。每分钟都使人牵肠挂肚——似乎他那颗受到压抑的心在拼命推动着时间一分一秒地过去。他等着给他送来午饭（这是暗探答应过的），然后再派他去打水。他还等着再把他叫到警察局长那儿去。他屏住呼吸，全神贯注地听着过道里的动静。也许那个准尉已经同发放通行证的波尔迪姆派出所通过电话，而派出所所长答复说，他们那里没有疏散来这么一个人，通行证是假的。

他心如潮涌，一会儿躺下，一会儿又爬起来，在狭窄的牢房里走来走去。他的思想像脱缰的野马。他想起了晚上要等他的那两位同志，他们现在可能正在赶往交接点。他又想起过去，那时他怕死，可后来胆子大了。他还想到那个磨坊，磨坊的地下埋着六支枪。喧嚣的小镇上的和平生活浮上他的脑海，这种生活同他身处的那个世界大相径庭。他不止一次地企图设想他逃跑时的情景，由于逃跑的某些细节现在还不能确定，他脑子里设想了几十种情况。他想镇定下来，但又办不到。

十二点整，暗探推开没有上锁的牢门。安东等着他的头一句话。

"给您送午饭来了。"暗探说话时，一个警士钻进牢房，笨手笨脚地端着一盘东西。

"电话没接上。现在要带一个受伤的赤匪来。"

安东嘘了一口气，但后一句话又使他凉了半截。暗探以为他这一嘘气是表示不满或者愤慨。

"您运气不好，"他安慰安东说，"电话老占线。宪兵昨夜发现了一批赤匪，交了火，现在还在追捕。"

警士搬来一个凳子，把一盘菜、一片面包、一把叉子放在上面。安东为了掩饰自己的激动，坐在床边吃起来。他两腿打颤，但他控制住自己，若无其事地问道：

"在哪儿发现赤匪的？"

"镇子东边。"

"这不可能，"安东想，"我们在西边活动，想必是别的支队。"于是，他又装着对上述新闻毫无兴趣的样子说：

"请让我去打水吧，透透新鲜空气。"

"放您到院子里走走。"暗探说。

"最好去打水，免得像个放风的犯人。我想跟在马后面溜达溜达。"

"好吧，"暗探回答说，"马一牵来就派您去。大概在三点钟……"

安东吃得很快，根本就没有嚼出什么滋味。要吃，吃饱才有劲。

几分钟后，隔壁房门开了。男孩被带走了。是不是要审问他？安东不安地凝神听着。男孩真会像他自己想象的那样受到宽大吗？如果把他交给宪兵，他就完了。安东偷偷在牢房里跨了几步，走到门边，把耳朵贴在墙上。几间屋子里除了通常的响动外，没有别的声音。一辆大车突然进了院子，接着是靴子撞击楼梯的声音。他握住生锈的门把，轻轻把门推开。过道里不见人影。

他的心咚咚直跳。干吗现在不趁机逃走呢？溜下楼梯就上了大街。如果被谁拦住，就说在牢房里待腻了。牢房没锁就表示相信他。警察局长本人不也下令把他换到警士室里吗？

他在昏暗的过道上蹑手蹑脚地走了几步，到了警士室的门口。门敞着，屋内透出的光线晃人眼睛。他走过去，只见一个警士把蓝上衣搭在凳子上，脸朝门坐着，正在缝扣子。

安东往后一闪，脚下的楼梯嘎吱一响。警士走了过来。

两人面面相觑，目光很冷。警士是个宽肩膀的矮个子农民，长着一张机警的大脸和闪闪发亮的猫眼。安东笑了笑。

"你这是到哪儿去？"警士问他，"谁批准的？"

"到你这儿来。"安东回答。

"到我这儿来？……门是怎么开的？"

警士惴惴不安。

"没给我上锁，"安东解释说，"我在那间黑屋里待腻了。"

"回去！"农民用怀疑的眼光瞪了他一眼。

"警察局长准我待在警士室里……"

"走吧！少废话，快回去！"

安东只好服从。警士送他进屋，咔嚓一声锁了门。当班的警士想踏踏实实地缝他的扣子。

安东骤然对这帮警士充满了愤恨，尤其是把这个胖子恨之入骨。他觉得他是个危险分子，仿佛现在还看见他那琥珀色的眼睛射出的凶光。

安东咬着牙，坐在床边。怎么没逃走哩！那木板多可恶！过道上传来不均匀的脚步声。小孩被送回来了。这是把他弄到哪儿去了？是去受审吗？审讯如此短暂，令人不能置信。

安东听见门锁当啷一响，接着是暗探的声音："在我把你交给迪切夫斯基上尉以前，你还可以好好想想，是不是认识他。上尉可不好对付，你得把娘奶都倒出来的。"小孩说了句什么，暗探便自言自语地快步走过安东的牢房，仿佛在说：

"走着瞧吧!"

镇上的报时钟敲了两下。楼道上又传来警士们杂乱的靴子声。职员们也回来了,打字机响了起来。一个女人问了句什么。

"他死了,"有人回答,"刚死的,大概死在路上。"

安东猜得出来,他们等来的是一名受伤的游击队员,但这个不幸的人已经牺牲了。安东如芒在背,两腿发软。

一辆卡车从街上沉闷地开过去,震撼了古老的建筑物,一小块墙皮从天花板上脱落下来。安东像被螫了一下,打了一个哆嗦。他神经紧张,两手发抖。再过一小时,他就会激动得喘不过气来。他忽而想到牺牲的同志,忽而想到晃动在他眼前的打水槽,忽而又想到警士。

时间难熬。沸腾的血液涌进耳腔,嗡嗡作响。镇静,还有一会儿,还有一会儿。他们现在忙于应付那具死尸,议论纷纷,莫衷一是……哪有功夫管我。

他时不时长吐一口闷气,然后出声地来个深呼吸。报时钟终于敲了三下。他坐在床边等着。时间一分分地过去,可谁也没有来。他紧张得心脏快要撕裂。他随时预备着牢门打开,来个警士把他带到警察局长那里。如果他们查出波尔迪姆没有疏散去那么一个人,也没有给这个人发过通行证,而且查出小站旅馆没有住过安东·阿赫塔罗夫,他将作何回答呢?……那就会把他交给迪切夫斯基上尉,他就只好服毒自杀。

他躺在床上,思考着如何回答这一连串问题,又该作出怎样一种姿态。想着想着，心也不像刚才那样跳得厉害了。快四点了，仍然没有人来。正当他感到无望的时候，门锁一响，开头上锁的那个值班警士出现在门口。

"喂，出来!"他叫道。

"上哪儿去?"安东问道。

"院子里。"

他猛一冲动，眼睛一花，歪倒在地上。然后站起来，穿上外衣，系好腰带，走在警士前面。两人下了楼梯，到了院子里。马已套好，但小鞋匠不在它旁边。一个警察抓住缰绳，向屋檐下的职员和警士们嚷着什么。一小堆人背朝院子拥在屋檐下，大概正在瞧那个游击队员的尸体。

"干吗不把小鞋匠带来?"牵马的警察气呼呼地问。

"没有命令。"安东背后的警察回答。

"那谁牵马?"

"这人来牵。"

"要两人才行。喂，帕什特拉帕诺夫，去开门把小鞋匠叫来，让他去打水。"

有个人从人堆中钻了出来，安东认出了他就是暗探。

"什么事?"他问。

"只带一人去打水，那不成，谁牵这牲口?"警察生气地说，一巴掌打在马上，那马喷了他一手泡沫。

"那就你去。"暗探说。

"我有事……局长吩咐谁也不要离开，大概要去增援宪兵队!"

"喂，克利门特，给你钥匙，去把小东西带来！"暗探对胖子说，把钥匙交给了他。

警士走去了，安东瞅着他离去的背影，只见此人腰粗背圆，一条皮带胀得像桶箍。他脑袋很大，后脑勺又丑又长，上面盖着一顶又好笑又难看的制帽。

"那些人干吗挤在那儿？"安东问。

"赤匪送来了，谁也认不得他。不是本地人。"暗探露出无可奈何的样子。

"我能看看吗？"

"当然可以。"

"帕什特拉帕诺夫，我不能老牵着马。"警察威胁道，但暗探没有理他，而是领着安东向房檐下走去。

"当时没有马上把他绑起来，真是大错特错，"暗探嘀咕道，"现在从死人嘴里能掏出什么呢？迪切夫斯基上尉饶不了他们。"

安东贴他走着，脸色刷白，两腿打颤。他紧张得连呼吸都感到困难，根本就没有听清暗探说了些什么。

两人走到檐下，众人为他们让出一条道。

这个游击队员身高体大，长着一头褐发，约莫三十五岁。粗壮的脚上没有穿鞋，两只手很有力气。他身穿一身咖啡色衣服，衣服上血迹斑斑。仰面躺着，两腿岔开，脑袋歪在肩膀上。那张久未修刮的脸没有表情，像是在思考着什么问题。他褐色的胡子和那对还未合上的、仍然有光的蓝眼睛似乎还会转动，还有生气。

安东想赶快走开。他不认识这个游击队员。也许是舒门州①那个支队的？正当他要逃走的时候，他不想多看一眼。天晓得，半小时后，他会不会热乎乎、软绵绵地仰面躺在死者旁边，两腿岔开，脑袋歪在肩膀上！

他两肩发麻，骤然觉得有一种可怕的力量在把他推到死者的行列里去。他的整个身子仿佛莫名其妙地同死者贴在一起，因而充满忧伤。

"认识他吗？"暗探问道，对他脸上的愁容感到奇怪。

"从何谈起？"

"也许在什么地方见过……偶然一晤。你脸色蜡黄。"暗探盯着他又说了一句。

"我第一次看见死人。"安东说。

"神经脆弱。我就什么都敢看……就跟大夫一样。走吧，叫您了。"

小鞋匠手执马缰，胖警士忧郁而恼怒地向安东一挥手，指了指水桶和漏斗。男孩的一对褐色眼睛阴阴沉沉，毫无生气。

"喂，莫卡，"从小马旁边走过的一个警士对男孩说，"你看到屋檐下那个岔开腿的家伙吗？你也该躺在那儿。不干好事，看禁书！"

警士揪住小孩的头发晃了晃，小孩踉踉跄跄地窜了几步。

"快点！还愣着干什么？"胖警士说。

---

① 舒门州位于保加利亚东部。

安东抓过缰绳，马车轮子转动起来。小孩提着水桶和漏斗。

他们走在狭窄而弯曲的街道上，空桶骨碌碌震天价响。小马一股劲往前奔，安东使劲勒住缰绳，使得它不断尥蹶子。他觉得全身的肌肉都绷得很紧，但他仍拼命挺着。死者的脸在他眼前晃动，他满腔愤恨。

他低着头，疾步如飞，一往直前，周围的景物什么也没有看见，耳朵里灌满了大桶和车轮的响声。

出了小街，他放开缰绳，小马加快了脚步。他扭头看了警士一眼，发现警士的手枪皮套没有解开，左手捏着一根木棍。

"掏出手枪至少要三秒钟。如果子弹没有上膛，还要增加一秒钟。"安东寻思着，仿佛这胖家伙就是死神。

他一抬头，望见深绿色的远山微微冒着暑气，宛若一道长墙，又如绷直的衣衫。躲进深山的强烈愿望使他心跳加剧，毛发倒竖。他的同志们就栖身在那深绿色的海洋里，他向他们默默问好。他还能看见他们吗？他们此刻知道他在想些什么吗？啊，他们现在是多么可爱，他和他们贴得多紧！

安东转过头来，搜索着男孩的眼睛。这个瘸腿小同志由于粗心大意而使他遭到逮捕，现在又将眼睁睁看见他呜呼哀哉——要是他不能逃脱的话。两人交换了一下眼色，这眼色使人永生难忘。

打水槽到了。小马低头站在石板地上，警士吩咐松套。安东两手发抖，鼻子搐动，眼睛闪光。他偷偷瞟着警士，看他站到哪儿去。警士在他身后五六步远的地方迈着步子，要是扑过去，他未必能够掏出手枪。

安东踏上石板地，把水桶放在打水槽的石槽上，然后紧紧抓住漏斗。小鞋匠惊慌地盯着安东，安东生怕这目光暴露了他的企图。就在他等警士靠近，准备向警士攻击的那一瞬间，警士却站到打水槽上方去了。他紧盯着警士的两脚。警士似乎注意到了他的目光，稍稍往后一退，用棍子敲了一下皮靴。安东低下头，用水桶接水，然后把漏斗插进大桶的窟窿眼，背朝警士站着，眼光飞向玉米地。三个人谁也不吭声。小马喷着鼻子，用尾巴赶着苍蝇，打得空桶砰砰作响。泉水哗啦哗啦流进水桶。小马每蹬一下后腿，踢踢石板地边缘黑糊糊的水藻，马车就前后摇摆一下。

第一桶装满了，安东把水倒进漏斗。小孩牵着马。

泉水又哗哗流进水桶。安东直起身子，瞥见警士坐了下来，前面挡着一个石板。隔这么远攻击他，无论如何不会成功。要攻击，就得爬到上面或者绕道上去，而警士满可以利用这一时间做好准备。剩下的只有第二种办法。安东觉得，要给这个或许拖家带口的农民留条活命，第二种办法是唯一可取的。

当水桶再次装满时，安东低下头，又瞅了小孩一眼。小鞋匠圆睁着眼睛，欲言又止。装得满满的水桶沿着一条弧线向警士飞去。警士还没有摸着头脑，水就淋了他一身，漏斗又重重地打在他的胸口上……

安东低着头，缩着脖子，两脚生风地奔跑在毫无遮挡的牧场上。风在耳边呼啸，他还从来没有听见过这种声音。他身子前倾，两脚拼命拉动才使沉重的身体保持平衡。快速扇动的两手，就像一只飞鸟的双翼。他笔直地往前冲，忘了跑个曲里拐弯，避开子弹。他极度紧张地等着警士开枪射击。

最初几秒钟，他觉得时间凝固了。奇怪的是，除了听见警士的喊叫，他竟没有听见枪声。他跑到牧场中间，才发现左侧冒起一团白烟，听见九毫米口径手枪的射击声。第二团白烟是在他两腿之间冒出来的。接着，他觉得他跳过了一颗子弹。第四枪，子弹在空中嗖地掠过；第五枪、第六枪……他默默数着，此刻的思想犹如闪电，不可言喻。枪声停了下来。是不是警士的子弹打光了？是不是手枪卡壳了？

他心中一阵狂喜，减慢了速度，抬头望了一眼玉米地。要跑到玉米地还有一段距离。于是，他又重新在毫无遮挡的牧场上拼命跑起来。快要跑到收割了的庄稼地时，背后有一种力量将他猛地一推，使他打了一个趔趄。他觉得眼前一黑，大地左右颠簸。但他仍旧保持着平衡，照样飞快地向前奔跑，过了一会儿才惊慌地领悟到发生了什么事情。这时，他再次听到枪声，看见子弹在收割了的庄稼地里溅起一团白烟。

他等着疼痛和死亡的到来，但身上并无疼痛，只是右背发木。那地方热乎乎的，他断定只是受了伤。他跑着，急促地喘着大气，干燥的泥土在他腿下发出沉闷的响声。他感到大难临头。

地里的金黄色玉米秸迅速闪到身后，青纱帐就在眼前。他的心脏似乎停止了跳动，一股股粗气涌出干燥的嘴唇。他蓦地收住脚步，往后一看，看见警士站在打水槽旁边挥着打光了子弹的手枪，没来追他——大概是担心小孩也趁机跑掉。他还清楚地看见拖着大桶的黑马远远望去就像一只大昆虫，而在打水槽上方的斜坡上，一幢幢白房轮廓分明。他突然想到追缉队很快就会出现，于是又向玉米地跑去。现在他感到伤口处沉重，便用一只手捂着右胸的肋骨。热血浸透衬衫，沾了他一手。他明白，子弹穿透了他的身体。他先是感到害怕，接着又感到恐惧，就像一个惊慌失措的孩子一样抽噎起来。但他很快就恢复了理智。对同志们的思念使他决心不顾性命。不管是活还是死，他都要奔向那两位同志。他只能朝他们跑去，别无出路。想到自己受了伤，他意识到要节省力气。他抬起捂着伤口的右手一看，鲜血淋淋，不禁感到一阵恶心。他头昏脑闷，一闭眼睛，差点倒了下来。还差几步才能跑到青纱帐。但是，到了青纱帐，他钻进去一看，前面却是波浪起伏的光秃秃的田野，其间杂有一块块收了庄稼的土地、田埂和稀疏的灌木。原来，这片玉米地又长又窄，不足三步宽……

　　他站在玉米地里，犹如落入陷阱。他知道，现在只能往前跑。不管是躲藏起来还是向两边拐弯，都只会缩短他和追缉队之间的距离。但他还是决定避开毫无遮掩的田野，否则易被发现，遭到枪击。他一转身，顺着玉米地跑了起来。玉米地尽头的坡地上有一个洞子，这洞子表明那里有一条小沟。他想钻进沟去。跑近小沟仔细一看，原来这条小沟是通向树林翁郁的谷地的。

进入谷地，他继续朝前跑。河水越来越浅，四处横溢；谷地越来越宽，草木丛生。他涉过当间一条小溪，想躲进树丛，但突然发现了一条山路——黑黑的、潮湿的山路，路上的白色鹅卵石斑斑点点。

他停下来，解开衬衫扣子，看了一下胸口。伤口像一张发紫的嘴，一股鲜血从"嘴"里往外冒。他哆嗦一下，感到腹部和腰部也沾满了鲜血，于是再次陷入恐怖和绝望。

他继续盯着胸口，胸口艰难地一起一伏。他想："我要完蛋了。"但这种冷静倒使他又振作起了精神，自言自语地说："拿出勇气来，赶到交接点……别无他法。"

他说出声来，似乎是想证实自己还活着。他觉得这声音是体内的另一个人发出来的，是要死的那个人，而不是他自己说出来的。他再次想到要节省力气，要"理智"。他大步走着，忽又觉得口渴。他回到溪边，喝了几口水。当他把身子直起来往后一看时，看到一个骑兵站在那条小沟上面的山梁上。有人追来了。脱险的唯一办法是像兔子一样躲起来，屏住气息。

小溪流到一块菜地后面就不见了。这块菜地周围栽着绿茵茵的棘篱。他沿着一条小路向菜地走去，看见前面横着一个木梯，挡住了去路。这木梯是主人用来阻拦牲口的。他见地里没有人，就跨过木梯，但突然在高高的菜豆架之间看到了一个女人。这妇女当时正在棘篱旁边猫腰干活，见他跨过木梯便直起身子，轻轻惊叫了一声。安东看见了面前的一双惊恐的眼睛，还发现这个少妇长着圆圆的、黑黑的、温和的脸庞。

安东喘着气，喃喃地说：

"别怕，大嫂……没什么……我是偶然……不会使坏的。"

少妇惊讶地瞅着他，半张着嘴，预备喊叫，但随即看见两行泪水顺着他丰腴的面颊流了下来。安东紧盯着她，似乎在用一颗心说服她不要叫喊，也别害怕。

少妇莫名其妙，他便吃力地说：

"有人追我……"

"谁?"她问。

"警察……"

她的眼睛阴沉下来。安东急忙又说一句：

"我是大学生。"

"呵，天哪。"她说，"要我怎么办呢?"

"别暴露!"

少妇仍然不解地瞅着他。

"我就躲在这儿，"他恳求道，"要是被发现，就说是我自己钻进来的，你没有看见。"

少妇往谷地上方望了望，一声不响地走到菜地的另一头。

他走近棘篱，躺在菜豆丛中，嘴里流血，身子发软。他又卧下，感到腹部的血热乎乎的。

道上传来马蹄的哒哒声。少妇在离他二十来步的地方摘菜豆。她蹲在地上，把摘下的菜豆装进围裙。小溪低声絮语，潮湿的土地发出腐味，乌鸫在近处叽叽叫着。

马蹄声更近了，他听见马鞍咯吱一声，马打了一个响鼻。

骑马的警察从谷地的另一头来到少妇跟前，马停下脚步。她直起身子。

警察喘着粗气问道：

"有没有人路过这里？"

安东屏住呼吸，等着妇女的回答。他觉得她足有一分钟没有开口。

"什么人？"

"年轻人，穿便服的。"

她又迟迟没有作答。安东惊呆了。

"谁也没有打这儿路过。"她说。

"你敢保证？"

"真的，我谁也没有看见。"

"你几时来的？"

"早就来了，已经两个钟头。"

接着是一阵沉默。警察寻思着，然后又说：

"如果看见那个人……高个子，穿便服，长头发，没戴帽子，你就叫喊！"

他用马刺锥了一下马，马鞍咯吱一响，沉闷的马蹄声在山谷里回荡。

安东瞅了少妇一眼。她仍然蹲在那儿摘菜豆。菜豆藤发出不安的沙沙声。她晒黑的双手摘着豆荚，高高的豆架不断摇晃。她没有看见他，就像把他忘了一样。必须待在这儿，等追缉队过去，或者熬到天黑。但是，他怕体力不支，又急着要走。每分钟都在流血。他捂着伤口，觉得胸部越来越沉重。少妇两次仰望谷地上方的山坡，看见数名警察正在那边搜索。随后，他听见远处一声枪响，认定追缉队冲进山里去了。

他慢慢站起来，只觉得天昏地转，不得不先跪着抓住棘篱，把两腿伸直。菜地在他眼前打转，就像一根根长杆绕着他飞旋，绿中泛蓝的甘蓝变成了蓝色的迷雾。他身子一歪，靠在棘篱上，压得棘篱嘎嘎作响。他已没有力气。要看到自己的同志，必须赶到交接点，哪怕有被活捉或被打死的危险。他走了几步，看见少妇投来同情的目光。

"谢谢你，大嫂。"他吃力地说。

少妇神情自若地环顾一下四周，朝他走去。她温柔的目光中充满怜悯。她突然默默地解下自己的白头巾，递给他。

"扎住伤口。"她双肩打着哆嗦。

安东接过头巾，用它把伤口捂住。

"再见！"他说道。

"上帝保佑。"少妇回答。

他跨过木梯，顺着山谷朝上走去。他需要绕一个小圈子，回到警察去过的地方。得救的希望和会见自己同志的热望使他只有一个念头——跑。这个念头推着他前进，给了他力量。他头也不回，目不斜视。他弯着腰，用头巾捂着伤口，走得很快。山谷像一道长弧，正把他引到一块光秃秃的平地，可他并未察觉。如果警察看见，准会向他开枪，他就只能一步一颠地任由子弹最后把他推倒在地。他的上下牙齿时不时地打架，背部和胸部越来越疼，这疼痛来自肺部，那受伤的内脏一呼吸就全被拉动。他尽量不做深呼吸，觉得自己的肺只有一半管用。他的注意力越来越集中到自己身上，仿佛整个身子、所有的感觉器官都对周围的世界越来越迟钝，越来越麻木。

他绕过河湾，向山上走去。出现在他眼前的是他曾经躲藏过的玉米地，玉米地后面是一片小树林，其间有几棵高大的橡树和耕地。山体就是从这里开始的。他看见了高矗的山脊，看见了像一条条巨型履带一样伸展到平原上的矮岗，感觉到了森林里刮来的凉风。他两眼搜索着圆锥形的山岗，因为他的同志就将在那儿等他。他看见这座山岗静卧在偏右的地方。他知道自己稍稍走偏了方向，就停了片刻，琢磨着上山的道路。但当他进入茂密的树林时，他迷了路，只凭着感觉朝前走。

树林使他松了一口气，并使他模模糊糊地感到了希望。但是，攀登陡坡时，他呼吸困难，不得不放慢脚步，再一次担心自己没有力气。无论如何要歇一歇。他在一个长满苔藓和地衣的树墩上坐了下来。

周围的山毛榉有着银白色的光滑的树干，一棵棵耸入云天，犹如屹立不动的巨人。树叶沙沙作响，就像有无数生灵在喁喁低语，向他述说着死神即将来临。他闻到了腐烂的树叶和潮湿的泥土的气味。这气味使人麻醉，他因而更觉得悲哀和孤独。不远处溪水淙淙，他又觉得口渴难耐。但他没有往回走，而是仍旧坐在原地，犹豫不决。最后，他站起来，开始攀登山岗。落叶在他脚下刷刷作响。如果附近有个警察，这声音准会使他暴露。但他全然不顾这些，扶着树干继续前进，呼吸越来越困难。他以极大的耐性登上一面斜坡，就在一小块披着落日余晖的平地上停了下来。伤口疼痛愈烈，腹重难以忍受，嘴里冒出腥味——他自己的血液使他想要呕吐。他两腿发抖，大颗大颗的冷汗从额头上渗了出来。他呻吟一声，扶着一棵大树，慢慢瘫在山毛榉树墩旁边软绵绵的金黄色苔藓上。他的心脏似乎移到了眼睛里，跳得又快又有力。他鲜血淋淋的双手颤抖着，胸部在剧烈扇动。他跪在地上，一股殷红的鲜血从嘴里流了出来。他看见自己的鲜血流在苔藓上，冒着热气，但他不再感到害怕，因为胸口的疼痛和沉重感已随之缓解，呼吸也轻松了。但是，当他试图再次站起来时，他骤然感到周身无力，头晕目眩。必须咬紧牙关站起来。他看了一眼离他不远的山岗。幸好这里有一条现成的山路。他像醉汉一样上了道。他想到需要抱着拐棍走，就找了一根树枝。但这树枝对他来说太重了，何况他一只手要捂住伤口，另一只手哪能支持住沉重的身体。

就这样约莫走了百步，他正好来到山顶下的一条褶皱处。那条又陡又湿的小沟就是从这儿发源的。他冷得浑身发抖，冰凉的汗珠沁出额头。他停了下来，望了望山顶上挂着夕阳的树梢。山顶似乎升高了，树林晃晃悠悠，犹如一次骇人的地震摇撼了山岳，把他抛了起来。他脚下的天空眩目耀眼，无边无际……

等他苏醒过来，他才知道自己仰面朝天倒在地上。他躺在路上，舒展着四肢。他觉得轻松，近乎愉快。傍晚的天空金光灿灿，他好像漂浮在温暖、平静和充满柔情的海面上。儿时的情景又展现在他眼前，他当时躺在陈设简陋的小屋里养病，屋子的墙上每天早晨就映着金灿灿的光线，那光线使他精神振奋。他曾试图用他的小手抓住粗糙的墙壁上的光线。他现在也正是一个正在受苦的孩子，但这不是由于生病，而是由于斗争所需要的磨难。他多想休息，多想闭上眼睛，永远沉浸在这热烘烘、金灿灿的光线里啊！

他想起了同志们，仿佛看见他们躺在离他很远的森林里，一个个面庞消瘦，不安地倾听着寂静的森林中的任何一点声响。他耳中灌满了窃窃私语，似乎听见晚风在树梢上移动。他聆听着许许多多种声音，每种声音都断断续续，使人陶醉；他虽然不能清楚地说出他听到的这些字眼，但却理解这些字眼的意思。在这些声音中，有一种声音述说着他相信会在地球上发生的种种事情。渐渐地，这种声音听起来像是钟鸣，在满天的阳光下时而令人不安，时而使人高兴；继之是千百万种声音混在一起……

他闭上眼睛，昏昏沉沉，因失血过多而苍白的脸上泛起一抹微笑……

路上的落叶沙沙作响，两个身穿咖啡色外衣、头戴军帽的人影怯生生地出现在路口，接着又怯生生地向他走来。他们走得很慢，小心翼翼，拿短短的自动步枪对着他。他们突然一咬耳朵，顺着山路向他跑来。

其中一人脱去了他的外衣，撩起他的衬衫。有什么东西从他胸部拔去，热乎乎的。他想睁眼，但是无力，只是一笑。

一只粗糙的手温柔地捏着他的手……

他的眼前仍旧是金光灿灿，他的心仍旧游弋在光海之中。随后，他觉得有两只手把他轻轻托了起来。他很温驯，就像小时候被母亲抱起来一样。他听见两人在不安地轻声说话，这声音使他感到踏实。

他们把他抬了起来。在山路的路口，残阳照着他白得像死人一样的脸，被汗水湿透的黑发散落下来，在他的同志的肩上来回摆动。就在这时，他想起了那个少妇。她正一步一步地向他走来——黝黑的皮肤、温柔的举止、圆圆的脸膛、善良的眼睛。她解下白头巾，递在他的手中……

下面的平原、山岗已灰蒙蒙一片。高高的山毛榉轻声耳语，仿佛因过去了一天而松了一口气。最后一抹阳光从一个山头移到另一个山头，而在遥远的地方，在一大片深绿色的森林那边，在有居民、城镇的地方，天空洒下万道金光，宛如一股火的巨流，使千万颗心燃烧起来。

特尔诺沃[*]王后

一

五月间，全城都对已故斯塔里拉德夫的独生子议论纷纷。他刚从巴黎回国。在巴日达尔勒克街"都灵"啤酒店里，诸位先生众口一词，都说遗孀斯塔里拉德娃在车站上竟没有认出自己的儿子。当时，那位长着略似鞑靼人宽脸庞的年轻男子走出车厢，笑容可掬地出现在母亲面前，亲吻她干瘪的嘴唇，而她却不禁"哎哟"了一声。她事后承认，她那时羞红了脸，就像误入了一个陌路人的怀抱。

据说，特尔诺沃人心目中的这个纨绔子弟，在巴黎夜总会挥金如土，现在也干不出什么好事来。不过，他离家八载，已经成了一名医学博士，就要接替州立医院老态龙钟的根贝夫医生。后者已经无力出诊，又不听上司的指令。

<small>＊ 特尔诺沃，即今大特尔诺沃，保加利亚中北部山城，曾为第二保加利亚王国（1186—1396）首都。</small>

围绕着纨绔子弟回归故里，"都灵"啤酒店里展开了一场辩论：俄国医生和法国医生哪个高明？诸位先生按政治观点分为两派——亲俄派和斯塔姆博洛夫派①。辩论中，几件上衣的袖口被撕了下来，几根手杖在大理石小桌之间的地板上敲得咚咚乱响。那天晚上，诸位先生喝得很多，辩论以新医生的失败告终。公证人巴巴·恩纽破口骂道："一个恶棍！"尽管如此，这些先生仍然料到新医生会光临这家酒店，因为一个曾经混迹于巴黎的汉子，是不会放过城中新式的公共场所的。

这种预料果真同事实不爽分毫。一天晚上，当斯塔里拉德夫医生蹀进啤酒店时，诸位先生全都看见，这个美男子腿长，肩宽，上嘴唇蓄着两撇胡子，一对灰眼睛炯炯有神，透出自信。他款式新颖的深红色衣服缀满五颜六色的斑点，领子白得刺眼，领带十分鲜艳，一顶宽檐巴拿马帽使他看上去颇具演员风度。

"都灵"啤酒店里顿时鸦雀无声，诸位先生全都把脑袋扭向客人。腰系白围裙、满脸络腮胡子的店主伊·佩特科夫先生从柜台后边转出来，向客人问好，为他安排了座位。由于店主去过马赛和都灵，从两地购置了店内的设备，学会了几句法语，他便用这种语言同客人攀谈。斯塔里拉德夫医生摘下巴拿马帽，鄙夷地一挥手，向诸位先生表示问好，并且以奚落的口吻用保加利亚语回答了店主的问话。随后，客人潇

---

① 1903—1908 年的保加利亚第二斯塔姆博洛夫政府，代表资产阶级中与德国和奥匈帝国有勾结的集团的利益，并对俄国的巴尔干政策表示不满。

洒地坐在凳上，跷起了漂亮的二郎腿。客人的文雅举止使诸位先生感到难堪，心里充满了苦涩滋味。他们不禁想到，虽然他们也帽子端正，衣领挺括，袖口板实，手戴金链，但外衣下面的衬衫却是用家织粗布缝制的，况且他们一个月才去一次澡堂。

先前把医生骂为恶棍的公证人巴巴·恩纽此时开始向客人提问，问他巴黎有何新闻，以期引起政治话题。但是，医生重重地一挥手，未予理会。然后，他指着匍伏在乐队队长靴子旁边的杂种狗，向这位队长问道：

"大概您是个猎手吧？"

乐队队长受宠若惊，马上作了回答，于是交谈便从打猎开始。

"我带回一支猎枪，"医生说，"想去登记。先生们，怎么办手续？"

诸位先生中有一半人是狩猎爱好者，其中的头面人物有法官、区级工程师、小地主尼科拉金先生，有陪审员伊拉里昂，有啤酒厂厂主、煤气和矿物油商人托·伊万切，他们于是对医生说，这事好办，只消到狩猎协会登记，交五块钱，就能领到狩猎证。尼科拉金先生还叫一个男孩去他家把猎狗带来给医生看。当男孩牵来套着链子的狼狗时，店主佩特科夫的公猫一纵身骑在它背上。狼狗从男孩手中挣脱铜链，咬那公猫。乐队队长的杂种狗也冲了上去，但诸位先生分不清它是站在哪边。他们连忙用手杖把狗和猫驱散，啤酒店里一阵哄堂大笑，一张张意大利小桌被掀倒在地，尼科拉金先生

显示了他的猎狗的厉害，佩特科夫先生却对店里的混乱忿忿
不满。医生捧腹大笑，然后要了一份奶酪下酒。

"阁下有何打算？"啤酒店恢复平静后，小地主问道，"要
留居故里吗？"

"是呀，到哪儿去呢？我已经预订了诊室的设备，眼下正
在这大街上寻找合适的住房，因为家里不大方便。巧得很，
先生们，鄙人的马车这两天就会从维也纳运来，因此需要马，
可我对马一窍不通。"医生这令人感动的坦率，赢得了诸位先
生的好感，尤其是尼科拉金先生。

"马吗？"小地主惊喜若狂地站起来，把高大的身子挺得
笔直，"大夫，这事包在我身上，你就歇着吧！我搞的马，准
保你满意！"他自恃是个行家里手，认定从今以后可以用
"你"称呼医生。

"上帝保佑，您父亲生前有两匹大黑骡子。"巴巴·恩纽
启齿道，诡计多端地想把话题转到过去，好让诸位先生围绕
医生的学业问题来个高谈阔论，特别是借此散布这样一种说
法：老斯塔里拉德夫的早死是医生造成的。然而，尼科拉金
先生堵住了他的嘴巴。

"三天后就把马牵到这儿，巴日达尔勒克街！要是牵不
来，我就不姓尼科拉金！"

马车还需要一名车夫，这车夫也不难找到，城里有一个
谁都认识的土耳其人。就这样，诸位先生由于确认医生在某
些方面高人一等——其实是由于医生本人对马，对猎狗，对
其他实际知识懂得不多，他们竟争先恐后地为他出谋划策。

巴日达尔勒克街一家家店铺的门板早已合上，百叶窗也已放下。清凉的夜风夹杂着商店的潮气和荨麻、接骨木的气味从对面的帕特拉尼克山上吹进啤酒店，扬特拉河畔传来夜莺的鸣啭。一列夜行的火车轰轰隆隆地穿过两条隧道，但那响声骤然而止，特尔诺沃于是在五月深邃的天穹下安静下来。诸位先生散去后，医生被一声尖叫吓了一跳，不禁胆战心惊地想，许是有人惨遭杀害了。

"这是那个亚美尼亚人，"同医生并肩而行的小地主若无其事地解释道，"他就爱这么叫喊，穷鬼！据说，他曾趴在天花板上，亲眼看见他妈、他爹和家里其他人被活活杀死。您会习惯的，大夫。您瞧，只要他一叫喊，我就想打呵欠……"

二

斯塔里拉德夫医生的打算真的成了现实，人们对他的种种猜疑也烟消云散。几天后，维也纳制造的马车运来了，车座的里层蒙着茶色天鹅绒，车灯是镀金的，车轮是胶皮的，辕杆是黑亮的。尼科拉金先生弄来了两匹马，它们高头、宽胸、长腿，长得一模一样，像是一胎生下来的。车夫也找到了——就是那个远近闻名的土耳其人。州管理局长接受了根贝夫医生的辞呈，把在巴黎受过教育的医生安置在他的位置上。被"都灵"啤酒店的诸位先生称作"根巴塔"① 的老医生

---

① 根巴塔，意为"蘑菇"。

退居奥波尔琴斯卡街私人行医，决意把自己的一生连同他多年前在圣彼得堡购买的那件现已褪色的外套和那副金丝眼镜，全部献给自己的职业。过了一个星期，斯塔里拉德夫医生在"都灵"啤酒店附近租了一幢房子，准备在里面布置自己的诊室。他的马车通常停在巴日达尔勒克街背阴的一边，马车旁边总是围着许多啧啧称赞的车夫、闲人和小孩。

斯塔里拉德夫医生接管医院后，马上就开始检查市内卫生。他先巡视了三家饭店和几家客栈，随后便轮到了名为"一对白鸽"的妓院。他带了医院的一位同事和一名医士，于十一点步行去检查。接受检查的佐娅太太昨天早晨就把女孩子们带到澡堂洗了澡，为此，她还事先同澡堂的老板打了招呼，把客满的牌子挂到八点。每逢女孩子们洗操，她都是这样张罗。此外，妓院还用石灰粉刷了外墙，刷洗了墙板和所有洗衣木盆，雇吉卜赛人打扫了那个可怕的后院。在妓院上方的一条街上，那些站在木板房里卖肉的屠户总是居高临下，往院里扔烟蒂、骨头、臭肉。

检查组到了新建的"鲍里斯公爵"饭店，绕过通向妓院的散发出尿臭味的小道，径直向肉铺走去。牛羊肉挂在铁钩上，全都挺新鲜，让人一看就想啃上一口。学徒们用马尾刷赶着苍蝇，老板们却透过木板房上故意掏得很大的窟窿，朝妓院那边瞅着，得意地捻着八字胡。奇怪，今天早晨竟没有一个女孩子出现在阳台上，好像她们一夜间全都死绝了。肉铺的阴影冷冷地投射在街对面的高墙上，墙上挂着许多拴牲口的铁环。

斯塔里拉德夫医生走进第一家肉铺，屠户摘下羊皮帽，额头的汗珠晶莹闪亮。

"用石灰刷一刷铺子墙壁，"医生说，"肉要放进木柜，免得叮上苍蝇。不然的话，我就关了你们的铺子。"

屠户们围着他转了一圈，然后说：

"不能这样，大人，大夫先生！怎么可以把肉放在柜里呢？买主怎么挑选呢？……"

斯塔里拉德夫医生理也不理，领着他的同事顺着肮脏的台阶朝妓院走去。当地一名油漆工在妓院的门上绘了两只正在亲嘴的白鸽。

佐娅太太长着一张胖圆脸，今天穿着袒肩露背的衣服迎接了他们。先生们要不要喝一杯加有玫瑰甜羹的咖啡呢？玫瑰甜羹能延年益寿。当斯塔里拉德夫医生表示拒绝时，身材魁梧、两手黑毛，对这里了如指掌的医士怏怏不乐地撇了撇嘴。

女孩子们的房间冲着扬特拉河，每间都朝山开着窗户，每个窗台上都放着紫罗兰和天竺葵。房间里摆着普通铁床、桌子、两把椅子，木地板上铺着家织地毯。这里的摆设比巴黎最陈旧的妓院还要逊色，好在有一个辟为小卖部的小厅，客人们可以在里面买一杯饮料，等轮次，选姑娘。

卫生检查随即开始了。

"不必扭扭捏捏。"医士说，因为他发现女孩子们初次看见长得十分标致的医生，一个个都很腼腆。她们全都来自瓦鲁沙街区①、马尔诺平场②，而且身体肥胖，无精打采。屠户、烟鬼和喝醉酒的小职员是饥不择食的，再说，佐娅太太也没有太多的女孩子可供挑选。

妓院中唯一的一个皮肤白皙、身体苗条的女孩，脖子上挂着"内维亚卡"的牌子。轮到她接受检查时，斯塔里拉德夫医生站在屋子中间打量了她半天。女孩垂下眼帘。

"多大啦?"

"十八。"

"不骗人?"

"就这么大，大夫先生。不骗人的。"

"身体可好?"

"没毛病。"

"躺下，让我检查!"

女孩确实没有淋病，骨架很小，皮肤光滑。看来她并未意识到自己比别的女孩漂亮。由于她身子不胖，大家竟对她表示鄙视。

斯塔里拉德夫医生填完医生检查表，把同事和医士送回医院，自己就又回到那个女孩的房间。早在巴黎时，他就习惯于像每个正常的男人那样行事。由于他很温存，女孩完全顺从了他。他要她保重身休，还往她怀里塞了一枚金币。

佐娅太太嬉皮笑脸地在小厅里接待了他。医生要不要喝杯茴香酒或者别的什么，但他谢绝了。他感到乏力，只想去

---

① 瓦鲁沙街区，特尔诺沃的贫民区。
② 马尔诺平场，特尔诺沃近郊一地名。

新饭店的餐厅喝杯白兰地。

"我坐阳台，"他对跟上来的餐厅胖老板说，"来杯白兰地，再加一杯咖啡。"

他坐在正午的太阳下，几名侍者为他撑起了天遮。他漫不经心地看着对面一个个杂草丛生的山头。在特拉佩齐查山上，一群小孩东走走，西瞧瞧，撬着被毁的教堂壁上的瓷砖。在查雷维茨山上，清真寺的高塔泛着红光，使他想起了他母亲缝纫机上的小线团。骄阳似火，山头上茂密的荆棘丛中罂粟花颜色鲜红，山下清澈的扬特拉河懒洋洋地流淌，医生沉醉在倦意中，安之若素。他觉得这片荒地上可能埋葬着先人的遗骨，但这一想法并未使他激动。从他记事起，特尔诺沃这座古城的用场就是任由顽童逮蛐蛐、撬瓷砖、毁壁画，从那个有基座而无房顶的古堡上推下石墩。

一列火车从山沟里驰来，钻进隧道，留下缕缕浓烟。斯塔里拉德夫医生想起了巴黎的车站和他经过的其他欧洲国家的车站，接着又想起了圣米歇尔大街上他住过的那间离巴黎圣母院不远的屋子。侍者们在他身后一边收拾餐桌，一边拌嘴。医生又要了杯白兰地。他仍旧呆呆地瞅着对面的山头，盘算着往后的生活。最后，由于胖老板谄笑着前来巴结，他只好付了钱，出了餐厅。

回医院时，他决定穿过瓦鲁沙街区，好奇地想看看城市这个最老的街区现在成了什么样子。当他走到萨莫沃市场时，才从一个修理工那儿打听到，这个市场已不复存在。但是，三家酒店和面包房仍在营业，大家都在瞅他。每扇窗户上都趴着妇女。面包师傅走出屋子，把他仔细打量了一番。他朝前走了几步，又不得不闪到狭窄的人行道上，因为有几个屠户正赶着一头公牛迎面走来，到屠宰场去。公牛的两只角上拴着绳子，由两名屠户在前面牵着，其余屠户则用鞭子抽打它，逼它往前走。

到了一块平地，公牛拖着屠户就朝一个木棚仓库奔跑。它来了脾气，在地上转了几圈，然后冲着屠户们跑去。一名屠户好不容易才把绳子缠在电线杆上。腐朽的电线杆被公牛拉得摇摇晃晃，一丝丝电线缠在街头的葡萄藤上。葡萄的女主人跑了出来，破口大骂，她没完没了的喊声和骂声聚拢来周围的居民。一个年轻屠户熟练地抡起短斧，转眼就砍断了公牛的一条后腿。鲜血四溅，公牛疼得哞哞直叫。其他屠户用泥土弄瞎了公牛的眼睛。最后，屠户们砍断了公牛两腿的腱子，把它就地宰了。医生从胡同里钻出来，恰巧碰上邮局的几个职员无头苍蝇似地乱跑，因为邮局正在转发州政府的一项指示，而线路突然中断了⋯⋯

斯塔里拉德夫医生这天在医院里午餐，直到傍晚才回到新居。这是一幢两层的楼房，里面很凉爽。由于刚刚油漆了所有门窗，贴了新的壁纸，房里弥漫着油漆味。沿着陡陡的楼梯，可以走上二层。这一层有三个房间，其中一个房间是候诊室，另一个房间是诊室，还有一个房间是卧室。楼下一层是供佣人使用的，那里有一个厨房、两个房间、一个狭窄的过道，还有一个小贮藏室——医生准备把它用作洗澡间。为此，他正等着从布加勒斯特运来热水器和浴盆。布置诊室的工作进展很慢，各种医疗器械和药品是零零碎碎运来的，这使医生感到恼怒。楼房里没有自来水，医生也为此生气。佣人不得不到巴日达尔勒克街的打水槽取水。医生找了一个老妇人做他的厨子和佣人，她名叫文蒂娅，动作利索，身上整洁，头脑敏捷。但是，他的诊室还需要一名有点文化的年轻女人。他打算教教她，使她成为助手，以便帮他迎送病人，打扫房间，做些最简单的工作，如为医疗器械消毒等。至今已来过好几个人，其中文蒂娅婆婆推荐的那个看上去倒也规矩，就是腿瘸。这个少妇自愿干了一整天，为医生做了她最拿手的煎肉饼。此后来了另一名少妇，她长得很瘦，但很自信，说是什么都会干，一月只要两枚金币。继之又来了第三个。文蒂娅婆婆为找到合适的妇女，此后还忙了两个星期。

这天晚上，老婆婆见到医生时笑得合不拢嘴。她终于找到了一个又文雅又漂亮的女人，这个女人再过半小时就会来。

"好吧，就等她来。"医生说。

医院的工作与其说使他劳累，不如说使他头疼。许多熟人找他看病，医院的三个科需要整顿，需要采用某些新的医疗方法。各科的小头头脑子僵硬，甚至听不懂他说的话。在乱糟糟、闹哄哄的医院里做完事后，他很想回到凉爽的新居，在一捆捆包裹之间喘一口气。闻着屋子里散落一地的包装纸的气味，他开始怀念巴黎的生活，真像得了思乡病一样。他把药箱放在一把椅子上，脱了上衣，一头倒在新沙发上。他想起医院里的景象，想起许多东西还没有运到，心乱如麻，决定今晚不跟他妈一起用餐。他妈时常责备他不把自己放在心上，这实在使他心烦。

屋子里很静，只能听见衬衣口袋里怀表发出的咔嚓咔嚓的声音。有人在街上按门铃，这使他想起自己正在等着新的候选人。他套上外衣，前去迎接。文蒂娅婆婆领着来人上楼了。老婆婆记不住他的吩咐，门也不敲就走了进来。跟在她后面的年轻女子包着花头巾，医生一眼就发现她白嫩的脸上长着甜甜的小嘴和端正的希腊人的鼻子。她垂着眼睑，因而看不清她的眼球的颜色。但是，当他往门口一站时，这女人瞥了他一眼。这亲昵而又羞涩的一瞥，竟出人意料地使他高兴起来。定睛一看，她露出头巾的秀发呈现出熟透了的栗子般的颜色，体格也匀称。当她走进候诊室向他问好时，那屋子竟然显得窄小。他向她点点头，请她坐下。

"就是这个姑娘，"文蒂娅婆婆说，"但愿你们能谈得拢。"

"没你事了，我们单独谈谈。"医生说。

那姑娘拘束地坐在凳子边上。她穿着一件长及脚踝的连衣裙，但医生仍然发现了她浑圆的膝盖和轮廓分明的丰满的大腿。接着，医生又把目光停留在她那双水灵灵的、温柔的蓝眼睛上和柔细的、热情的漂亮睫毛上。

"你叫什么名字?"医生问。

"玛丽娜，玛丽娜·科廖娃。"她微微压低声音回答，这声音里夹杂着童嗓子的音符。

"结婚了吗?"

"结婚了，可就是跟我男人分居。"

"为什么?"

"正闹离婚。"

"他是干什么的?"

"他叫科廖,一个邮差。大家都认识他。"

她故意不吐"大夫先生"四字。也许是因为害羞,也许是不知所措。

"上过学吗?"

"上过,读到四年级。"

斯塔里拉德夫医生从上衣口袋里摸出一个小本,撕下一张纸,然后又把铅笔递给她。

"写上你的名字。"

她呆呆地盯着铅笔,隔了好一阵子才用她的纤纤细指把它拿起来。手指上所有的关节都在微微颤抖。然后,她俯下身子,慢慢写上自己的名字。她的脸一直红到脖子。

"很好,"医生说,"字母写得有气派,笔划很对,很清楚。你什么时候来?"

"这……你说吧。"

"那就下星期一来。文蒂娅婆婆有没有告诉你,让你来干什么?你有许多东西要学。要是记性好,都能学会。工钱是两枚金币。同意吗?"

"同意。"

"你晚上可以住在家里,不过,有时需要住在这儿。"

"那好。"

"你看,咱们谈得拢。下星期一上班吧。"

谈话已经结束,她本该走了,但她依然拘束地坐在凳子边上。

"你有什么要求吗?"医生问。

她没听懂,但二话没说就抬起头,起身走了。

斯塔里拉德夫医生有意把门敞着,瞧着她一步一步地走下陡斜的楼梯。他想象着未来的助手的模样,心里琢磨:"要是打扮一下,更像个样子。很文雅,甚至很漂亮。"他看看表,时针指着六点,到天黑还有一会儿功夫。他决定上澡堂洗个澡,于是将内衣装进提包,吩咐文蒂娅婆婆去叫车夫。

三

在这个混杂着保加利亚语、土耳其语、希腊语和亚美尼亚语的令人愁闷的城市里,上老式土耳其澡堂洗个澡,不失为一桩快事,更何况在全城一万三千居民中,在众多的职员、商人、手工业者、下等人和上等人中,他堪称第一市民。斯塔里拉德夫医生自幼熟识这些人,了解他们的生活状况,而他对于他们来说却是高不可攀的。他知道,这些人一向疑心重,甚至怀疑他的文凭,认定斯塔里拉德夫一家已经衰败了。在这方面,他母亲也有过错——到处唠叨她为一名医生耗尽了钱财。

一辆胶皮轮子的新马车在街上辘辘驶过,把他拉往澡堂。车夫伊斯马伊尔威风凛凛地站着,俨然是一个达官贵人的卫士。这个土耳其人在马耳朵下和包着兽皮的维也纳新马鞭上系着红穗,他一路上挥舞着这根鞭子,简直目空一切。车灯上的玻璃和镀金的灯框闪闪发亮，哒哒哒的马蹄声响彻陡斜的、狭窄的、笼罩着黄昏阴影的街道。

马车经过医生的老家时，他仿佛看见了家里熏黑的天花板和歪歪扭扭的壁铺，像受了一击似地把脸转到一边。他是在这里长大的，小时候曾在街上嬉戏，可他现在对这条街感到格格不入。其原因，也许是他已故的父亲曾从这里向他发出一封封责备和威胁他的家信，而他母亲从他回国之日起就老是发火，对他数落个没完。

马车在澡堂前停了下来。太阳还悬在"圣林"山的上空，束束光缕照在澡堂房檐下的通风口上。小院里盛开着簇簇金莲花。斯塔里拉德夫医生走到澡堂门前，但见一股喷泉银沫四溅。服务员接过他的提包、怀表和小本，代为保管，然后把他领到一张床前，这张床和其他床之间拉着布帘。浴巾和床单随之送来了。

"大夫先生，要搓澡吗？"

"当然啦。"他随口答道。在老式土耳其澡堂里拒绝搓澡，简直就是无知。

他躲在布帘后面脱了衣服，把浴巾缠在腰上，然后跶上木屐。木屐叭哒叭哒的响声融入澡堂音乐，直达房顶。肥皂到手了，它不是由服务员递过来的，而是放在售票员的小桌上由客人自取。当斯塔里拉德夫医生跶着木屐继续在光滑的大理石地面上挪步时，他想起了五岁时跟他母亲来这儿，其后又跟他父亲来这儿的情景。那时，这里的东西对他来说无比神奇，而现在，虽然境况依旧，但他却是用成年人的眼光来看待这一切。吸足了潮气的笨重的澡堂门开了又关上，那沉闷的门栓声宣布了他的到来。透过水汽，他满眼是赤裸裸的身体。

迎接他的搓澡工是个吃苦耐劳、身体枯瘦的土耳其人，他的腰间也缠着浴巾。

"您好，大夫先生。请!"

他点了点头，对搓澡工已经认识他感到奇怪。他先是在水池里躺着，放松浑身的肌肉，然后翻转身子，最后又仰面朝天。于是，他看见被太阳照射的屋顶犹如一道彩虹。他观赏着这道彩虹，对土耳其澡堂承袭了古代的罗马澡堂赞叹不已。土耳其人吸取了罗马人的精华，又按自己的爱好进行了改造。他决定常来这里，因为按摩能防治肥胖。随后，他把视线移到坐在池边的那些男人身上。这些男人一边用小盆淋水，一边看着他。

太阳收尽了屋顶上的最后几缕光线，煤油灯很快就会亮起来。斯塔里拉德夫医生于是叫来搓澡工。搓澡工好奇而又礼貌地看看他的身子，然后伸出他熟练的双手，小心翼翼地搓起来，仿佛这位医生的身子比别人的更为娇贵。

"使点劲，"医生吩咐道。由于土耳其人没有听懂他的话，他又补充一句："用力搓!"

按摩完毕，他心满意足，只想躺在床上，用床单裹着身子。这里的咖啡是否还像当年他父亲喝过的咖啡那样可口？要知道，那时他只有资格吃一块玫瑰软糕，喝一杯清水。搓澡工为他冲净身子，祝他愉快。澡堂老板又照例对他恭维一番，把他安置在床上。于是，他又想起了新雇的佣人，庆幸自己终于找到了她。现在只消运来医疗器械和办公用品就大功告成。夏天一到，又是打猎的好季节。还需要购置打猎用的衣裤、靴子，买一条猎狗。

咖啡、软糕和一杯清水送来了，医生穿好衣服，坐在床上开始享用。随后，他付了钱，取回自己的物品，出了门。

伊斯马伊尔正在抽烟，见他出来便扔了烟头。两匹大马起步了，飞快地奔跑在陡斜的街道上。此时天色暗下来，掌灯工们扛着梯子和煤油罐沿街行走。巴日达尔勒克街上只有一家药店和"罗亚尔"咖啡馆亮着灯光。咖啡馆里有人在玩台球。

马车停在新居前，医生发现门边站着一个身着制服的瘦小男人。下车一看，原来是个邮差。他想，说不定是给他送邮件或电报来的。邮差一副傻相，由于不好意思而没有马上开口。

"什么事？"医生问他。

"为我老婆，大夫先生。我来求你不要收留她，因为这是没有用处的，大夫先生……"

"你叫科廖，是她丈夫吧？"

"我就是。她想抛弃我，大夫先生。要是您不收留她当什么护士，她就不会这样。"

医生皱起眉头。

"她说啦，你们正闹离婚。我可不能禁止她去挣一口面包，混账东西。别缠我！"

　　邮差本想跟着他进去，但他把门砰地关上了。

　　他上了楼，满脸怒气。老婆婆已放了几封信在桌上。有两封信是他的法国朋友寄来的，他们在信中开他的玩笑，提出许多问题，做了许多暗示。唉，是呀，这儿的情况真糟！要是听从他们的劝告，至少也到阿尔及利亚当医生去了。邮差将为老婆的事给他找麻烦。真见鬼！如果不要她，什么时候才能找到另一个呢？如果她不来，那就只好在医院的三名护士中挑选一个，而这又太不方便。医院里的其他人全是男的，不适合接待女病人。本来，他洗完澡后，心里平静下来，对未来的工作也有了把握和信心，可是现在，这一切全都给不愉快的预感搅乱了。

　　他去"都灵"啤酒店晚餐时，店里人声鼎沸。乐队队长仍同猎狗待在一起。小地主今晚牵来一条意大利狗，这条狗惯于扑在小孩子们的胸口上，把他们推倒。佩特科夫正在夸耀自己的猎狗。狩猎季节已经来临，大家都在谈论打猎、猎狗和猎枪。他们的夫人不断打发孩子来催他们回家。女侍者们也不断提着啤酒进来斟酒。这些日子，佩特科夫先生搞来一些鱼子、沙丁鱼、荷兰奶酪、维尔姆特酒①和法国白兰地。药剂师从药店里溜过来，站着喝了一杯维尔姆特，然后劝伊拉里昂先生买把剃刀，自己修修胡子。尼科拉金先生一边嚼着橄榄，一边又往嘴里塞樱桃，把樱桃核吐了一地。

　　医生听着诸位先生的高谈阔论，没凑热闹。他急匆匆吃

───────────────

① 维尔姆特，保加利亚的一种葡萄酒。

完就回家了。进了过道，他发现文蒂娅婆婆的房间里还奇怪
地亮着灯。他原以为老婆婆是因为等他才没睡觉，但突然又
听见她在同谁说话。他问道：

"谁在你那儿？"

文蒂娅婆婆把门推开一条缝，伸出头来。她已经脱了
衣服。

"玛丽娜留在我这儿过夜。"

"怎么回事？"

"唉，他男人把她赶出来了，有啥法子呢？"

医生叹了一口气：

"我不想在家里看到这女人的家庭纠纷！让她上别处
过夜！"

"一个不幸的女人，深更半夜的，能到哪儿去呢？你不是
收了她吗，先生？"

"明天另找地方，听见了吗？"

当斯塔里拉德夫医生沿着陡陡的楼梯上楼时，他眼前出
现了邮差的一张傻脸，心想，自己会遇到许多倒霉事的，尤
其是在这个女人身上。必须使她规规矩矩，不要在这幢房子
里一意孤行。

四

医疗器械、妇科用椅和药品终于全部运到了，医生连日
来最操心的是布置新居。医院里的事情虽不尽如人意，但毕

竟有了进展。他常常把自己的意志强加于那些认为他缺乏实践经验的同事。然而，他的私生活却引起了人们的怀疑。妓女内维亚卡常来"看病"，文蒂娅婆婆已经猜到了其中的奥秘。大家都盯着他，他不得不小心提防，维护自己的威信。星期日必须上教堂去，以便讨好那些教徒和神父，他还必须加入五花八门的委员会和协会。

在约定的星期一，新佣人没有来上班。医生一气之下，吩咐文蒂娅另外找人。为了躲避丈夫，她住到了马尔诺平场一个亲戚家里。她穿着一件土里土气的外衣，上面搭了一条披肩，脚上的一双布鞋已破了后跟。她的全部财产就裹在一块包单里。斯塔里拉德夫医生想叫她走，但考虑到一时难于找到别人，才由于文蒂娅婆婆的好言相劝，同意把她留下。昨天运来了一批新家具，这些家具堆在一个房间里，他临去医院时说明了卧室应当如何布置，回来一看，满心欢喜，觉得这个女人很会收拾，很会理解他的意图。于是，他着手给她安排将来接待患者的工作，告诉她使用和取放医疗器械的方法，吩咐她对人要有礼貌，要用"您"称呼。他满意地发现，玛丽娜非常用功，不无自豪地埋头于这些事情。他找人给她缝制了白罩衫和包发帽。当她脱下旧衣服，换上新衣衫时，他简直被她的变化迷住了。一位专做时装的裁缝为她做了两件连衣裙，一名鞋匠又用摩洛哥皮革给她做了一双高跟鞋。从巴日达尔勒克街买来的一双棉袜替下了家织毛袜。玛丽娜陶醉于自己的新模样，一会儿脸红到脖子，一会儿又满面春风。有一回，医生循着她甜润的歌声走去，只见她耳后的头发上别着玫瑰花，站在他卧室的穿衣镜前端详自己的容貌。她吃了一惊，窘住了，准备挨训，但他却装着没有看见，甚至对她的打扮觉得可爱，问她怎么会嫁给一个又干巴又愚笨的邮差。

新居布置好了，院门上也挂了牌子，斯塔里拉德夫医生于是决定在家里用餐，玛丽娜也就揽上了采购的差事。

只要玛丽娜手挽菜篮到巴日达尔勒克街去，那些坐在矮凳上等着买主，喝着咖啡的摊贩便停止拨弄念珠。玛丽娜挺着胸脯，一双高跟鞋在人行道上嗒嗒作响。时髦的连衣裙紧贴着她风度不凡的腰身和漂亮的肩膀，深褐色的浓密头发盘成高高隆起的发髻，使她迷人的后脑勺和白玉般的脖子看上去越发惹人喜欢。摊贩们一声不响地呆望着她，而她情不自禁地微笑着，躲避着男人们的目光。正去上班的职员们不由自主地朝她扭头，商贾们则凑到一家又一家店铺偷偷打听，这个美人到底是谁？

她从前难得逛市场，即便来买菜买肉，身上也带不多几个钱，而且这些钱还包在一张手帕里，生怕被人骗去。现在，这种担心不复存在，因为医生在肉铺、鱼铺和菜铺都立有账户。只消她说一句"我是斯塔里拉德夫大夫派来的，是他佣人"，她就能买到最好的肉、最鲜的鱼。她过去从来没有买过大鲟鱼、鱼子，也没有买过价格昂贵的仔畜肉，更没有进过高级食品店。现在，由于做了医生的佣人，人们对她很有礼貌，赞赏她的容貌，叫她太太。还有人在她身后招呼："姑娘，赏赏光吧！"她觉得有几十双眼睛在同时盯着她，真想马上照照镜子，看看自己是不是确实那样漂亮。

从市场回来，她向文蒂娅婆婆诉苦说，男人们都看她，在她背后说笑。

"你不知道你有多漂亮，"老婆婆说，"你那衣服真是巧夺天工。好啦好啦，把篮子放下，上楼去收拾收拾吧。"

玛丽娜在卧室里照了照镜子——全身闪光，面颊绯红，两眼动人。白罩衫和包发帽使她的身段越发苗条，使她的白脸越发温柔和洁净。烟草味、陌生的香水味和男人的气味使她兴奋得如醉如痴。医生的修面用具、新盥洗台上的各式小瓶、初次见到的睡衣、诊室里的种种器械，全都使她望而生畏。整理床铺时，她在枕边发现了几根黑发，不禁想到："难道大夫先生也会秃顶？"诊室的四面墙上就挂着一些秃顶的男人像。她后来才知道，他们都是些有名的教授，于是自己也开始用这个新词称呼他们。

几天后，当医生接待首批病人时，她生怕自己出了差错。医生做了一些切割脓肿的小手术。她听见了大人的呻吟、小孩的哭叫，也听见了他们疼痛缓解后的长吁短叹。石碳酸和其他药品的气味弥漫屋子，成了清洁卫生的组成部分。病人日渐增多，玛丽娜更加繁忙。女人们纷纷要求她们的丈夫带她们来看病，但又羞于在年轻英俊的医生面前解开衣服，常常要求玛丽娜帮她们出主意，这使玛丽娜更加自信。当然，医生有时也责备她，但她总是忍气吞声，知道自己没有能力、缺乏经验，该受批评。事情一过，她便若无其事，又津津有味地向文蒂娅婆婆讲述楼上发生的事情：来了些什么病人，医生叮咛他们些什么。渐渐地，楼下成了议论病人的秘密、城里的是非的场所。

有一天，玛丽娜终于听说，巴日达尔勒克街的商贩们背地里称她为特尔诺沃王后。她得意地吹起口哨，但文蒂娅婆婆把她止住了："一个女人怎么能像男人一样吹口哨！要是让大夫先生听见，他会怎么想？"

大夫先生？！在她看来，他已越出了一个真正的男人的界限，成了无所不晓、掌管生死的神灵。有时候，两个女人凑在一起，试图猜测谁是他未来的夫人。钦羡和朦胧的嫉妒折磨着她，使她感到害怕。另一件事也令她犯愁：由于邮差死乞白赖地缠着她，离婚的事一直在教会拖着。科廖常来这里，请求文蒂娅婆婆劝她回家。只要听见他的声音，玛丽娜就跑上楼去，因为邮差不敢上去寻找。这个贫民每次拎着磨破的大邮包离开时，总是愁眉苦脸。

有一天，在玛丽娜买东西回去的路上，佐娅太太和她碰面了。佐娅太太当时用她那双善拉皮条的眼睛上下打量了她一番，随后又向归她管理的一家妓院老板打听了玛丽娜的情况。

"大夫的佣人，"老板说，"要是你把她弄到手，你就瞧吧，这满街的男人都要把老婆赶出家门。"

他捧腹大笑起来。

五

七月末，狩猎季节到了，斯塔里拉德夫医生又被这种新玩意迷住了。头一天一无所获，可这非但没有使他失望，反而燃起了他的热情。猎物倏地出现，几条猎狗蹲地作势，他慌了神。但他到底击中了一只野兔，有了信心。大家纷纷给他出点子：该怎样估算距离，到哪儿寻找鹬子和鹌鹑。他穿着新买的法国靴子，在燕麦地、黍子地和收割过的庄稼地里东奔西跑，兴奋得手忙脚乱。他胡乱开枪，无可奈何地眼睁睁看着野禽拍打着翅膀，迷人地绕个圈子，消失得无影无踪。乐队队长和托·伊万切远远地跟在他后面，他听见了他们讥讽他的话语，也十分羡慕他们从猎狗嘴里取出野禽，装进自己的网兜。其他猎手都穿着孔旧纽破的衣服，戴着老式草帽或鸭舌帽，要不是他们那副保护得很好的城里人的脸面、络腮胡子以及子弹带、漂亮的口袋、闪光的双筒猎枪，他们准会被当成能够走路的稻草人。

　　暂停狩猎后，当大家正准备借着两棵老榆树的阴影吃午饭时，医生穿着一身时髦的猎衣站在大家之中，犹如一位殷实富足的地主。他疲乏地倒在草地上，汗流满面，只顾喝水，吃得很少。狩猎的冲动使他不能平静。在朋友当中，他不过是个门外汉、可怜的学生，只能忍受大家的讥讽。午饭后，他打了一只鹬子。诸位先生还送了他几只。土耳其人把猎物全都挂在马车的灯架上。直到四辆马车在猎狗的追逐下向城里驰去时，医生才松了一口气。这样结伙打猎使他不能忍受——大家靠得太近了，他们的玩笑开过了头。他想单独行动，以免出丑。他要精力集中，稳扎稳打，自己学会狩猎。他从乐队队长那里买了一条颇有经验的长毛猎狗，下一个星期天就独自打猎去了。土耳其人把马车停在一个长满苔藓的打水槽旁边等他，一个男孩则为他拣猎物，架柴生火做饭。医生这回大有起色，他不断举枪射击，也善于发现猎物。傍晚回家时，他满身汗味、火药味和猎物味，但他心满意足。浴盆已经灌好水，他洗了澡，狼吞虎咽地吃了饭，便香甜地入睡了。第二天，他精神甚佳，一身夏装显得格外清爽。他在医院和家里忙得不可开交，但总是把狩猎的事挂在心上。他盼着星期日早点到来。

　　他替人治病，名声越来越大，一清早门口就等着一溜铺着粗毯或麦秸的大车。不仅候诊的底层，而且楼梯上也坐满了农民。他怒气冲冲地责骂他们不先来找他，而去朝拜乡下老太婆和江湖骗子，以致病情加重。他的怒气也发泄在玛丽娜身上。看完病，做过手术，她为他浇水洗手和脱下白罩衫时，她见他喘着粗气，怒形于色，便一声不吭地听着他没头没脑、不着边际的牢骚，而他则在她眼睛里发现了似水的柔情和一个女人的温存。当他躺在长沙发上休息时，玛丽娜踮着脚下了楼，向文蒂娅婆婆诉说了自己的不快。但是，他又听见玛丽娜说："他可生气啦，累得很。可也是，全是些乡巴佬，这下找到神医啦！"他常常觉得，自己的眼睛老在她腰上、腿上打转，也对她的私生活满有兴趣。但是，他每次想到她有损自己的尊严，便又打消了占有佣人的念头。然而，他毕竟难以节欲，又想找个自己的女人，而不是像从前那样让内维亚卡来他这儿或是自己到妓院去。玛丽娜给他帮忙时，每当他的身体同她碰巧接触，他就觉得心跳，自信他只要试一试，这个女人就会百依百顺。在八月闷热的夜里，微风送来草木沁人脾肺的气息和扬特拉河略略带甜的腥味，也送来青蛙的合唱和那个亚美尼亚人的叫声。他自幼就熟悉这一切，因而不禁想起了自己的少年时代，莫名其妙地觉得自己对玛丽娜的激情受到了压抑。在这种夜晚，他仿佛闻到了佣人的气息，听到了她甜润的声音，看到了她一对明亮的眼睛。于是，为了使思想不致抛锚，他又只好打断思绪，想医院的事情，想打猎，想那些常请他去吃饭的家庭里的闺秀。他去过尼科拉金先生家、药剂师家、托·伊万切家，后者拥有大库房、大商店，出售煤油、矿物油、松焦油和石蜡。诸位先生对他特别关照，不厌其烦地询问他在巴黎的生活，向他述说不遂心的事情和疾病，倾听他的主意，还把自己的女儿介绍给他，暗暗希望他能做自己的女婿。斯塔里拉德夫医生每次回家时都饭饱酒足，腿脚发沉。

一天晚上，医生在小地主家吃饭时，小地主把他埋怨了一通，怪他不该独自一人去打猎。他怏怏不乐地回到家，发觉玛丽娜倒在诊室方格图案的长沙发上睡着了。她扭着身子，双脚搭在亚麻油毯上。壁橱上的瓷灯柔和的光线穿过长格玻璃，照在她安详的脸上。一头秀发在她额上投下淡淡的阴影，粗壮的辫子绕过肩膀，拂着她薄薄的天蓝色连衣裙。连衣裙的开领遮不严她温柔动人的胸脯。

他蓦地停下脚步，迷住了。戴在脑后的巴拿马帽使他看上去十分洒脱。他把身体压在手杖上，仔细端详了她许久，仿佛初次同她相遇。他从她脸上捕捉到一丝悲哀，似乎这个

女人不曾尝过真正的爱。尤其是她那微微张开的嘴唇，蒙上
了一抹痛苦的阴影。热血涌进他的耳腔，他连忙把视线从她
柔细的腰肢、硕长的大腿和绷紧的衣衫上移开。他觉得，躺
在他面前的是一个被人遗弃、失去了春风得意年华的美人，
因而想对她加以安抚。为了结束这令人揪心的一幕，他用手
杖敲了敲地板。玛丽娜从梦中醒来，笑吟吟的脸上泛起红晕。

"真糟糕，睡着啦。"她慌忙整理整理头发，接过医生的
帽子和手杖。

"要是我回来得晚，你就别等了。"他说。

"那……那灯怎么办？说不定会引起火灾。"

她紧盯着他的眼睛，第一次发现他把她当作一个女人仔
细端详。

她的脚步声在楼梯上消失了。斯塔里拉德夫医生脱了衣
服，躺在舒适的床上，竭力想把思绪拉回到小地主家的那顿
晚餐。随后，他从床上爬起来，倒了满满一杯白兰地，一饮
而尽。在酒精把他醉倒之前，他听见了兀鹫的声声哀号。哀
号声中含着隐隐的痛苦，仿佛野禽也分享着他难以消解的激
动、惋惜和不可名状的愁苦……

六

整整一个星期，医生闷闷不乐，心烦意躁，吃午饭时总
是不由自主地盯着玛丽娜的一举一动。她现在睡在诊室里，
使得他夜夜心神不定。他觉得自己无法控制，一种可怕的会

败坏他声誉的事情正不可避免地来临。晚上，他故意在"罗亚尔"咖啡馆里玩台球，深夜才回家。回家时，心灰意懒，满腹惆怅。就这样，他熬了六个昼夜，等来了星期天。

这一次他是结伴去打猎的，因为他听腻了诸位先生的指责，想显示一下自己在这方面可观的进步。上帝保佑，他居然在葡萄地里打了一只羚羊。晚上，他把羚羊吊在"都灵"啤酒店的大门上，招来了许多围观者。于是，啤酒店里的高谈阔论一直进行到深夜。当打猎引起的兴奋平息下来，诸位先生散去以后，斯塔里拉德夫医生独自一人待在店里。他今晚喝得比往常多。他起身往外走，到了门边又停了下来。由于白天的劳累，他感到两腿发软，似乎心里灌满了白天践踏过的野草甜甜的毒汁。他任由思绪翻腾，想着家里有个年轻漂亮的女人在等着他，毫不觉得羞惭。这个女人或许也在想他，就像他在想她一样。想着想着，酒精和打猎带来的醉意愈渐浓烈。

他开了院门，朝文蒂娅婆婆的房间瞅了瞅，认定老婆子已经入睡。洗澡间的热水器咝咝作响，四周飘散着薪柴的焦味和水蒸气的潮味。他穿着沾满尘土的布鞋轻轻走上楼去，见诊室的门大敞着，玛丽娜正坐在长沙发上织毛衣等他。

"您回来得晚，我往热水器炉子里添了些柴。洗澡水准备好了。"说着，她把毛衣放在凳上。

他上下打量着她，那迸出火花的锐利目光使她窘住了。

"你洗了吗？"

"我们都洗了。文蒂娅婆婆睡了。"

他重重地一屁股坐在沙发上，竟使她来不及躲闪。

"哎，把鞋拿走，"他脱下鞋子，扔在地上，"你可以睡觉去了。"

"内衣在床上。"说着，她俯身去捡鞋。斯塔里拉德夫医生看清了她一直垂到他膝盖的脑袋，看清了她结实白嫩的脖颈，看清了她沉甸甸的深褐色的发髻，也看清了她丰腴的肩膀。他既不能控制自己，也顾不得考虑后果，便从腋下托着她的肩膀，把她扶了起来，紧紧地搂在怀里。一瞬间，他发现她一双蓝湛湛的眼睛又惊讶，又害怕，并听见她喃喃地说："大夫先生，这是干吗?"

她的身子瘫了下来，他把她挪到沙发上。

洗完澡，他同她睡了一夜。就从这天起，斯塔里拉德夫医生便同自己的佣人泡在一起，虽然他时时为降低了自己的身价感到难堪，然而，随着时光的流逝，这种受屈的感觉越来越淡薄，以至到了秋天，他又把同玛丽娜的关系视为理所当然、无法避免。对他来说，就像过去同许多邂逅相遇的女人一样，这种卿卿我我是可以戛然而止的。

七

这年的冬天来得早，特尔诺沃清冷下来，披上了松软的白雪。满载薪柴的牛车艰难地移动在瓦鲁沙街区，整个城市笼罩在薄薄的烟雾中。车夫们把客座换成了蒙着长毛绒的雪橇。那些到火车站去的客人，脚上盖着毛毯。每天一大早，热烘烘的面包使妇女们云集到面包房，巴日达尔勒克街上飘散着炸油饼的气味，职员们的咳嗽和学生们的喧哗压倒了手杖敲打冰雪和斧子劈砍薪柴的响声。一月，天气阴沉，大雪霏霏，寒风刺骨。孩童们清扫了街上的溜冰场，晚上还故意在上面泼水。早晨需要进出瓦鲁沙街区的男人们总是破口大骂，不敢出门，而妇女们则在溜冰场上撒上柴灰，或者用斧子劈开冰层，再把孩子们揍上一顿，没收他们的溜冰板。这时，由于节日甚多，几乎每天早上都能听到教堂悠扬的钟声。入夜，特尔诺沃大街小巷弥漫着廉价的香水味、石脑粉味，因为去教堂参加命名日仪式或享用圣餐的人们，总要翻箱倒柜取出节日服装。当城里的报时钟慢悠悠地敲过十下时，寂静的城市又响起亚美尼亚人刺耳的呼救声。这声音消失在寒冷的、静静的夜空中，毫无反应，随后便只能听见扬特拉河的轻声絮语。

在这些阴晦的日子里，医生租的这幢楼房简直糟糕透了。暖气不好，厨房里的饭菜味钻进诊室，楼梯嘎吱嘎吱地响得厉害。器皿里的饮水全都结了冰。斯塔里拉德夫医生常常埋怨老婆婆和玛丽娜办事没有计划，给房子通风不够，并且也常常考虑今后该怎么办。

一个寒冷的夜晚，成群的乌鸦在城市上空聒噪，这预示着天气变坏了。医生被请到富商埃夫斯塔蒂·斯米洛夫家看病。派去请他的小听差为他开了浅黄色邸宅的院门，领他进去。住宅窗户的上方是突出的窗帘架，正面的阳台周围绕以铁栅栏。长廊的红色地面嵌着各种图案，连着长廊是一段石阶。医生进了过堂，高级烟叶和咖啡的香味直钻鼻孔。迎接他的是位中年男子。这男子身体肥胖，一双眼睛阴郁而又温柔。

"请吧，"主人撇开小听差，亲自迎上去接过医生的帽子和手杖，"请里边坐!"他指了指通向客厅的敞开着的门，医生一眼就看见了站在门边的瘦高个女人。她穿着黑色连衣裙，乌黑的头发盘在头顶。

"这是我内人，"富商说，"大夫先生，请进。我们实在忧心如焚。"

斯塔里拉德夫医生习惯性地掏出怀表看了看。

"您就是斯米洛夫先生吧?"

富商欠了欠身子。

"尝一杯咖啡还是热茶?"

"别客气……看完病再说。"

"我们的闺女病了，大夫先生。跟您说吧，她病得很厉害，昨天就卧床不起了。"女人说道。

斯塔里拉德夫医生坐在主人端来的一把椅子上，环顾屋里的英国家具，内心不禁为之震颤：城里居然还有如此豪华的陈设。"说不定是买了哪个外交官的旧货，"他想，"可是，特尔诺沃没有外交官。"他一面听着主人忐忑不安的叙述，一面瞅着石膏塑花的天花板、巨幅纱窗帘和英式瓷砖壁炉：壁炉的小门敞着，炭火烧得正旺。一切都是崭崭新的，收拾得井井有条——洁净、雅致，同他见过的一些土豪家里的摆设有着天壤之别。那些土豪家里只有粗劣的水彩画、壁铺、单薄的维也纳藤椅，充满了饭菜的气味。医生还发现，白色墙壁的搁板上摆着柔嫩的花草，挂着两幅嵌在金色画框里的肖像，它们显然出自外国人的手笔。女主人说起活来轻声细气，她略显粗糙的脸上露出*丝丝*细纹。手臂稍长，衣服袖口上绣着精致的花边。这一切再加上她丈夫沮丧的样子，使人不难看出，这个家庭亲亲热热，文明礼貌，充满了欧洲资产阶级家庭的恬悦气氛。斯塔里拉德夫医生骤然发现了一个安富尊荣的世界，不禁对自己那幢十分蹩脚、又冷又旧的房子感到心寒。

夫妻俩诉苦说，他们的女儿早在秋天住在葡萄园的别墅里时就感到身体不适，随后饭量减少，常常发烧，而从昨天起又躺倒在床。医生听完他们的叙述，说道："这是女孩子的常见病，暂时现象。"他在患者或求医者面前话语简练，有别于那些以殷勤的许诺收买人心的医生。城里的平民和城外的农民常常逼得他肝火发作，可是在这幢房子里，他只能客客气气地表明他这位医生的威信。夫妻俩请他去看病人，他于是提起了放在桌上的药箱。

医生穿过堂屋时，看见里面摆着沙发和圆桌，桌上放了一架缝纫机。然后，三人上了楼，进入小姐的卧室。斯塔里拉德夫医生瞥见了散落在枕头上的一头黑发和姑娘的一只白皙的手。这只手有气无力地搭在蓝色被面上。铜床的上沿蒙着打了折子的天蓝色绸子。姑娘怯生生地用胳膊支起身子，腼腆地笑了笑。望着医生高大的身材和他坚定自信的目光，她马上不好意思地收敛了嘴角的笑纹。她的眼睛像她父亲的眼睛一样温柔，此时流露出羞涩、专注而又疑惑的神情。斯塔里拉德夫医生觉得，不知何故，这双闪光的眼睛令他想起了夏夜的满天星星。

"晚安。"他的语气淡漠而又诙谐。他想以此让姑娘相信，一切都会过去，没有必要担心。"扬特拉河结冰啦，正好溜冰。小姐，您会滑冰吗？"

"会的，不过得拄棍子……要是身体好的话，大夫。"

她清脆的声音使这幢令人陶醉的邸宅越发生辉，仿佛新鲜洁净的白雪的气息涌进了屋子。

"我当中学生时溜过冰，现在还想试试。但愿咱们能一起试试。"

"呵，这我愿意，只要身体没病。"

"不过，现在得听听我们病人的病情。"说着，他坐在床边的一把椅子上。

"我头痛，咳嗽，不想吃东西。周身不舒服。"

他接过她的手，试她的脉搏，两眼直盯着她纤细的指头。他感到她的脉搏由于激动而跳得更频，也发现她弯溜溜的鼻梁十分文静。体温表似乎正从她胳肢窝下滑出来，她绷紧肩膀的肌肉，孩子般顽皮地把它夹住。姑娘瞅着自己的胸脯，脸上的笑容和两个酒窝久久未能消失。

"您学的是法语还是德语？"

"法语。"她喉咙梗住了。他知道她想咳嗽。

"尽管咳吧。"他说。

她面颊潮红。她父亲在医生的背后动了动，叹了口气。

一阵咳嗽过后，该检查身体了。富商退出了房间。

"请脱了睡衣吧，需要做全面检查。"

母亲掀开被子，帮女儿脱了肥大的睡衣。斯塔里拉德夫医生看见了覆盖在花边衬裤下面的雪白的大腿、玫瑰色的膝盖，也看见了姑娘细嫩的肩背和她想竭力遮掩的隆起的胸脯。这漂亮的体态使他狂喜，他巴不得探究其中的奥妙。"奇怪，我怎么就没听说过这个姑娘呢？她全然不同于本地成熟的女性。也许得了肺结核。"他一边在她微微拱起的背上移动听诊器，一边想。"这里有噪音，是左肺……出现了空洞……体温也很像肺结核……指甲不正……多愁善感，但是，难道她会死吗？"

"您咳吧！使劲咳，小姐！"他想尽快打消使他纳闷的念头。

他收了听诊器，用手指在她背上叩着。触到她温热的皮肉，他不禁又升起怜悯之心，心里漾起一股柔情。"这病还在初期，必须尽一切努力。但是有什么办法呢？……他们富裕，有钱救她。"他继续想着。随后，他让她躺下，于是又碰上了那对羞涩的楚楚动人的眼睛。她的眼睛里充满了疑问和恳求。

"没有什么可怕的。"他仍然说得那样快活和坚定，"别忘了，您答应咱们去溜冰。现在查查胸部，请把手放下来。"

她胸部开阔，端正，这使他感到欢欣鼓舞。她身子绷得很直，心脏没有毛病。谢天谢地，她的身材同她的盆腔和双肩完全协调。"这女人的体态我还真没见过。到了三十岁，她就会成为仙女。"他这样想着，随手把听诊器和体温表装进药箱。

"让我看看舌头和喉咙。很好！一切正常，用不着疑神疑鬼。但是，请问大名？"

"埃列奥诺娜！"

"埃列奥诺娜？这名字好听。"他仍然紧盯着她闪光的眼睛，"您看，埃列奥诺娜小姐，要是您愿意尽快去扬特拉河溜冰，就得严格遵照医嘱。您要一个劲只想那些好吃的东西，比如说串烤小鹞或小鸡啦什么的。新鲜带皮的大鲟鱼，烤起来很省事。还有鲭鱼配白葡萄酒、菠菜泥加两个煮鸡蛋，以及您爱吃的蔬菜水果。还可以吃黑鱼子、英国牛排。呵，我在巴黎尝过的牛排真有味道！……斯米洛娃太太，您的漂亮闺女要多喝点酒。每顿午饭喝上一杯葡萄酒，白的红的都行。要是天气好，每天坐马车去兜风，呼吸新鲜空气，而现在呢，可以坐坐雪橇。……要呼吸新鲜空气，多吃东西。要多吃东西，呼吸新鲜空气。不管冬天还是夏天，要开着窗子睡觉，直到病好为止！"他瞅了太太一眼，见她两手交叉放在胸前，一副愁眉苦脸的样子。他显得认真、诚恳，但仍旧语气诙谐，让人感到信心和力量。

接着是一阵沉默，只听见雪花打在窗玻璃上的刷刷声。

"又下雪啦。"她妈妈说。

斯塔里拉德夫医生碰到了患者紧盯着他的目光，觉得两人之间有什么不可言传的隐私，仿佛姑娘的目光刺进了他的心脏，触到了他的秘密。"这姑娘能知道我什么呢？或许她明白了她得了什么病，对我产生了怀疑？"他想。

富商进来了，医生赶忙安慰他。"着了点凉，现在还没有什么危险。该注意什么，我跟太太说啦。请到药房买点药，以便增进食欲。"尽管他明知服药毫无用处，他仍然开了药方。

"呵，再见啦，小姐。我明天或者后天再来，看看您是不是言而有信。"他握握她的手，站了起来。

"英国家具，英国名字。我得多打听点这家人的情况。"姑娘的眼神还在他脑际萦绕，这眼神似乎含着某种期望，似乎在请他再来。

主人领他洗了手，然后陪他回到客厅。难以忍受的沉默。富商神经质地抽着烟。小听差端来白兰地和咖啡。等他出去后，斯塔里拉德夫医生说：

"您女儿病得很重，斯米洛夫先生。肺结核的初期，稍稍损伤了左肺。但是，她体质不错。经过我们的一定努力，钙化后，病就会好。"

富商轻轻沉吟：

"呵，我知道了，大夫先生，知道了。我发现了种种迹象……这些天她咳嗽加剧，我们有多担心！……她是我的快乐，我的希望……我不缺钱，生意很好。……我要尽一切努力，什么都不吝惜，您说怎么办就怎么办……我信赖您，寄希望于您！"他两手发抖，只好把香烟放在烟灰缸里。"要是失去她，我的财产，我的商店，我的生意又有何用？我受不了，真的，我受不了，我内人也受不了……"

"挺住点，斯米洛夫先生。世界上千千万万肺结核病人都好

了。有的甚至不知道自己得过这种病。你们的不安会传染给你
们的女儿。家里要保持镇定的气氛，就像没事一样。至于我，
当然会尽一切努力，可惜对这种可怕的疾病还没有特效药。但
是不要忘了，最好的医生归根结底是患者的机体本身。"

富商擦擦泪汪汪的眼睛，看了看门。他夫人在门边等着。

"斯塔里拉德夫先生，要不要告诉我闺女？"

"您自己拿主意吧。您了解她，知道怎样做才能使她经受
得住。……我想，还是暂时瞒着她好。"

"是呀，是呀，不告诉她，请您一定别嫌弃我们。常来看
病，帮帮忙。但愿能把她治好。要是有必要，我就把她送到
国外医治。据说瑞士有肺结核疗养院……"

"我国山区的空气也不错。咱们再考虑考虑，斯米洛夫先
生。眼下是冬天，长时间坐火车不可想象。"

斯塔里拉德夫医生一口干了白兰地，呷了呷咖啡，起身
告辞。富商为他送行，小听差和女主人共同掌着灯照他下台
阶。分手时，他觉得手里塞进了一枚揣热了的金币。

"你们自己用吧，斯米洛夫先生。我这不是最后一次来，
况且也无需这么多钱。我不能收，绝对不行！"他似乎有些生
气，随即把金币放回富商的衣兜，但富商仍然想把金币塞进
他的大衣口袋。

屋外风雪刺骨，斯塔里拉德夫医生撽起了大衣领子。他
觉得有件什么事情放心不下，需要想想，于是患者的那对眼
睛又在他眼前晃动。想到自己同玛丽娜一起过夜，住的是底
层阴暗、又窄又冷的房子，身边有个文蒂娅婆婆，还有个永

不感到满足、唠叨个没完的母亲，想到医院不合要求、设备陈旧，他不觉心中一阵懊丧。他前景暗淡，只能待在穷乡僻壤。他生活无聊，充满了虚情假义。他孤立无援。他在欧洲学到的东西，就是过一种井井有条的体面生活的愿望，看来将在这座肮脏、愁闷的古城里化为泡影。

八

就从这天起，斯塔里拉德夫医生有了新的希望，希望富商的女儿能够痊愈，好同她结婚，开始他朝思暮想的生活。他会有一个年轻漂亮和受过教育的妻子，会有阔绰的诊室、豪华的宅邸、典雅的陈设。未来的生活取决于姑娘的肺病能否治愈，因此，斯塔里拉德夫医生常常晚上去为她看病，给她开贵重的进口药品，对她千叮咛万嘱咐，待在她那儿久久不愿离去。他顺便也了解了斯米洛夫的商务活动，摸熟了他的宅邸。宅邸两边都有偏房，偏房的石阶两旁都有铁栏杆。医生想好了将来布置宅邸的各个细节，毫不怀疑富商乐于招他做女婿。

他节假日不再打猎，而是陪伴病人坐着雪橇，在通往塞夫利埃沃的公路上兜风。富商的新别墅就在公路旁边。兜风时，埃列奥诺娜裹着厚实的狼皮裘衣，一张脸由于严寒和羞涩而变得通红，比平日更加可爱。他每次都穿着华贵的翻领黑大衣，戴着礼帽，显得庄重而彬彬有礼。姑娘的每一个动作、每一个表情都被他看在眼里。为了讨她欢心，他向她讲

述了自己在巴黎的种种趣闻。她清脆的笑声和迷人的眼睛使
他陶醉在幸福之中。在这白雪世界里度过的时光，总是勾起
他对儿时的回忆。那是六月的一个夜晚，年方六岁的他依偎
着妈妈，同其他妇女一起，在特尔诺沃葡萄园中的小棚旁边
露天睡觉。那时节，椴树已经开花，天上缀满星星，温暖的
夜空一片幽蓝。兀鹭发出沉闷的叫声，夜莺在灌木林中啼鸣，
萤火虫的磷光闪闪发亮。妇女们的歌声停息后，他就裹着厚
毛毯躺在她们中间。闻着花草和椴树的芬芳，他第一次感受
到女人肉体的温馨。地平线上，亮晶晶的星星把天地分开，
天上不时坠下一颗流星。深邃的天空激起了他幸福而又神秘
的情感。现在，每同姑娘的目光相遇，他回忆的潮水便汹涌
澎湃。他相信，一旦她做了自己的妻子，必定还会有那种神
秘莫测的时刻。他想："她这个女人会使每个男人动心，她简
直就是仙女。"然而，想到玛丽娜，他的激动和幸福又顷刻化
为乌有。他想起了诊室里的那些夜晚，想起了他的女佣雪白
柔软的身体，不觉又对她感到冲动，意识到自己竟是一个淫
徒和骗子，居然想霸占一个有病的姑娘，进而侵吞她家的财
产和宅邸。他感到惆怅，但又说不出所以然来。他忽而埋怨
自己，忽而埋怨玛丽娜。不止一次，在兜风以后，他想把玛
丽娜打发到文蒂娅婆婆那儿过夜，但每次看到她快活幸福的
眼睛、流露出炽烈爱情的脸庞、由于健康和满足而显得妖娆
的体态，他又总是踌躇不决。玛丽娜一天天变得自信，用
"你"称呼他，以主人的身份对待婆婆。但是，他从来没有把
她放到主人的位置上。诚然，他给她买了几件新连衣裙和一

些内衣，但这并不是因为她提出了要求，而是因为他把这看成是对她的报偿，就像报偿其他轻浮的女人一样。

三月末的一天，埃列奥诺娜自我感觉良好，咳嗽也差不多停止了，他便用自己的马车拉她去兜风。早晨还是晴天，但午饭前纷纷扬扬地下起雪来。为了遮雪，土耳其人支起了马车的篷盖。回城的路上，姑娘提出想去他住所看看。斯塔里拉德夫医生早已察觉，她急于要向他表露自己的感情，现在竟自己找了一个理由。他想婉言谢绝，但埃列奥诺娜不肯改口，他只好让步。两人在楼前下了车，他领她进去，满腹狐疑。全城都知道他们常常一道外出兜风，自然认定她要做他的妻子。但他不相信她能痊愈，起码也要到春后再说。现在，当他把她领进自己的住所时，他已毫不怀疑，她想俩人单独待在一起。另一方面，他又不想让她看见玛丽娜。他还怀疑，她已听说过女佣的事，现在有意到这里来见识见识。

在开院门前，他揿了揿电铃，以便给文蒂娅婆婆打个招呼。进了门，无人迎候，斯塔里拉德夫医生感到奇怪。但是，当他们爬楼梯时，玛丽娜在楼上出现了。

"文蒂娅婆婆呢？就你一人吗？"

"今天是星期天，文蒂娅婆婆上瓦鲁沙街区她女儿那里去了。"

"沏点茶，端到诊室来！"他回避着玛丽娜的目光，"斯米洛娃小姐的茶里要加白兰地。你看看有没有方糖！"

他看得出来，玛丽娜对他的神态很不满意，但他偏要使用命令的口气。

"光茶也行……哎，衣架呢？我原先以为您住在别的地方。"

"这就告诉您。"他帮她脱了厚实的裘衣，目不转睛地看着她目送玛丽娜走下楼去。

"您以为我住得很宽吧，其实不然。衣架在这儿！"他推开诊室门，搬来一把维也纳沙发椅，放在火炉旁边。

姑娘查看着摆满外科器械的橱柜。

"呀……呀！最好不看这些东西，看着让人难受。"说着，她打了一个寒战。

斯塔里拉德夫医生坐到办公桌椅子上，像平日一样故作礼貌、克制的姿态。但是，玛丽娜躺过的长沙发总在他眼前晃动。他忐忑不安地想到，玛丽娜就要把茶端来，两个女人就要面面相觑，争风吃醋。

"您把马车坐腻了吧？看来您气色很好。不过，我们还得严格按规定办事。"他及时插进话头，想谈些正经事情。

她嫣然一笑，脸上露出两个酒窝。然而，他早就熟知，这种笑与其说是带有苦涩味，不如说是带有讥讽味。笑时，她嘴角向后收缩，鼻尖不住抽搐。

"呵，是说规定吗？您不是说我已经好了吗？谈点别的吧，谈谈咱们自己。"

"比方说，谈什么好呢？"

"比方说，您喜欢诗吗？有位诗人名叫亚沃罗夫①，说不

---

① 亚沃罗夫及以下的波特夫、伐佐夫、卡拉维洛夫，均为保加利亚著名诗人或作家。

定您听说过他？”

"没听说过。我只看医学书刊。我没有时间。而且除了波特夫、伐佐夫和卡拉维洛夫外，我根本就不熟悉我国的其他诗人。"他说，"您干吗这样看看我？像是初次见面。"

"您太认真和……严肃。也可能是您的胡子在作怪？"她哈哈大笑起来，"我说的那位诗人，说不定长着同样的胡子——八字胡。"

"您是想知道我是什么样的人吗？"

"是呀，这我已想过了。您可知道，这位亚沃罗夫有一首诗，其中一句是，'人迹罕至的地方'。您怎样理解这'人迹罕至的地方'呢？"

"我不明白是指什么。"

"哎，是呀，这要读完全诗才会明白。我会给您书的。"

她坐到沙发椅上，两腿不停地晃悠，梳洗得异常整洁的头微微垂着，嘴角仍旧挂着苦笑。

"您把我当病孩看待。哎，说实在的，我知道自己得了肺结核，未必会好，可您太为我操心了。您真的希望我病好，而且对所有患者都一视同仁吗？"

"斯米洛娃小姐，我是医生，这是我的责任，"他强忍着自己的愠怒，"您的父母要我为您治疗。"

"仅仅是出于医生的责任吗？……是呀，我明白了，"她说，"明白了……"

他想："要不要告诉她，我现在就对她表态还为时过早，以便叫她放心？"但是，考虑到她可能产生误解，他决定不说为妙。

"您好得差不多了，不过，我建议咱们往后再谈这件事。"他把"往后"说得很重。

"您在胡思乱想。我劝您不要读那些使人沮丧的诗。在您这种年龄，大家都很浪漫呢。"

他察觉到她不喜欢听，但又不能改变这种教训人的口气。

"您没读过这首诗，它并不使人沮丧……不管怎么说，待在您这儿很舒服。"

他起身开了门，把姑娘的沙发椅挪到办公桌旁。玛丽娜端着茶盘走进来，斯塔里拉德夫医生没有料到，她这么快就沏好了茶，换上了节日才穿的连衣裙。他招呼着迎了上去。一个从小摊上买来的普通玻璃胸饰在她打着褶皱的连衣裙领下闪闪发光。她身高体匀，走路时十分小心，唯恐茶水荡了出来。然后，她把茶盘放在办公桌上，咧嘴一笑。这使他即刻想到，"莫非是吃醋？她真的知道我爱这姑娘？"

"茶炊在下面，要不要端来？"

"不用了。"

玛丽娜像斯塔里拉德夫医生教她的那样，一扭漂亮的脖子，向姑娘点了点头，镇定而从容地走出屋子。

屋内一片沉静。

"您不是说过，您的佣人是个老婆子吗？"

斯塔里拉德夫医生往客人的茶杯里倒了点白兰地，装着没发现她内心的激动。埃列奥诺娜咬着下嘴唇，寻找着他的眼睛。

"她走亲戚去了，听说过她的亲戚吗？"

"这位不也是您的佣人吗？"姑娘端茶杯时，小指抖得厉害，似乎怕被烫着。

"玛丽娜是我的助手，她帮我做手术，接待病人。"他的话里含有不满，语气生硬。

"长得蛮漂亮。"

"是呀，很端正。"他倒了一杯白兰地，一饮而尽。

"常住这儿吗？"

"不，只是有特殊情况才住。"

她目不转睛地盯着他，盯得他很难为情。她再次咧开嘴笑，可这回的笑不单含有嘲弄之意，而且还含有敌视之意。这使他感到恼火。

"她是个好帮手。我教过她，现在缺了她不行。"他说得干干巴巴，想以此结束不愉快的谈话，"要不，如果您感兴趣，我就把我知道的情况全告诉您。她是一个邮差的妻子，这邮差叫科廖……"

他冷笑一下，看见她两颊起了红斑，眼睛阴沉下来。

"据说大家叫她特尔诺沃王后。"姑娘扑哧一笑。斯塔里拉德夫医生感到讨厌。

这姑娘居然要干涉他的私生活，戳穿他的谎言，并且幸灾乐祸、诡计多端地盘问他，装得一本正经，似乎他已向她表白了自己的爱情，似乎她已成了他的未婚妻或者夫人。他第一次觉得自己恨她，恨她用自己的纯洁和爱情来剥夺他作为一个男人的自由。

"斯米洛娃小姐，我已满足了您的好奇心。说不定您还听说过关于我佣人的其他流言蜚语。咱们不谈这个。"他压住心头的怒火，装得十分殷勤，但语气很重，用一对灰眼睛逼视着姑娘。

"那好……再说，我也该走了。家里人等我回去吃午饭，他们会担心的。"

她在沙发椅上顿了几秒钟，然后猛地一扬头，把半杯茶放在办公桌上，径直朝房门走去。

他猜想她会失声痛哭，但他并不为此感到难堪，反而更加感到愤懑。他想："我有什么办法？我不能表白对她的爱情。这会给我添麻烦……由她去吧，事情会收场的。"

他帮她穿好裘衣，把她送到院门。玛丽娜忙叫土耳其人备车。

"我送您回去！"

"不必，不必！用不着。住得不远，而且都中午了。"

他不再坚持，就把她扶上车，目送着她离去。尽管他知道她会难过，也有可能不再爱他，但他仍旧感到松了一口气。他回到诊室，又倒了一杯白兰地。这时，玛丽娜也进来收拾茶杯。

"您认识这位小姐吗？"他问道，用指头叩着桌子。

"谁不知道商人家的痨病鬼。奥波尔琴斯卡街有她家的大商店，卖玻璃的。我可认识她，也看见过那个商人。他们可富啦。"

玛丽娜诡谲地一笑，转到办公桌后面。他觉得她的膝盖碰到了自己的膝盖。

"可怜哪，长得倒漂亮，就是只能再活两三年。莫非你在跟她谈恋爱？医生嘛，精得很……"

"陪我喝一杯。"他破颜一笑，搂着她的腰，"玛丽娜，你真是个好女人！"

在她收拾办公桌时，他默默地打量着她。她满脸堆笑，那双明亮而快活的眼睛分明是在卖弄风情。

"去摆饭吧。"他吩咐说，其实是想单独一人待在屋里。当她沿着楼梯下去时，斯塔里拉德夫医生忽地想起，前不久一天晚上，玛丽娜心满意足地紧挨他睡着，怪他不帮她办理离婚手续。她说："只要肯开金口，教会准会听你的。"他向她解释说，她男人还没有同意离婚，神父们不会批准，这样，她只能再等三年，让婚姻自动废除。她愁眉苦脸地突然说道："我还有什么没给你呢？我是一个平头百姓，可我能学会的……我爱你。"她怯生生地用手捂着嘴，似乎在说出羞于吐露的私情。

他没有吱声，于是又听她说道："天哪，我这是发疯了！"她贴紧他，把脸凑了上去。他尝到了她咸涩的眼泪，抚摩着她的肩膀，第一次觉得跟她一起生活是轻松、幸福的。他真不知道自己为什么会产生这种念头，但此刻重又忆起那天晚上的想法，要是娶了埃列奥诺娜，等她一死，他再结婚，这就成了招人议论的女婿，同富商就很难相处……况且，她不能生孩子，而玛丽娜却能赐给他结实可爱的宝宝。再说，两三年后，他就会富起来，就能盖一幢漂亮的楼房，建一所私人医院……

他站起来，踱到窗前。窗外，风卷雨雪漫天飞舞。这些
雨雪难于盖住一家家关了门的店铺的房檐和百叶窗。对面的
药店里亮着灯。楼下，玛丽娜正在摆饭，盘子叮当作响。"我
似乎正变得安于现状，苟且偷生，就像城里芸芸众生一样。"
他想。这种担心好像成了现实，他为此感到恼火。但是，他
的家族使他固有的那种审慎仍然在提醒他正视现实，疏远那
个有病的埃列奥诺娜。"然而，难道能跟自己的佣人、傻头傻
脑的邮差的老婆结婚吗？"他思忖着，在办公桌旁踱来踱去，
然后又倒了一杯白兰地……

九

医生忘不了埃列奥诺娜的耻笑和她离去时怒气冲冲的样
子，几天没有到富商家里去。他对玛丽娜的感情更加强烈，
就像在度蜜月一样。玛丽娜呢，自然也心花怒放。但是，他
越迷恋于玛丽娜，就越担心自己的前途，因为他原本就没有
把她看成自己未来的妻子。他模模糊糊地觉得，他按西方方
式安排生活的计划将要落空。自回国以来，他第一次感到信
心不足，感到自己变成了另一个人。他不能确切地说出自己
是好还是坏，是有理还是亏理，是相信自己在西方真的学到
了本领还是承认自己在自欺欺人。这些日子，他的脑子里总
是出现先父的影子——特尔诺沃这个唯我独尊、目光短浅的
商人在他八年的大学生活中耗尽了钱财。先父的形象越是缠

着他，他就越是感到讨厌。他压抑的心上现在又平添上了他母亲的吵吵嚷嚷，更何况医院里天天有麻烦的事情，城里的卫生搞得十分糟糕。他想去休假，向法国朋友们倾吐衷曲。或许这能增强他的自信心，使他不致放弃过去的打算。然而，休假的想法不过是一厢情愿，医院的工作不能不管，病人也不许他离开城市。

他想摆脱目前的困境，于是进行了自责，又开始到富商家去，以求内心平静下来。

埃列奥诺娜还像从前那样对待他，好像什么事情也没有发生，只是她的眼神里含有嘲笑和调情的味道。全家都埋怨他把他们忘了，但仍然热情地接待了他。不过，在去"都灵"啤酒店的路上，他灵机一动，想报复一下那个鬼才知道为什么要妄自尊大的有病的姑娘。此后几天，他不痛不痒地开玩笑，使埃列奥诺娜羞红了脸。他一句接一句的双关语和钟情的目光竟然燃起了她内心的希望。他知道，她的父母是支持她的想法的。这种逢场作戏渐渐变得危险起来，斯塔里拉德夫医生终于意识到该是收场的时候了。

按照他的建议，斯米洛夫一家在四月中旬住进了葡萄园的别墅。斯米洛夫先生每天早晨乘坐一辆雇来的马车，带着负责采购的小听差，到商店里办事。白昼已经变长，医生本来每天傍晚都有几个小时的自由支配时间，但他常常不去富商家看病，以此表明自己很忙，表明自己作为一个男人是完全自由的。为了避免同埃列奥诺娜单独见面，他总是天黑才到她家，而且总是谢绝他们的晚餐。他还装着没有看见姑娘的不快和要他留下的眼神。

到了五月，姑娘又开始咳嗽、发烧。斯塔里拉德夫医生终于断定，她已病入膏肓。他出诊的次数越来越少，每次离开时想起病人那双深陷下去的蓝眼睛，不免心事重重，后悔自己的自尊心受到了侮辱。

一天傍晚，当老榆树的枝叶披上血红色的夕阳时，他乘坐马车到了富商家里。他从车上下来，奇怪地发现别墅里寂然无声。谁也没有出来迎接他。在这瑰丽的五月的傍晚，他竟成了不速之客。他用手杖敲了敲门，等了几秒钟，正打算回去，却突然听见身后有脚步声，随即看见了小听差。

"太太进城去了，只有小姐在家。呵，我这就去告诉她您来啦。"

斯塔里拉德夫医生闷闷不乐地进了一楼的客厅，在打开的窗户前停住了脚步。小听差上了楼，砰地推开了房门。大夫心想："大概她难受，躺在床上。"一想到要同埃列奥诺娜单独待在一起，他的心里升起了一阵恼怒：我明知对她健康不利，干吗还要使她产生希望？每个肺结核患者都对死亡感到恐惧，容易兴奋，烦躁不安，渴望生活，性欲旺盛。我爱的真是她呢，还是富商的宅邸、房内的陈设？

楼上久久没有动静，医生在浅绿色的客厅里踱来踱去，欣赏着考究的家具，一直等到小听差出来。

"小姐准备好啦，请上吧，大夫先生。"

医生把手杖和巴拿马帽挂在过道的衣架上，沿着木梯爬了上去。门开了，埃列奥诺娜出现在门口。斯塔里拉德夫医生的心怦怦直跳。埃列奥诺娜穿着长长的黑色连衣裙，打扮得像去参加舞会一样。她细嫩的上胸袒露在外，手臂的皮肤呈暗红色，拢到脑后的黑发使她看起来像个年轻太太。斯塔里拉德夫医生闻到了一股浓郁的香水味，不由得想起了自己在蒙马尔特①的那个情妇，后者每次同他相会，都要打扮得像一朵交际花。

"穿了紧身衣！这是在自杀！"他严厉地直视着她，准备向她的激情泼上一瓢冷水。

她微笑着，满有精神，显然是陶醉于自己的装束。她的一双眼睛放射出喜悦之光。医生意识到："我不该来。"

"干吗站在门口呢？请原谅，劳您久等了。"她闪到一旁，为他让道。

斯塔里拉德夫医生穿过狭窄的过堂，进了她的卧室，见她满面红光。一床被子显然是匆匆忙忙盖在床上的。梳妆台上摆着忘了收捡的手帕。长沙发上摊着一本书。

"您真是个不懂事的孩子。紧身衣太紧，碍您呼吸。难道您想自杀吗？请点灯，天黑下来了。"他把药箱放在一个带套的小凳上，直挺挺地站着。

"您怕黑吗？天黑才好呢。不过，既然您……"她疾步走向梳妆台，连衣裙唰唰有声。然后，她很不耐烦地划着火柴，扎断的火柴杆一根根掉在地毯上。瓷灯罩发出白光，照亮了对面的墙壁。铜镜框里的一面梳妆镜金光灿灿。

① 蒙马尔特，巴黎北部一个小区。

"快脱下紧身衣。"说着，他帮她捻大灯蕊。

"为什么？您不喜欢吗？"

"别再卖弄啦。"

"您这个医生也别再一本正经啦，我看您真是好笑。"她说。

"要是您不听劝告，我只好拒绝为您治疗。"

她站在他面前，逗引着他。灯光只照着她的半边脸，但他仍然感到，她那边脸上的眼睛里隐藏着某种果断的决定。

"我脱不下来，请帮个忙。"她把脑袋一歪，似乎在审视着他。

"可您的连衣裙……得先脱掉。"

"扣子在背上。"

他犹豫起来。要是帮这个忙，那多可笑。他皱着眉头，动手为她解开一颗颗红纽扣，心想："她这是在嘲弄我，真该挨揍。"

她把一头浓密芬芳的深褐色头发触到他的面颊，还从梳妆镜里看见了他的八字胡、动人的侧影和嘴角的笑纹。埃列奥诺娜闭上了眼睛。他的手指触到了姑娘柔嫩的背部，感到了她的激动。光溜溜的肩膀下面现出了紧身衣，他用笨拙的、发抖的两手为她解着扣子。紧身衣的前胸挂在连衣裙上，结成了一个死疙瘩，他解不开。

"把女佣叫来，换个房间，让她帮你脱！没办法！"他高声嚷道，停了下来。

"您真笨！帮我脱了连衣裙。"

还没等他找到答词，她就像犯了急病一样，摇摇晃晃地一头栽倒在他的怀里。她光溜溜的肩膀死死抵着他，他感到了她身子的重量，唯恐她跌倒在自己脚下，便两手扶着她的肩膀。她猛地一翻身，抱住他的脖子。她哭得浑身发抖。他想找话安慰她，却陡然在镜子里看见她扶着自己的肩膀，把头埋在自己的上衣里，于是心里一惊，悔之晚矣。"由她去吧，反正要死的。"他吻了吻她的肩膀，听见她随即说道："你是爱我的吧……哪怕只爱一回，趁我还有容貌的时候。我会死的……"

"不，你不会……不会死的。看你说到哪儿去啦！"说着，他凝神听着她父母有没有回来。他听到了夜莺的叫声。他想托起她的脸，但她仍在打噎，断断续续地嘟哝着什么。"闭上嘴吧，别传染他人，不要脸的东西！"他心里想着，抱起她的头吻了吻，感觉到她颤抖着，想把身子给他。

"你就说一句爱我吧，你是爱我的吧……我不会死吧？"

"不会的，当然不会……您父母随时都会回来，快整理整理，别让他们看见。去吧，安静点。"

他帮她脱了连衣裙。当她光着上半身羞答答地站在他面前时，他对姑娘的身子产生了强烈的欲望。进出过巴黎妓院的大学生想击败医生，但医生终究胜利了，摆脱了姑娘的拥抱。他让她躺在床上，她于是发现了梳妆台上的手帕，便把它抓了过来。

"吐血啦，是第二次。"她说。

"这不奇怪，您别害怕。"

别墅外响起了马车的辚辚声。

"您父母回来了。现在要安静地躺着，擦干眼泪。"他把自己的手帕递了过去。姑娘一把抓住他的手，泪眼朦胧地盯着他，蓦地笑出了声：

"大概特尔诺沃王后不穿紧身衣。"

斯塔里拉德夫医生后退了一步，像是脸上挨了一巴掌。

"用不着为我的佣人吃醋，"他说，"您自己脸红去吧！"

"我不能……就是要嫉妒！呵，我真讨厌她！您把她赶出去，马上赶出去！您不是爱我，只爱我吗？再吻我一次吧。"她把他的手拉到自己胸前，他又吻了一下。但他突然后退几步，提起药箱——有人上楼来了。

斯米洛夫先生敲敲门，走了进来。斯塔里拉德夫医生此时已坐在病人前面的小凳上。全家邀他吃了晚饭，此后便是两个男人待在一起。医生对富商说，他女儿的病情加重了，需要到瑞士某个疗养院治疗。"这是使她能够超脱、注意调养的唯一理智的办法。"他想说服她惶惶不安的父亲，病人去瑞士会好得更快。

医生走时已是深夜。土耳其人等急了，放了马。斯塔里拉德夫医生揣度着姑娘的表示会带来的后果，但埃列奥诺娜的光身子久久地在他脑海里浮动，使他不能收拢思路。

"我被搞糊涂了！唉，没什么，她会走的，未必还能见到她。"土耳其人套马时，他这样想。

十

入夏，各种传染病在城里蔓延开来。天花异常猖獗，猩红热和白喉偶尔出现，瓦鲁沙街区的百姓尤其遭殃。在街区的几条陡斜的街道上，夜晚有醉鬼出没，白天有垃圾车穿过。一到下雨天，垃圾被冲得遍地都是。斯塔里拉德夫医生一再要求市政府加强城里的卫生工作，但情况毫无变化，平民百姓得过且过，习以为常，医生不得不出来干预。

由于这些街道不能通行马车，他就天天步行去检查，骂人。他由此了解了这一带居民的生活情况。这里住满了屠户、漆匠、小职员和各色各样的穷人，还设有一个防疫站。住在下面大街上的，却是些穿着西装、戴着手套、拄着手杖的富人——律师、商贾、中学教员和趾高气扬的军官，也有成天泡在"罗亚尔"咖啡馆里的赌棍、大腹便便的食利者以及靠着老子的家产饱食终日、无所用心的阔少。医生在这些人中看到了自己的影子，因而常问自己：他的生活同他们有何区别？他不是同他们的大多数一样，住在不适用的老房子里，也跟自己的女佣睡觉吗？但是，最使他担心的是，或许他有朝一日会听由命运摆布，爱上这种生活，就像习惯于咖啡馆一样。不管是在医院里，还是在自己家里，抑或在大街上，他总是陷入矛盾之中。他美好的愿望，他对同他的医术相联的另一种生活的热烈向往，似乎正在变成泡影。

他既为自己的事情操心，也为战争威胁担惊受怕。报上充斥着保加利亚人、塞尔维亚人、希腊人和阿尔巴尼亚人惨遭土耳其人屠杀的新闻，还有消息谈到保加利亚、塞尔维亚、门的内哥罗正结成反土同盟①。青年土耳其军官企图根绝保加利亚居民，把他们赶往保加利亚腹地。索非亚的群众集会接连不断，人们在集会上发表慷慨激昂的演说。三月，保加利亚和塞尔维亚签订了军事同盟条约。

晚上，在"都灵"啤酒店里，诸位先生热烈议论着巴尔干冲突，情绪激昂。斯塔里拉德夫医生一心想着自己的前途，从啤酒店回家后，心事重重。听着亚美尼亚人可怕的喊叫声，他久久不能入睡。他后悔不该恋上玛丽娜。他同她的关系使他感到压抑和畏惧。

医生本来不大关心报纸和各种传闻，但当法国报纸也参与评论不可避免的战争时，他却被吓住了。恰在这时，他的恐惧又平添上了新的麻烦。埃列奥诺娜不听劝说，拒绝到瑞士去。在她表白了自己的爱情后，他必须继续扮演恋人的角色，更频繁地到她家别墅去。这种出诊是不合心愿的，而且带有很大的危险性。也就是说，他不仅要对姑娘一人负责，而且还要对她全家负责。姑娘的固执使他恼怒，他不止一次地找理由推脱不去。但是，第二天，他总是在院门口的信箱里取出一封用粉红色信封装着的来信，这是小听差送来的。不过，他仍然相信埃列奥诺娜会走，因为她的病会逼她这样做。更糟糕的要算他同玛丽娜的关系。她的行为已经越出了

---

① 1912年3月和5月，保加利亚先后同塞尔维亚、希腊和门的内哥罗（今黑山）签订条约，结成巴尔干反土同盟。10月5日，同盟各国对土宣战，开始了第一次巴尔干战争。

一个佣人的界限。她在他家里像个真正的夫人，指手画脚，毫无忌讳，甚至在遇到一些事情时还教他如何处置。她在做这一切时十分自信，好像她已成了这幢楼房的主人。但是，到了七月末，她却闷声不响地突然搬到楼下婆婆那儿睡觉去了，并且越来越不爱说话，对他冷眉冷眼。有一回，他听见她在哭泣。医生以为，这是因为邮差最近写来了许多充满咒骂和恐吓的信。她上街买东西时，可恶的丈夫老是跟踪她。玛丽娜害怕出门。医生想："大概是因为我不帮她离婚，她才生我的气。"然而，几天以后，一件丑闻发生了。

那天，在她买东西回家的路上，一个名叫帕帕伊马伊卡的掌柜想把她拖进自己的铺子。这场闹剧传遍了整个特尔诺沃。玛丽娜回家时，神情恍惚，哭得像个泪人儿，浑身打着哆嗦，一天没有吃饭。更气人的是，老斯塔里拉德娃也来同"勾引儿子的妖精"拼命，玛丽娜只得逃到大街上，躲开那个发了疯的老婆子。医生回来时，她还躲在文蒂娅婆婆那里。玛丽娜坐在壁铺上，捏着一张沾满泪水的手帕，不住地抽泣。他进去后，她哭得更加厉害，文蒂娅婆婆详详细细地向他述说了一小时前发生的事情。

医生不觉怒上心头。他瞅着玛丽娜的一双肩膀，瞅着她支撑着胳膊肘的两个袒露的膝盖，竟对她的漂亮怨恨起来。他觉得，正是她的身子使他受了屈辱。

"城里有这帮恶棍，我拿他们怎么办！没有法子，你另找住处吧。"他大声嚷嚷着，然后板着脸，听着老婆婆的唠叨。老婆婆似乎有意一遍又一遍地说他妈用雨伞打了玛丽娜，把她赶到了院门口。

玛丽娜瞟了他一眼。医生透过她泪水汪汪的蓝眼睛，再次看到了她这些日子印在他心上的同他日渐疏远的神情——充满怀疑和无言的责备的神情，只不过那双眼睛现在还增添了几分敌意，似乎他所说的"我拿他们怎么办"，证实了她有理由怀疑他不会保护她。他断定，她把身子给了他，是因为相信他会娶她。想到自己同她的关系已经走得太远，他再次感到恐惧。

"哭有什么用！洗个脸，上楼去。咱们谈谈。"他一寻思候诊室里还等着两个病人，很不高兴地说道。

"她过分看重自己，看重德行，才会这样想。这从她的眼神里看得出来。既然跟我睡觉，她就要我……说不定她跟文蒂娅婆婆谈了这件事。这是讹诈！这就是她的目的吗？"他决定解雇她，不作任何解释。"看我做了这等蠢事。"他开始生自己的气，不觉想起了打猎后的那天傍晚，也想起了有天深夜她埋怨说："你干吗不娶我？"

把病人打发走后，他脱了白罩衫，坐到办公桌旁。玛丽娜一声不吭地收了沙发上的白罩衫。

"你等等，"他见她急着要走，便把她叫住，"坐下来谈谈。"

她抱着白罩衫站在那里，愤愤地看着他，就像一个受了侮辱而又相信自己的权利的女人那样。

"你自己也明白，不能再住这儿了。你明天就去找个住处。这是上策，没有办法……"

"我早就该滚了。"

"你男人不会饶了你的。你还是他的妻子。"他掂着一字一句的分量，用他作为主人的坚定目光紧盯着她。

"原因不在我男人。你清楚得很，是那个痨病鬼……她可有钱啦！"

"你说什么？"他叫了起来，被她的利齿震惊了。

玛丽娜气冲冲地朝门走去，把门一甩。

斯塔里拉德夫医生简直不敢相信自己的眼睛。这个女人怎么可以在他家里耀武扬威，像个爱发脾气的夫人？他周身的血液往上涌，真想追上去，立即把她赶出门去。"你清楚得很！痨病鬼……"她的话还在他耳中回响，使他猛然省悟到，玛丽娜准是看过他扔到纸篓里的埃列奥诺娜的来信。他曾经以为，像所有其他人那样，他们之间的暧昧关系会戛然而止，这种想法太天真了。难道她自己不愿意发生这种关系吗？给了她衣服，给了她工作，难道还不满足吗？……诚然，我对她流露过自己的感情，可从未暗示过我要娶她……但是，这在国内是另一码事！对啦，在国内，大家都觉得彼此是平等的……一千零一夜在这里不是虚构的故事，玛丽娜准是以为，既然同她睡觉，给她买衣服，买鞋子，就一定会娶她，因此才催他到教会去，早早了结那桩离婚案……我真傻，以为是在同哪个巴黎情妇打交道呢……

他听见院门砰地一响，门铃轻轻滴铃几声，便走到窗前，看见玛丽娜穿过了街道。从她气冲冲的样子可以看出，她已拿定主意要干一件什么事情。

医生本想问问文蒂娅婆婆玛丽娜这是到哪儿去，但正好有个妇女抱孩子来看病。他把妇女送走后，马上下了楼。

老婆婆正在屋里同谁说话。他叫了她一声，随即通过敞开的房门，看见佐娅太太坐在壁铺上。

"这女人来干什么？"

"等您给她看病，大夫……"

他一进门就大声宣布："我不能再给你看病。我给了你药膏。我不想再在我家里看见你！听见了吗？快走吧！"

"一对白鸽"的主子向他翻了翻白眼，操起提包大摇大摆地从他面前走过，鞋跟碰得地板嗒嗒作响。

"要是看病，怎么不上候诊室？是你让她到这儿的吗？"

文蒂娅婆婆心虚地眨着眼睛。

"她是为玛丽娜来的。她说玛丽娜长得出众。说是那里好多人都嫁给了军官、大人物……"

"呵，呵，是这么回事！要是再看见她来，我就连你也赶出去！玛丽娜上哪儿去了？"

"找房子去了。您不是要她去找吗？"

"让她滚吧……可我能在哪儿找到一个体面的佣人呢？"他想着，从衣架上取下帽子和手杖……

十一

第二天，他决定不去医院，也不在家里接待病人。他吩咐土耳其人赶来马车，八点钟光景打猎去了。

　　要打猎，时间晚了一点，但他原本就无心干这件事情，只想着不知玛丽娜住在哪儿，是否还会回来。要是玛丽娜趁他不在时把衣服取走，一切都平平安安地过去，那就谢天谢地。

　　时值七月，看来是个大晴天。清晨下了几滴雨，覆盖着泥尘的公路好像出了麻疹。收割过的庄稼地和草场散发出潮湿的气味。黄鹂亮开了嗓子，孩子们在草房里嬉戏。

　　斯塔里拉德夫医生听着清脆的马蹄声，时不时看看伏在脚下的上了年岁的猎狗那阴沉的眼睛，不知不觉已驰过了富商的别墅。别墅的房顶隆起在绿树之中。医生想，打猎后要去他们那里一趟。跟这些愁闷的但有教养的人待在一起，他的自信心或许能够复活，就像在那些满怀希望的冬日，他相信她会痊愈一样。说不定埃列奥诺娜真的会好，出现奇迹……现在就感到绝望，不是为时过早吗？……是什么东西使爱情如此快地冷却下来？是由于她的疾病呢，还是由于她感情冲动，没有理性？抑或是自己害怕一辈子守着一个不能生育、不会家务的病人？现在，这种冷静的思索使他不寒而栗。他觉得自己可悲，就像一个想要出卖自己，又不知道自己价钱的人一样……

　　打猎使他心旷神驰，可这只是短暂的感觉。一到太阳升高，老猎狗不再追捕猎物而只是跟在他后面吐舌头时，他的心境又变坏了。他宰了三只小鹬和一只兔子，就急急忙忙躲到一株老核桃树下。伊斯马伊尔在树旁生了火。他解下子弹带，挂在树上，然后坐到太阳底下，想出点汗。

他一面在心里骂着玛丽娜，一面又可怜她。

吃完野餐，他躺在树下打盹，出神地望着绿色的树叶。他的眼前出现了他曾去做客的那些家庭的闺秀，出现了在俱乐部的晚会上同他跳舞的那些女孩。是随便娶个当地姑娘呢，还是娶个外国人？归根结底，只有结婚才能摆脱目前的困境。……况且，战争迫在眉睫，天知道仗要打多久，结局如何……

好不容易才熬到三点。伊斯马伊尔把马套好了。一小时后，马车驰进拐向别墅的杂草地。斯塔里拉德夫医生一眼就看见斯米洛娃太太迎面走来，随即又看见别墅的阴影下摆着一架缝纫机。这个穿黑衣服的瘦高女人郁闷地微笑着，露出一副苦脸。医生不禁想到，这家人一定有什么灾难，不光是女儿的肺病带来的灾难。

"捎点野味来。我们的病人怎么样啦？"他声音响亮，想使姑娘听见。

"这些天爱耍脾气，大夫先生……她难受，我们也难受……好在您来了……"

"还是不肯走吗？"

"唉，您跟她说说吧，跟她说说吧，但愿她能开窍。"

他没有进屋去，而是坐在桌旁。

"再不能拖着不走啦。我想，咱们别再犹豫啦，太太。"他凝神听着台阶上是否有脚步声，还偷偷看了一眼埃列奥诺娜房间的窗户。她妈妈在场，他觉得不大方便。太太又得向他提出一连串问题，他又得口是心非地规劝她一番。他自然不能对她说："您女儿不想走是因为她爱上了我。"他知道，埃列奥诺娜此刻正在换衣服，还想象着她正在照镜子，惬意地听着他的声音，心花怒放。她甚至不会隐瞒自己的感情，因为她父母已把他看成她未来的丈夫……他是个医生，要是能保住她孱弱的身体，他们就会把全部财产留给他。……然而，她终究是要走的，而且不会活着回来。这幢楼房里孕育着死亡：房里的所有人都是孤独的。他同这里的环境格格不入，同本地人格格不入。他虽是医生，可过着与世隔绝的生活，内心非常矛盾。

"不消说，她应当心情舒畅，不能胡思乱想。但是这葡萄园里能有什么开心事呢？进了瑞士疗养院，可就不会寂寞啦……"

他需要苦口婆心地向他们重复同一个主意，表示同一个看法，威胁他们说战争日益临近。他这样做，与其说是让做妈妈的听到，不如说是让她的女儿听到。但愿她能早些走，使他不致承担责任，特别是不致将来同这个病姑娘绑在一起。

猎狗趴在他沾满尘土的靴子旁边，用牙齿叼下挂在它背上的荆刺。他的猎衣散发出汗味和泥土味，这种气味中还夹杂着小听差端来的咖啡味。蓝色的咖啡杯饰有金边。这一切都使他心旷神怡。在土耳其人放马的草场上，一只小鸟尖叫着飞走了。

斯米洛娃太太对他说，乘火车路程太远，埃列奥诺娜需要在维也纳停留一下。她父亲在维也纳有许多老相识——有名的玻璃商人。他在那里等货或签订合同时，曾拜访过他们。

那里的一家银行有她的户头，存款数额可观。当然，她不会一个人走，她父亲会陪她去。她干吗那样固执呢？……

他不敢正视斯米洛娃太太的眼睛。他知道，她要把女儿许配给他。他可以满口答应。如果她能痊愈回来，当然更好。到那时，他就同她结婚。要是她呜呼哀哉，他也毫无责任。

他终于听见了台阶上的脚步声，随即看到了那位姑娘。埃列奥诺娜向他跑来。就像每次晤面时一样，他感到她快活的声音在颤抖。他设法控制自己，觉得自己是个医生，不该忘乎所以。

"您打猎去啦，有什么收获呢？"她声音很高，使劲握他的手。

"出来散散心，"他把脸转向她母亲，"我佣人跟我闹别扭。得把这个助手辞掉。他男人寻衅闹事，我只好这样做。"

埃列奥诺娜红了脸。他发现她直视着他的眼睛。

"您来得正好，我和妈妈怪寂寞的。这儿太闭塞，太闷啦，客人也少。"

"大夫先生给你送鹞子来了，快谢谢他吧。"她母亲说。

"呵，我太高兴啦！打心眼里谢谢……"她叫道，"您不知道，我在葡萄园里看见过一只大兔子，您得替我抓住它！我还没有见过打猎。请您放狗去把它赶出来，我想看看……"

"大夫怪累的，孩子，让他歇歇吧。"

"要是这能使她高兴，那就……"他吞吞吐吐地说，但突然又意识到这是说服姑娘动身的绝妙机会。

他叫伊斯马伊尔从马车上拿来猎枪，向猎狗打了一声嗯哨，就同她沿着葡萄园走去。

"您很固执。您父母和我都为此担心。"他显得诚恳、忧虑，"我想原因在我。您不相信我是爱您的。我克制自己，是因为担心您的身体，难道您不明白吗？冲动对疾病有害。"

他决意直言，便对她说，他会等着她平安无恙地回来，还说他因为真心爱她，才为克制自己的感情感到难受。然而，他越是多说，便越是觉得自己的话没有力量，因为他根本就不相信她的肺病会好。"可她有权被人爱，有权趁病魔还没有使她漂亮的眼睛暗淡下来，还没有使她的身子枯瘦下来时，在她短暂的一生中，哪怕只爱别人一回。"——他总也摆不脱这种想法。

她走在前面，耷拉着脑袋。他知道，她听得很认真，并且相信他的话。炽热的空气中弥漫着附近槐树林里送来的酸溜溜的气味，周围的昆虫兴高采烈地飞来飞去。斯塔里拉德夫医生每回把目光停在姑娘身上，便觉得两耳发热。

姑娘回头望了望别墅，断定谁也看不见他们，便一把抓住他的手，紧紧贴在他的身上。

"我什么兔子也没看见。我想同你待一会儿，就撒了个谎……我太高兴了……亲爱的，你不像我想的那样爱我。我是缺乏理智的……可你真的会把那位撵走吗？……唉，我有多难受……吻我吧，快吻我吧！"

她的头发触到了他的肩膀，他看见了她由于不晒太阳而惨白的脖颈，闻到了她身子的气息。在这温煦的七月的午后，她好像成了包围着他的一切的一部分。他把枪挎在肩上，吻了吻她贪婪的、热突突的嘴唇。他听见她说：

"我不愿死时是个处女……咱们订婚吧，我要死得像你的未婚妻……呵，那我就心安理得……"

"别再提死啦。你不会死的，会把病治好回来的，到那时……趁还没有打仗，你走吧。你答应这个星期就走吧。答应吗？"

"要是咱们订婚的话。求求你，咱们订婚吧。"

"准备订婚仪式要很长时间。如果不郑重其事地订婚，你父母不会同意。"他对姑娘提出的条件犹豫不决。

"我去说服他们，他们一定会同意的！"

两人走进小树林，树林里的灌木簌簌作响。出现在他们前面的是一座老房子，房顶穿了窟窿，围墙呲牙咧嘴，上面长满了浅黄色的苔藓和地衣。一棵枝叶繁茂的椴树笼罩着这座废墟。

"你看这座房子，真迷人。你不知道，我小时候还幻想过从家里逃出来，住到里面去哩！"她高兴得叫起来，"天天晚上总是做这种梦，梦见我跟一个名叫小彼得的男孩逃出来，住在这座房子里，像是一对夫妻……一心指望头戴尖顶帽的山里人来做客，帮助我们，还指望有盏神灯，由我天天晚上把它点着，让房子里充满纯洁之光……我简直没法向你形容我想得多美！这就叫幸福……吻我吧，你干吗不吻我呢？……"

她猛地把他抱住。她身上的热气直扑他的面孔。他在那个阴沉沉的冬日第一次看见的她的样子，此刻又浮上脑海。

"她的内心是丰富的,而我却很粗俗。我再也不会碰到这样的女人。"他想,不禁在心里把她同那个现在竟恨他的成熟了的、发胖了的玛丽娜作了一番比较。

"到了瑞士,你就常想小时候的梦吧,只是坐在神灯旁边的不是那个小彼得,而是我。"说着,他把她轻轻推开。"那就下星期走吧。明天是星期天,我要来跟你父母谈谈。咱们到你妈妈那儿去吧。我口渴,还想要杯咖啡……"

"不,不!咱们在房子边上坐坐。这儿没有旁人,回城去还早。"

她非要留他,但他就是不肯。他有意要躲开她,心想:"要是她带着病回来,一拖数载呢?那就把我的手脚捆住了。不过,总得答应同她订婚,非正式地订婚,就是只在口头对她和她父母说说。正式订婚呢,等她回来再说……这才是上策……"

十二

特尔诺沃就在眼前。橘黄色的夕阳照在瓦鲁沙街区一座座石灰石墙壁的小房上,峭壁下的一溜平地笼罩在阴影中。扬特拉河对岸耸立着查雷维茨山,这座山自古以来就同不死不活的城市隔岸相望。

看着眼前的景象,医生心里一阵阵烦躁。他感到惆怅,不觉又想起逝去的时光。他觉得,城市上面的天空也是令人捉摸不透的。他又觉得,他就像这座城市一样被一分为二:

土生土长的旧我和欧洲式的、模模糊糊的新我。"这种两重性会随着时间消失的。"他安慰自己。"你看，我明天就答应跟埃列奥诺娜订婚。如果她活着回来，我的生活就如愿以偿。不过，这是否就能使我得到满足呢？我是否已经异化，割断了同我故里的联系呢？……"

马车驰过马尔诺平场，进入大街。人行道上和阳台上的人们不住地向医生问好，他也频繁地摘下草帽回敬人们。人们敬重他，把他看得高不可攀，并不知道他愁肠百结，活得并不轻松。

到了自家门前，他叫土耳其人把马车和猎狗带走了。伊斯马伊尔在土耳其人居住的街区有个马厩。

他把猎枪挎在肩上，揿了揿门铃。出来迎接他的是文蒂娅婆婆。

"玛丽娜在楼上，正收拾行李。她要走。"婆婆没等他问话就抢先说道。

这一通报使他怔住了。他没有料到还会遇到玛丽娜，也不想见到她。"正好给她工钱，让她走！"他想，便肩挎猎枪，手执马鞭，咚咚咚地踏着木梯上了楼。

推开诊室门，但见玛丽娜拱着身子，瞅着一堆衣物。她已把几件连衣裙和一些内衣撂在沙发上，但看来还在考虑该拿走什么。地板上的包单里只放着她上教堂穿的黑色连衣裙和其他东西。

"给你买的都可以带走。"她拱着的背使他怒火烧胸。她仍旧猫腰待在那里，似乎没有发现他的到来。

他掏出钥匙打开抽屉，取出两枚金币，扔到她前面。

"这是你的工钱。既然决心要走，那就一路平安！"

"替你干了活，就得付钱。谁要你的衣服，我还没当妓女。穿什么来就穿什么走。你跟我同居，骗了我，会有报应的。"她头也不扭一下。

"你疯啦！"他惊叫道，"我什么时候骗过你？是你自己一厢情愿吧？给你吃的，给你穿的，把你从街上捡来！不要脸的东西！"

"那个痨病鬼也被你骗了，说什么你要娶她。等她一死，你就把她的钱拿过来，另寻新欢……"

他勃然大怒，捏紧鞭子，不由分说就向玛丽娜狠狠抽去。她越是喊叫，他就抽得越凶。她直起身子，朝楼梯奔去，但他又赶上去抽了一鞭。玛丽娜哭喊着，跟跟跄跄下了楼。衣服和包单从她身后飞来。医生又是用手扔，又是用脚踢……

一想到新的丑闻会传遍特尔诺沃，医生不禁打了一个寒战，两手抓住头发。他气得脸色发紫，浑身发热。"连那个痨病鬼也被你骗了……把她的钱拿过来……另寻新欢……"那简单的头脑怎么会生此邪念？邪念！……乡下人就是这样不要脸，钱迷心窍！……真会算计！

楼下传来玛丽娜的咒骂声和哭泣声。婆婆在劝她。"连这老婆子也赶出去……竟让玛丽娜跟那妓女见面……"他在诊室里走来走去，挥着鞭子。院门响了一下，玛丽娜大概走了。"反正是听天由命！……我想怎么过就怎么过！订婚的事也不管了……还有比这更无聊、更愚蠢的吗！挑了个佣人，又挑了个肺结核，好像这世上再无更多的女人……"

他换了衣服，阴沉着脸，避开了正等他发话的文蒂娅婆婆，径直朝"都灵"啤酒店走去，想松弛一下神经……

十三

在这个周末的下午，屠户、工人和工匠们照例聚集到酒馆里。他们有的从家里来，有的从干活的地方来，小酒馆里随之充满了生肉味、汗臭味。他们各自坐在平日选定的座位上，嚼着酸黄瓜，呷着烧酒。哈吉·尼科利也来了。有人搬来一把椅子，放在酒店门前的人行道上，哈吉·尼科利于是动手为朋友们修面。五点钟光景，他马马虎虎地为最后一个人刮了红扑扑的脸，喝了两杯酒，又从腰带上解下一个玻璃瓶，让酒馆老板把众人喝剩的酒倒给他。他不喜欢吵闹，抬腿便走。他的腰带上别着黑管。一群孩子瞅着他的背影，学着他走道。哈吉·尼科利穿过广场，一屁股坐在一家门前的石门槛上。他取下黑管，那呆板的、黝黑的脸上现出了忘乎所以的神情。他眯起眼睛吹起黑管来。

帕帕伊马伊卡掌柜也乘坐马车到了酒馆。半小时后，乐队来了。乐手们挤在人行道上，等候吩咐。

周末的狂欢开始了，有人唱起了《哈吉·明乔》，接着是乐器齐鸣。

在一所中学前面，较为文明的人们聚在一起，准备同酒馆那边唱对台戏。于是，有人提出到妓院租把手摇风琴。凑足了钱，他们便打发一名小孩去。接着，"一对白鸽"的驼背听差背着风琴走来。小孩还没有穿过大街就忙着摇动风琴把手，风琴奏出了维也纳舞曲。但是，随着风琴而来的还有一则新闻——人称"特尔诺沃王后"的医生的佣人进了妓院。……中学前面的人们顿时骚动起来，这则新闻随即传到酒馆。

"这不可能！骗人的！"有人说。

大家把驼背听差叫来，对他进行了盘问。帕帕伊马伊卡然后叫道：

"他妈的，在老子面前假装正经！今天有热闹好看！奏乐……加油！"

这帮人出动了，有说有笑，就像在举行婚礼一样。他们的去向不言自明。他们要让女人们懂得，她们跳不出他们的掌心。

傍晚时分，天空仍很明亮。新饭店的那条街上安安静静。但是，音乐一响，住在饭店里的旅客便从窗口探头探脑，好几位先生还走出了餐厅。有人知道底细，消息闪电般传开，街上挤满了人。

走近"一对白鸽"时，帕帕伊马伊卡命令乐手们奏乐，然后蜂拥进去，撞开门，上了楼。佐娅太太的姑娘们大惊失色，披头散发地穿着短裙躲到阳台上。佐娅太太雇来维持秩序的卡拉·科廖此时恰好不在，太太简直吓坏了。

"小鸽子呢？让老子看看她可爱的眼睛，把她叫来！"帕帕伊马伊卡说着，闯进了亮着灯的小厅。

"什么小鸽子？没啥鸽子……"佐娅太太退后几步，用背把门挡住。因为门内的过道两边就是姑娘们的房间。

"胡扯。把她藏起来了，是吗？打算给这位先生……科斯托夫……老子也有钱，响当当的。我付啦！"

科斯托夫先生坐在灯下的一把椅子上，悠闲自在地架着两腿。他身穿银灰色上衣，头戴半球形毡帽，两手扶着手杖，光滑的胡须梳成倒立的"山"字形。他听帕帕伊马伊卡这么一说，霍地站起来，双手叉腰，斜着身子走过去，差点把肩膀抵住了掌柜。

"好大胆子，混蛋！你知道我是谁吗？哪来的牛劲？……"

"别拿臭架子。你认识这家伙吗？"帕帕伊马伊卡在他头上挥着拳头，"这东西可不好惹！快滚蛋！"

科斯托夫先生举起手杖，但没有打下去。他坐到椅子上，既显得受屈，又没失去尊严。

"哪只鸽子惹了你？你想干吗？"佐娅太太仍旧靠在门上。

"别装蒜！你把她藏起来了，专供游手好闲的老爷们玩耍。"

"你是说玛丽娜太太……我的客人吗？她是来做客的。你走吧，要不，我就叫人啦！"

掌柜一挤眼，奸笑道：

"做——客。我可也是你的客人，高贵的太太……科斯托夫，快滚蛋！"他一把抓住科斯托夫先生的上衣领子，把他往外推。

有谁开了门，外面的音乐声灌进小厅，一个身材高大的先生随即出现在门槛上。他身穿黑色衣服，胸佩玫瑰花。皮肤黝黑，面孔很小，一副眼镜紧贴在面颊上。他笑嘻嘻地走进来，满身酒味和臭味。

"中士!"掌柜叫了一声，放开了科斯托夫先生，"唉，现在全城的人都会拥来的。你看，要留给富人是不行的。"他冲着佐娅太太说。

"我老远就闻出点味儿来了。唉，先生们，她有客吗? 真可惜。"中士先生嘿嘿地笑起来，搓着手。

"我请客。一人一杯白兰地，怎么样?……太太!"

但是，佐娅太太纹丝不动。

"先生，请出去吧! 今天不接客。"她不安地瞅了后门一眼，示意身穿银灰色上衣的先生进去。

"不成!"掌柜说着，走到柜台旁边。

"真不像话，星期六居然不营业。法律有规定，尊敬的太太，你无权关门!"胸佩玫瑰花的先生说道。

"挂羊头卖狗肉!"门外有人喊道，接着闯进来一个大腹便便的先生。他身穿一件灰色粗呢大衣，满头大汗，醉醺醺的。进了小厅，他一把扯下自己的帽子，重重地往地上一扔，咆哮道:"说得对! 我赞成!"

"卡巴查! 你这条疯狗也来凑热闹吗? 狗咬耗子! 我们就待在这儿，看着办吧。"掌柜说。

"科斯托夫先生，求求您，把我的女客人带走吧。请把她送回家去。"

身穿银灰色上衣的先生站起来，趾高气扬地朝后门走去。佐娅太太为他开了门，放他进去，然后又靠门站着。

"骗子!"帕帕伊马伊卡轻蔑地哼了一声，"这是把娘们交

给他。……一个笨蛋，仗着他老子有钱，要把她搞出去。这
不行！既然当了妓女，就不能光陪阔佬们玩耍！"

"要是碍手碍脚，不让我客人出去，我可要叫警察啦！"
佐娅太太威胁说。

姑娘们的房间里传来哧哧的笑声，外面的音乐也停了下
来。随着楼梯咯吱咯吱作响，帕帕伊马伊卡的两个同伙也满
头大汗、一嘴酒味地冲进了小厅。

"看见这些汉子了吗？我只消眨眨眼睛就够啦，"掌柜冲
着佐娅太太说，"怎么样？"

"乐队要你付钱。付了钱，他们就走。"有人对掌柜说。

"让他们等着！说不定还有用处。"

"我也不是吃醋的。"胸佩玫瑰花的先生说着，转到柜台
后面，端起一杯白兰地。

佐娅太太恶狠狠地盯着他，但没有挪动脚步。她侧耳听
着门后的动静。她的姑娘们面对新同伴，内心自然不会平静。
过道里不时传来脚步声、开门和关门声。街上一片喧嚣。卡
拉·科廖还没有回来。

最后，财主的儿子垂头丧气地出来了。他跟佐娅太太嘀
咕了几句，佐娅太太更为惊慌。

"她该不是疯了？你在这儿盯着！"说着，她向过道走去。

科斯托夫站在她的位置上，面对着一双双凶狠的眼睛，
胆怯地把一只手插进大衣口袋。

"出什么事啦？干吗不把她带来，让我们瞧瞧也好。"掌
柜说。

"不关你事!"

"别作孽,咱们不是兄弟吗?出了什么事啦?"

"她不开门,把门反插上了。"

"这些娘们一向如此……可这位呢,居然睡着啦。"帕帕伊马伊卡指了指把头埋在桌上的大腹便便的先生。

"事情不好办。她说只给大夫开门。要咱们去叫他。"

"大夫吗?这是为什么?……"

"咱们去叫大夫吧。她只给他开门。没有办法。"

"完啦!她和他约好了,而咱们傻乎乎地站在一边……看热闹!……他妈的!他跟她睡了觉,再把她赶到妓院!"掌柜一拍脑袋,哈哈大笑起来。

佐娅太太走出来,气急败坏地用脚后跟敲着地板,砰地把门关上。

"诸位快走吧。今天不接客,我要关门啦!"她叫道,"关门啦!"

有人推了一下前门,接着走进来一个警察,跟在他后面的是战战兢兢、脸色刷白的邮差。

"给我老婆!……我老婆在哪儿?……放她出来!我是她男人,有权……我要杀了她!"邮差叫道,用惊恐的目光扫视着众人,绝望地挥着双手。

十四

在"都灵"啤酒店里,诸位先生仍旧谈论着日益迫近的战争。据说，由于土耳其哨兵施用诡计，击毙了边防上的格奥尔基耶夫上尉，我国的边防军也进行反击，打死了他们的一个中士。托·伊万切兴高采烈地说，要是发起冲锋，他就把子弹推上膛，跟土耳其人相遇时不用刺刀，只用子弹。巴巴·恩纽揭露说，国王的弟弟、菲利普亲主曾乘机大捞一把，并宣布自己拥护共和政体。小地主尼科拉金把土耳其骑兵夸耀了一番，说他们的骑兵使用阿拉伯马，不可小觑。陪审员伊拉里昂添油加醋地散布一则军事奇闻，对希腊国王大加挞伐。这时，大国民议会的激烈争吵尤其使大家不能平静，因为有人指控国王和他的弟弟利用军饷营私舞弊。店主佩特科夫今晚弄来了一批法国白酒，劲头十足地参加辩论，一再提到英国不愿干涉土耳其事务。

斯塔里拉德夫医生闷闷不乐地独自坐在啤酒店尽头，一连喝了几杯维尔姆特。他精神抑郁，思绪万千。要是跟埃列奥诺娜结婚，那就会无意中把她害死，但却又会因她的嫁妆而富裕起来。"我会干这种龌龊事吗？"他问自己，"我可从来没有这么想过，但是，生活在这些人中间，不免产生肮脏的思想，怀疑自己，落入陷阱。"啤酒店里的诸位先生斜眼看他，又不敢问他为何如此孤僻和愁闷，他对玛丽娜的怨恨于是又转到诸位先生身上。"他们幸灾乐祸。他们本来就怀疑我跟她同居。"他这样想着，不觉把目光投在朋友们穿得发亮的衣服上。他蔑视他们妄自尊大。

天色暗下来，巴日达尔勒克街上传来店铺的关门声。"都灵"啤酒店的灯全都亮了，一张张大理石桌面微微反光，一团团烟雾在刷成白色的天花板下缭绕。

斯塔里拉德夫医生想象着一场纠纷带来的后果。糟糕的是，他竟失去了助手。在找到新的佣人以前，他需要临时找个医院的护士或者一个男人。酒精使他的神经松弛下来，他想离开这里，去军人俱乐部晚餐。到军官中去或许能探听到什么消息，轻松一下，免得再看见眼前这些家伙。

药剂师在门口晃了一下，说了几句什么，啤酒店里顿时鸦雀无声。医生发现，诸位先生全都瞅着他。

药剂师走到他的桌子跟前，把手一摊，问道："她出了什么事，大夫？你不知道吧？"

"我知道什么？"

"可你瞧，那边围了一大帮人。你的助手当妓女去啦。"

斯塔里拉德夫医生瞅着他，呆若木鸡。

"怎么，当了妓女？……"

"是这么回事。乐队在那儿闹腾了整整一个小时。半座城市的人都跑去看热闹啦。"

医生两手扶着桌子，一张脸霎时变白、拉长，额头沁出了汗珠。

"诸位先生，真卑鄙！无耻之尤！"他哼哼道。

"看上去挺像样的，漂亮，文雅。这是怎么搞的，大夫？"巴巴·恩纽问道。

诸位先生继续同情地瞅着他，但他们的脸上接着露出了奸笑。小地主尼科拉金高声嚷道："女人的天性，爱钱！"

"我说过多次，要把这妓院关掉！"药剂师愤愤不平地说道。

街上一片嘈杂声。有人进了店，但没关门。接着出现了邮差瘦削的脸。他没戴制帽，一双蓝色的小眼睛流露出惊慌的神情。显而易见，他刚打过架，鼻孔里还在流血。

"大夫先生，你对我老婆干了什么坏事?"他叫喊着，朝啤酒店的里座奔去，"我求求你，去把她放出来!"

斯塔里拉德夫医生在桌子后面挺直身子，拄着手杖，一副威风凛凛的样子。

"你说什——么?"

"去把她放出来。……说是斯塔里拉德夫大夫不去，她就不出来。只有你去她才开门。去吧。大夫先生，咱们救救她!求求你啦。"邮差叹息着，想得到诸位先生的帮助和同情。

"说得清楚点，你要大夫先生干什么?"佩特科夫从柜台后面转出来，怕这种吵闹败坏了酒店的名声。

"诸位，她反插了门，不肯开，说是只给大夫先生开……真是耻辱，天哪! 大夫先生，去吧，快去吧，现在还不晚……"

斯塔里拉德夫医生恼羞成怒，从桌子后面冲了出来。

"我跟你老婆毫不相干，蠢货! 见鬼去吧!"他吼叫道。

邮差挡住他的去路，但他把邮差推开了。

"老骚货! 你给我家抹黑!"邮差一把抓住他的衣服后襟。

斯塔里拉德夫医生往他脸上使劲打了一巴掌，从直起身子的诸位先生中穿过，神思恍惚地往家奔去……

十五

次日，大夫挂出牌子，宣布停诊。他一大早就向医院赶去了。特尔诺沃的市民们见他坐在马车上，依旧是神气活现，背靠车座，跷着二郎腿，两手扶着手杖。他脸上的表情似乎在说："你们的幸灾乐祸管个屁用，统统是些饭桶。"

就从这天起，他对病人和同事冷若冰霜。他只在军人俱乐部午餐和晚餐。文蒂娅婆婆也被他撵走了，楼房无人打扫，越来越不像样子。他每天总是醉醺醺地回家，只顾上床睡觉。他拼命酗酒，脾气更加暴躁，日复一日地显得心灰意懒。他的母亲总来缠他，要他搬到她那儿去住，但他一次次把她拒之门外。他甚至不曾想过要到富商的别墅去。他对埃列奥诺娜是否已经动身，对玛丽娜的遭遇，对街上人们的议论，统统不感兴趣。他仇视、蔑视特尔诺沃的一切，日子过得更加糟糕。他十分孤独，不交朋友，好像变成了一个外国人。他后悔当初没有接受他的法国同行的劝告。他想辞掉职务，迁往首都，但战争威胁又使他颇费踌躇。

他消瘦了，现出老相。夏日的深夜，他常常想到自己遭受的屈辱，痛苦难熬。他好像病了。

八月初的一天晚上，当他在楼房前下车时，有人抓住他的胳膊。这是小地主尼科拉金。

"大夫，干吗躲着我们呢？事情已经过去，不必挂在心上。这是咱们男人的事情。咱们到'都灵'啤酒店喝上两杯。"

斯塔里拉德夫医生想摆脱他，但身体壮实、比他高过一头的尼科拉金紧紧抓住他的双手，责备似地睁圆眼睛直视着他。

"这种事，我年轻时候多着哩！不少土耳其女人被我拉进庄园，我有过许多私生子。我还骑马出去，闯进别人家里，寻欢作乐。我不放你，别耍小孩子脾气！"

"我不想去啤酒店。"医生说。

"好吧，那就去咖啡馆，咱们喝杯咖啡……我有话要跟你说……不太要紧，你别放在心上。邮差那蠢货说是要害你。他在酒店里大事张扬。这家伙甚至从商店里买了一支手枪。"

"他把他女人弄回去了吗？"

"唉！她见你没有上圈套，自己走了出来，在巴日达尔勒克街上躲开了邮差。据说，她还痛打了科斯托夫一顿。你瞧，就是他，那个玩台球的。"小地主指了指身穿银灰色上衣的先生。此刻，这位先生击中了两球，正去拿粉笔往黑板上记。

"要我看，大夫，任何事情都只有三天的热度。"

"城里人都议论些什么？"

"反正是些婆娘嘴。谈得最多的是斯米洛夫的女儿，就是你在葡萄园里看过病的……别管这些，咱们去喝杯咖啡。"

斯塔里拉德夫医生叹了一口气，不觉感到一阵心悸。看来，他同埃列奥诺娜的事情也已完了——相互竟然不通音信。

这天晚上天气闷热，面对帕特拉尼克山的窗子全都打开了，外面送来枯草败叶的气息和扬特拉河的水声。咖啡馆里的台球乒乓作响，空气中夹杂着淡淡的烟味。天花板上爬满了苍蝇，吊灯周围拥了一层飞蛾。斯塔里拉德夫医生觉得，这一切都是虚幻的。他今晚似乎来自另一个痛苦的世界。他了如指掌的这家咖啡馆——他在热烈追求玛丽娜时没完没了地打过台球的咖啡馆，现在竟成了噩梦场。

尼科拉金向他讲述了强盗佩赫利万闯进他家庄园的事情，可医生一句也没有听进去。他喝了一杯咖啡就同小地主告辞了。

他开了门，回到黑洞洞的楼房里。他点燃诊室的煤油灯，在屋子里踱来踱去。他心烦意躁，不想睡觉。他想逃离这空荡荡、冷清清的屋子。他突然想起，今天还没有开过信箱，便起身下楼，同时把煤油灯放在楼梯上。他盼着埃列奥诺娜的来信。

楼梯急切地嘎嘎作响。"虽不愉快，可她不能不给我写信。"他想着，开了院门，从衣兜里掏出信箱钥匙，插进锁眼。就在这时，一股可怕的力量猛推了一下他的左肩，一道红光刺花了他的两眼。医生的身子摇摇晃晃，枪声震聋了他的耳朵。接着，他的膝盖又受到一击。他一个趔趄倒地，脑袋撞在台阶上，失去了知觉……

十六

整个八月和九月上半月，斯塔里拉德夫医生一直躺在医院里，直到宣布全国动员才出院。那时，特尔诺沃的市民们终日惶惶不安地打发日子，我们这些孩子也不再上学，因为所有学校都塞满了士兵。这是些什么兵啊！他们有的穿着肥大的灯笼裤，有的穿着皮衣，有的穿着外套。他们是从农村来的，有的乘火车，而多数是乘坐大车。特尔诺沃好不容易才容纳下了他们：兵营、学校和公共场所不足，他们之中的许多人就裹着被子和毡斗篷，爬上大车，露宿在广场上。到处是马嘶牛叫，到处有母亲送别儿子、未婚妻送别未婚夫、姐妹送别兄弟的啜泣声。

　　这座失去男人的城市屏息静气地等待着前线的消息。当鼓手们擂响大鼓，宣布取得了胜利时，我们这些孩子欣喜若狂，跟大人一起跑到广场上高喊"乌拉"。后来，我们在车站上迎接了一队队蓬头垢面、脸色蜡黄的士兵，他们许多人摊上了坏疽病。在医院周围茂密的槐树林里，落叶散发出苦涩的麻醉药味，我们常常在那里发现无人掩埋的一只手或一条腿。我们听说，这些手和腿是斯塔里拉德夫医生锯下来的。他当时是全城独一无二的外科医生，就在医院过夜。于是，我们都对他感到敬畏。在玛丽娜上前线当了护士的消息传开后，谁也不再提起他们之间的风流韵事。

　　在一个半月的养伤期间，医生有什么事情不曾想过呢？玛丽娜的可怕之举，自动到警察局投案的穷邮差的子弹，确实使他感到震惊。他憎恶和蔑视我们这里的一切，并因此心乱如麻。他曾想伤好后出国谋生，然而，全国动员打破了他的美梦。我国军队仅用一个月时间就击败了土耳其帝国的军队，由此引起的举国欢腾，使他不得不考虑自己行为的是非和我国人民的命运。也许他真的认识到，他这个欧式纨绔子弟不仅仇视本国人民，而且也仇视他自己。那些昨天还对他怀有敌意的人，现在重新成了他的亲友。先前被他视为愚昧、迷信、贪婪的农民士兵，现在居然在前线取得了惊人的胜利，这使他不得不对他们另眼相看。他的欧洲资产阶级的理想渐渐暗淡下来。富商在他赶走了玛丽娜后，没有再来找他，此后也没有通知他埃列奥诺娜到瑞士去了，这使他同这家人更为疏远。

我们这些摆脱了父辈监视的孩子，成天在特尔诺沃街上游荡，常常看见医生心事重重地坐在他被征集的马车上，赶往医院或者兵营。下车时，他有点瘸。他略微消瘦了，但神情专注，终日忙于布置城里的卫生工作。我们从大人嘴里听说，他每每责骂军事医院杂乱无章、缺药少人，责骂战地医院动作迟缓。我们还从伤员嘴里听说，为了得到治疗，他们不得不从前线步行几十公里。整个洛增格勒①都挤满了车辆，伤病员就躺在大街上。……但是，医院里的混乱和伤病员的苦痛所引起的人民的愤懑，简直不能同接着进行的欧洲战争②所引起的愤懑相比。对于后一场战争，人民毫无准备……

次年五月底，玛丽娜跟随一批伤员回到了特尔诺沃。我们第一个看见了她。她的护士服上印着红十字，胸前挂着一枚军功章。她住在改成医院的男子学校里，市民们又把她和医生挂在嘴上，说是俩人兴许会重新见面。女人们更是纷纷猜测他们将来的关系。

---

① 洛增格勒，保加利亚东南部城市。
② 欧洲战争即第一次世界大战。

　　沉闷的复活节过去后，在六月的一个天色阴沉的日子，我们这些孩子预感到城里的气氛异常紧张，仿佛随时都会袭来一场风暴。十一点钟光景，大地陡然剧烈摇晃。我们惊愕地看见，一座烟囱被无形的利剑劈断，城里尘土飞扬……第二天早晨下了一场大雨，我们当时听说，男子学校里的许多伤员被压死了。接着，霍乱蔓延开来。

　　在六月十六日国王菲迪南宣布进行同盟战争①后，我们获悉了玛丽娜的死讯。她也死于霍乱。她有没有见过斯塔里拉德夫医生？她被砸伤后是怎样从男子学校救出伤员的？她此后怎样在霍乱营里看护病人？她死前宽恕过谁，呼唤过谁的名字？又是谁把她抬上了灵车？也许是和她一样穷困的她在马尔诺平场的亲人吧？抑或是那个不幸的被囚禁的邮差吧？在那些日子里，大概只有她为之献身的伤病员才使她感到亲近。

　　她死了，就像默默无闻地死于可怕的疾病或者战争的许多人一样，并未引起人们的关切。特尔诺沃的市民们把她淡忘了，或许只有不幸的邮差，才在牢房里为她流下了掺和着对她的怨恨的眼泪。斯塔里拉德夫医生听说她离开了人世，倒抽了一口气，满意多于惋惜……

　　在人民受难的这些日子里，一批批士兵打着黑旗回到了特尔诺沃，市民们泣不成声。但是，许多人看清了民族背叛

---

① 1923年6月16日，保加利亚国王菲迪南下令攻打塞尔维亚和希腊军队，第二次巴尔干战争爆发。

者的丑恶面孔，他们开始聚集在紧密派社会主义者①的俱乐部里。从此，斯塔里拉德夫医生对国家的命运不闻不问，又把自己禁锢起来。他同许多人一样对德皇的卑劣行径深恶痛绝，可又把一场灾难的原因归之于人民的"愚昧"。为此，医生竟对自己的利己主义津津乐道……

欧洲战争结束时，医生的母亲一命呜呼，他于是卖了父母的房子，用他积攒的钱在城边修建了一幢颇有气派的住宅和私人诊所。他发胖了，变得沉默寡言、郁郁不欢。人们很少看见他在特尔诺沃街上散步。他娶了普罗夫迪夫一个有钱的女人。我们这些孩子从他家刷成绿色的塔楼和凉台旁边走过，就像从监狱或外国人的楼房旁边走过一样。要是偷看隐避在高高的棘篱后面的院落，一只长毛黑狗便会"汪汪"狂吠。他平时除了去医院外，还去哪儿呢？他又同谁交往呢？大概与之交往的只有一小撮在战争中大发横财的富翁。这些人对于那些白耗了人民积蓄了五百年②的力量的叛徒，并不想追究责任。农民开始憎恨达官贵人。许多知识分子和劳动者拥满紧密派的俱乐部。特尔诺沃街上愈来愈频繁地出现声势浩大的示威游行，一面面红旗在游行队伍中迎风招展。

---

① 紧密派社会主义者即保加利亚社会党民主工党中的马克思主义者。
② 奥斯曼土耳其人曾统治保加利亚 500 年。

第二十八个

斯托扬·达斯卡洛夫

[作者简介]

斯托扬·达斯卡洛夫（Стоян Даскалов，1909—1985）生于保加利亚西北部利廖切村，毕业于索非亚大学斯拉夫语言文学系。曾在故乡担任教师多年。从1930年起开始文学创作，主要作品有长篇小说《道路》《利波万斯基磨坊》，中篇小说《爱情何时开始》《天堂鸟》，短篇小说集《山沟里来的姑娘》等。两次获得季米特洛夫文学奖。

命令一清二楚："就在荒郊野岭枪毙这些罪犯！"除了执行命令，军官别无选择。但是，哪些人有罪，哪些人无罪？几天来，他为此伤透脑筋。这些被捕者使他惊慌失措。其中大多数是街坊邻里，他们的亲属也唯恐被杀。这是个血腥时期！谁也不知道会不会有一颗子弹从身后嗖嗖飞来。拘留所人满为患，关在里面的人各色各样，有农民、工人、教师、律师、学生。军官不知道他们之中哪些人罪大恶极，可以立刻解决，以便为其他人腾出地盘！这件事太难，没有哪个有良心的人、哪个原告或者普通人能在二十四小时内，或者在接到命令后的更短时间内，把它做完。只有糊涂虫、残忍和冷酷无情的人，才会不加审讯、不出告示、不顾法律，从被告中随意挑出二十八个人，把他们钉上十字架！当军官亲自把这二十八个男人从臭气熏天的车厢里叫出来时，他并不感到内疚，因为这种骗局对他来说已是家常便饭。

"要把你们从伊赫蒂曼押到萨莫科夫①去……审讯！"

他扫了一眼这些被五花大绑的人，如释重负。他命令道：

"出发……就走那条通往萨莫科夫的公路！谁也别想逃跑，因为你们都知道后果。所有的人都要为每一个逃跑的人付出代价……"

然后，他转向几个宪兵，发出最后一道指令，并跟在被捕者后面，把他们押往无人之地。在这样的地方，什么事情都可能发生：罪犯的亲属会趁着天黑突然出现，造成混乱，设法把自己人解救出来。军官要把事情做得干净利落，在向上报告时，既执行了命令，又不违背良心。是的，他认为，干事要凭良心，要有样子！

黑夜似在呻吟。就连这个军官在押着二十八个人去枪毙时，也是心慌意乱，神思恍惚。他仿佛看见那些戴着压得很低的头盔的士兵……像掘墓人一样喝了点水，壮壮胆子，干起了又脏又累的粗活——在失声痛哭和抽泣的死者亲人面前

---

① 这两座小城分别在保加利亚中西部和西部。

掩埋尸体。他仿佛看见这些士兵闪光的刺刀，扎进了月夜柔软的躯体。他身上的武器就像结婚时的礼物，沉甸甸地压在身上，使他有了安全感。不过，他周围的一切，包括空气和土地，仍然使他毛骨悚然。宪兵的皮靴踏在土地上，噗噗作响，就像踏在尸体上一样。路边一棵棵果树，活像一个个戴着面罩的暴动者。一双双眼睛从农家的篱笆和院门下面窥视着懒懒散散的行军队伍，瞄准士兵，哒哒哒一阵齐射。暴动期间，军官亲身经历过这样的突然袭击和撤退，直到暴动被镇压下去为止。他知道，那些还没有投降的暴动者，仍然穿梭在树林里，而他们的亲人和这些罪犯的亲人并不服输，他们会抓住每一个机会，利用每一个漏洞，坚决实施报复。

再说，今天夜里怎么这般明亮啊！一切都清晰可见，就连地上的阴影也能看得清清楚楚。军官真想扣动板机，打下天上的月亮，让它别再瞪大眼睛，透出淡淡的青光。脚步声在黑夜的沉寂中回荡，发出不祥之兆。被击毙的暴动者似乎有气无力地从地上挣扎起来，只不过他们已丧失了反抗能力。然而，在镇子之外，在公路两边的峭壁上和密林里，肯定暗藏着某种危险！等这些罪犯越过铁道线，踏上公路，军官才松了一口气。公路夹在黑魆魆的森林两边，像一条白色的小沟。对他来说，到了这里，就算执行了命令。只要把他们塞进这死亡之沟，他就可以返回家里，睡个安稳觉。他挺直身子，站在路边，而那些胡子拉碴、衣衫褴褛的罪犯被反剪着手，排列在他的前面。他像一个正要发出命令，让部队投入厮杀的指挥官。他要最后核查一遍。他手里没有名单，但是，那个写满名字的死亡木牌，似乎就挂在他的眼前。他会轻声叫出每一个人的名字，为他们画十字，然后把他们推进罪恶的小沟，使之无法再爬出来。如今在他眼前晃动的木牌，就同当年钉在学校白墙上的木牌一样。

月光明亮，树木披着一层九月的雾凇，那么柔和，那么温暖，使得这些就要被枪毙的人的脸庞清晰可辨。他觉得，他有生以来从未见过，甚至在阳光下也从未见过如此生动的面容。每张脸都轮廓分明，使他能记住每个人的特征。用不着多看一眼，刹那间，一个个暴动者的形象在他眼前慢慢移动，使他大为吃惊。有的穿着针织线衣或撕破的裤子，有的长着宽阔的肩膀，有的穿着衬衫，有的左胸布满血痕，就像被玫瑰的尖刺划过一样，有的脖子挨过枪托，无法扭动，有的下巴耷拉下来，贴着喉咙——终生不治；有的紧闭嘴唇，谁也无法使他招供，死也不说一句话。还有其他许多脸庞！不，他从未见过这样一些以死抗争的人。也许是这可恶的月亮在他们临死之前，让他们布满血痕的脸放出光芒，喷射出炽热的、痛苦的火焰。他参加过战斗，杀死过一个人，那个死者的一双可怕的眼睛正看着他，尽管是远远地看着他。他还看见了许多死人，尽管是远远地看见这些死人。而现在，他第一次看见了一双双视死如归、预示不祥的眼睛。

军官同一个个"亡灵"告别，看着他们留在身后的歪歪斜斜的影子——没有肉体而又充满活力的影子。

这狡猾的月亮，竟可以让死者复活！

二十七个人就要到另一个世界。当最后一个，第二十八

个走过来时，军官多看了他几眼。他落在后面，身后紧紧跟
着一柄柄闪亮的刺刀。他身材高大，体格匀称，穿一件白衬
衫，外套一件红色毛衣，额头突出，头发倒梳，白白的漂亮
的脖子上立着一颗高昂的头颅，一张脸神采奕奕，圣徒般的
眼睛射出红光。指挥官既然有权把这些沉默不语的犯人押去
枪毙，就完全有可能把他抱住，使他单独脱离人群……指挥
官觉得，他在哪儿见过这个人。到底在哪儿，又在什么时候
呢？他想不起来了。这月光，由雾凇折射出来的月光，模糊
了他的记忆，而这个罪犯正一步步向他走来，一双燃烧着的
眼睛慢慢熔化了雾凇……一束白光猛然射出，就像春天的太
阳透过窗户射进教室一样。

　　教室里洒满阳光。一排排课桌整整齐齐，一个个学生坐
在课桌后面。他就坐在第一张课桌后面。上课铃声响过了。
这上课铃声一响，玩耍、喧闹就停止了，童年的嬉戏也结束
了。教室里鸦雀无声，只能听见翻动练习本和课本的声音，
以及大家的呼吸声。当老师走进教室时，四周一片静谧。老
师身材高大，体格匀称，头发直立而又散乱，他脚步很轻，
似乎双脚没有着地。他走进来，犹如一位圣者。他们注视着
他的一举一动和他脸上的表情。当他关好门，站在五十个学
生面前时，他们全都等着他扫视他们一眼。他只要用眼睛一
扫，就知道谁准备好了功课，谁还没有准备好；谁想把眼睛
藏起来，把头垂下来，以免被他发现；谁在翻弄课桌里的书
包，谁在偷看数字和标点符号，谁在偷听弄不明白的单词和
音节。

军官的身子晃了晃，因为这最后一个，第二十八个，在他前面站住了。他后面的刺刀也不动了。这刺刀犹如一束闪电，随时都会把他刺死。最后一个人，第二十八个人，昂首挺胸站在刽子手的前面。

"你是谁？"刽子手惊问道，想听听他的嗓音。但他紧闭着嘴，不予理睬。军官又瞅了他一眼。这不正是曾经叫过他名字的那张嘴吗？

"伊格拉蒂耶夫，请站起来说说——听好啦——保加利亚对世界有过哪些贡献，这个国家为什么能世世代代生存下来？"

没有搞错！就是这张嘴，此刻紧闭的这张嘴，当年曾经那么温柔地呼唤过他的名字。现在，当雾凇消融，血腥的记忆的雾凇消融的时候，一股热血在他全身涌动，他巴不得老师伸出宽大、仁慈的手，抚摸他牛犊般光滑的头发，就像母亲抚摸他的头发一样。但是，这只手僵住了。戴手铐的人把两手交叉放在胸前，他一动弹，手铐就可怕地叮当作响。军官觉得，有什么东西撞击着他被人类的愚昧腐蚀了的心房，开启了他旧时的、儿童时代的纯真，就像他们当年从学校储藏室里搬来木柴，点燃冬天的火炉一样。那时，老师会走来对他们说："很好，孩子们，你们现在不冷了，可以暖暖和和地学习了！"

军官当然没有搞错，他在这个月光如洗、凶相毕露的九月的夜晚看到的不是同一个景象，而站在他面前的却是同一个老师。最终使学生认出老师来的是那种目光，能轻易从人群中分辨出来的目光。具有这种目光的人不仅高过学生，而且还高过大人。这个人高高站着，看着你，理解你，而他的目光越过你，射向远方，直达天边蜿蜒曲折的火热的群山，再从那边反射回来。不管是说话的时候，还是沉默的时候，抑或是走路的时候，这目光始终在注视着你。它瞅瞅你，瞅瞅你的练习本，或者瞅瞅你的神情，然后又飞走了。这目光催人向上，使人追求某种美好的、珍贵的、令人神往的、永无止境却又是任何学生和大人必不可少的东西。

军官发现，此刻，在临近死亡的时候，他的老师并不在乎谁把他交给死神，因为他已把生死置之度外。老师睫毛浓密，眼睛中燃烧着、闪耀着那种美好的、人性的、宏伟的、永无止境却又曾经温暖他的心房的东西……现在只需一点火花，就能燃起他心中的一团大火，使他有勇气亲手摘去他的手铐，发出指令：

"把这个人退回去！搞错啦。"

不过，这个不怕死的人也许会咬牙切齿地说：

"不，我要同我的同志死在一起。"

还是那个嗓音！曾经失去良心的学生似乎想说："这是我的老师，他曾经把着我的手，教我写下第一个单词'妈妈'。他曾经在开学的头几天，领我走进教室，因为我害怕上学，害怕老师揪我的耳朵，打我的手，打我的脚，用铁棍打我的头，使我落下终生的伤疤……他牵着我的手，领我走进校门，发现学校并不可怕，也不是老师打人的地方。他向我们讲解什么是自由，什么是尊严和人性，什么是善与恶，竭力使我们挣脱麻木不仁的魔爪……"然而，军官什么也没有说，只有一束光、一种良心的震颤，使他把军刀一挥，利用自己的权力，不动声色地向濒于死亡的老师走去。

"您不认识我吗？我是您的学生……"他轻声说道，把他从暴动者中拉了出来。

老师愤怒而鄙夷地看他一眼，并不为自己得救感到高兴。

"不，我不认识您……"

"我叫彼得·卡迪斯基，要是你还记得的话，我在四年级……坐在第一张课桌后面，是个好学生……"

老师不认自己的学生。这样一个刽子手，要处死他的二十七个同志的刽子手，不配做他的学生，更不是个好学生……他感到某种罪过，似乎自己莫名其妙地参与了处死自己的同志。他因这种罪恶而得到赦免，将活下来，而他的二十七个同志却要被处死。他的生命将以死者的生命为代价，他的自由沾满了死者的鲜血，他为此感到无地自容。

在这个不祥的夜晚，老师将背负着良心的重荷，痛苦地离开这里。他的眼前又闪现出宽敞安静的教室，闪现出三十多个孩子无辜的、期待的目光……他无法接受这样一个事实：在他亲手培育的那么多可爱的孩子中，竟出现了一个刽子手……他到底是谁，当年是怎样一个孩子？他没有学好，没有接受他的教诲，金子般的良种没有破土而出，还在萌芽时就被毒草毁掉！……

他撇下刽子手——这个黑夜里血腥的幽灵，回头走去，绊倒在罪恶的树根上。

我的爸爸

帕维尔·维任诺夫

[作者简介]

帕维尔·维任诺夫（Павел Вежинов，1914—1983），笔名，原名尼科拉·德尔切夫·古戈夫。生于索非亚，毕业于索非亚大学哲学系。曾编辑《九月》《火焰》《现代人》等文学刊物，担任过保加利亚作协副主席等职。主要作品有长篇小说《干旱的平原》《星星在我们顶空》《夜驰白马》，中篇小说《第二连》《障碍》《我的爸爸》等。这些作品以城市生活为主，寓意深刻，描写细腻。曾四次荣获季米特洛夫文学奖。

一

他比我起得早，总是第一个抢占卫生间。只要他头天晚上喝过酒，我就知道他第二天早晨准会闭着嘴唇，没完没了地奏出他令人费解的乐曲。卫生间的四壁内发出某种特殊的共鸣，因此，里面的响声就像憋在贝壳里一样。他一直演奏到咳完为止。他一咳就是半天，咳得胸腔里翻江倒海。就这样，直到把卫生间的镜子和墙壁糟踏够了后，他才安静下来，往他平滑的胖脸上抹些货真价实的洋玩艺儿。

我无精打采地起了床，钻进厨房。查娜像往常那样，连瞅也不瞅我一眼。可我今天早上觉得，她在为什么事情生气，铁青着瘦骨嶙峋的脸。我还小时，她常拍打我几下，可现在，她大概苦于够不着我瘦削的脸。不过，我有点儿不大在乎地坐在壁铺上，这样我们两人就差不多一般高了。她像猫似地"呼呼"了两声，凶神恶煞地冲过来，但没有动手。

"是你往脸池里撒尿啦？"她攻击道，用她的一双绿眼睛瞪着我。

原来是这么回事！……我咧开嘴笑了。

"真有意思，不晓得你是怎么知道的。"我说。

"我就知道……"

"这么说，喝了个酩酊大醉！"我声音很高，"连水都忘了放啦。"

她的眼睛射出凶光，使我感到害怕。

"要是我是你爹，我就马上把你赶出去！"她像男人一样吼叫起来，"真有意思，不知你这是指谁！"

"反正不是指你。"我幸灾乐祸地说。

事情再清楚不过了。这个只有骨头架子的干巴女人，还没有我的肩膀高。但论起辈数来，她还是我的姑妈——我爸爸的姐姐哩。查娜不住在我家，她只干到中午。她男人每天十二点准来。他与世无争，胆小怕事，几乎没有胡子，是澡堂里的搓澡工。他闷声不响地吃完前一天的剩饭，就像狗一样躲到屋角里。在我爸爸快回家时，他们就走了。

"我们清清白白，规规矩矩，"她在厨房里手脚利落地忙碌着，"我们当过孤儿，可表面看不出来……你爹当年是全城最爱干净的小伙子。"

"他现在也是个花花公子。"我回答说。

她又转过身来，瞪我一眼：

"不许你说你爹！……谁不尊敬老子，谁就不是人！"

我突然意识到，今天不该惹她生气，于是住口了。而且，同她争论一个人也是危险的，因为她可能搬出老掉牙的处世哲学。她鄙夷地一摆手，继续唠唠叨叨，连瞅也不瞅我一眼。

"我不晓得这世道要变成啥样，总之是变得不大好。你这种人休想建成什么社会……休想，休想！"

"我压根儿就不想活受罪。"

"那倒不赖，"她气呼呼地回答说，"要不，这个社会就全叫你糟踏啦……"

"今天吃软煮蛋吗？"我巧妙地问她。

她端来刚烤好的面包。不管怎么说，这个人比世界上任何人都更关心我。

"要我说，能不能给我三块钱？"过一会儿，我问道。

她没有马上回答。

"没关系，我会一起还你的。"

她知道，我确实会还她钱的。查娜是我唯一的债主，我以前有借有还，一个子儿也不少，因为我清楚，我最缺钱的时候还可以再向她借。她在给我钱时，总是愁眉苦脸，嘟嘟嚷嚷，不过她知道，我会诚心还她的。

"好吧!"她说。

我的计划顺顺当当地完成了一半。但是，由于另一半计划不取决于查娜，而取决于爸爸，看来要落空。隔不一会儿，爸爸进了厨房，像平时那样不打招呼就坐在自己的位置上。他的脸红扑扑的，眼睛也通红，但总的说来还有精神，兴致也高。他同我不一样的是，喝了酒后看上去情绪很好，皮肤润泽，眼睛炯炯有神。而且他跟所有身材不高的男人一样，看上去很年轻，头上找不到一根白发。直到上个月我才发现，这不仅仅归功于巴尔干得天独厚的自然条件。他隔一段时间就要用小刷子往自己头上抹些黑色染发油。当然，我一发现染发油就往马桶里倒，他于是又买新的。我再倒，他就对查娜发一通脾气，事情也就过去了。总不能老是指桑骂槐，找一个女人撒气吧。

查娜一声不响地给我爸爸端来早餐。他仍然不看我一眼，仿佛在这个世界上，在这间屋子里，我这个人并不存在。他结实的牙齿使劲嚼着食物，一双近视眼的肌肉拼命跳动。一般说来，他这些地方的肌肉十分发达，脸上总是显得紧张，就像随时都会咳嗽的人一样。要不然，他的面部表情就很平淡——说得更准确一点，不是平淡，而是毫无表情。我总是想，这是他的习惯，因为他内心深处并不平静和冷静。

"这洛普·德·维加是什么人?"爸爸突然问道，"是旅行家吗?"

"啊，那可不是……旅行家叫瓦斯哥·达·伽马，"我回答说，"那人是著名作家。"

"写过什么书？"

"作品很多，"我笑道，"其中约有两千个剧本。"

"有那么多……"

他想了想，皱起眉头：

"说不定那时候不像现在这样有工资……"

"你说对啦，"我回答道，"不然的话，就会只写几个剧本，而且写得很糟。"

他没有察觉到这是在刺他。他一味沉默，似乎什么也没有听见。他用餐刀切下一大块黄油，熟练地抹在面包上。他那张馋嘴总是有点令我生气。

"哎，别浪费黄油和鸡蛋好不好，"我慢条斯理地说，"你那把年纪，不该贪食。"

"为什么？"他没好气地问道。

"胆固醇高！对脑子没有好处！"

"这是医生的胡说。"他很自信。

"说得对！"查娜在他背后插话。

但是，我爸爸竟没有瞅她一眼。他从不看她。为了坚持自己的论点，他嚼起夹心面包来更加起劲。嚼完面包，他好像想起了什么，又自信地补充道：

"我认为，不是有了文明才有黄油，而是相反，有了黄油才有文明。"

我略感奇怪地瞟了他一眼，因为他从来就不喜欢进行这样的概括。

"你是这样想的吗？"我问他。

"正是这样！……在你看来，哪儿产生天才？譬如说，歌德！……或者莎士比亚！……那些民族吃饭时少不了黄油！"

"很可惜，丹麦和瑞士就没有出现过天才。"我喃喃地说。

"未必如此！……"他怀疑起来。

"你想想看吧……"

他又不吭声了。当然，不管如何绞尽脑汁，他都想不出一个实例。

"要我说，爸爸，今天晚上能把车给我用吗？"等我们挪到前厅时，我问他。

"你要干什么？"

"跟几个朋友到'马蹄'饭店①去……"

他正在穿夹大衣，我无法看清他脸上的表情。等他最后转过身来，我发现，那脸色一点儿也不好看。

"你们到那儿喝酒，会把车开下悬崖的。"他气鼓鼓地回答。

这就是他的风格——虽然他并不认为，我们会掉进深渊。

"我不喝酒。"

"那谁知道。"他紧锁眉头。

"保证不喝……"

"我懂得当今年轻人的保证值几个钱！"他照旧气鼓鼓地回答。

───────────────

① "马蹄"饭店坐落在索非亚南部维托沙山半山腰形似马蹄的悬崖上。

"我没有给你谈当今年轻人，"我说，"我是说我自己。你不承认我是你的儿子吗？……"

我对此人了如指掌：他以为谁也猜不透他。因此，他的一切希望主要建筑在这一点上。他又想了想，换了另一副面孔。无论如何，他是不会承认自己的短处的。

"听我说，我的孩子，问题是我今晚要用车。"他心平气和地说，"要陪几位外宾出去……"

"既是公事，干吗不用公车？"

"你别对我指手画脚！"他严厉起来，"明天给你。"

"好吧。"我沮丧地说。

这是个永远使人纳闷的"明天"……明天绝不是今天——这是我们的一句格言。虽然这句格言是被我们赶走的斯特拉希尔想出来的，可它仍然管用。

"这个'马蹄'饭店里有什么？"我爸爸问。

"没什么，有支波兰乐队。可是除了夜总会外，就只有那儿可以跳摇摆舞……"

"太重要啦！"我爸爸酸溜溜地回答说。

他小心翼翼地戴上礼帽，站到穿衣镜前。他的眼睛里第一次流露出人的神情。他在镜子里见到自己的模样，好像极为满意。他用脚后跟轻轻一转身，一声不响地出去了。

我愁闷地叹了一口气，钻进了他的书房。这是一个不大的、老式的，然而又是十分结实的、有紫檀木家具的书房，它大概是在二次世界大战前建造的。那时，我爸爸比律师事务所的职员大不了多少。书橱一直顶到天花板，里面整整齐齐地摆着他那个专业的杂志和书籍。最近，他的确又开始看书，可我怀疑，这未必对他有什么好处。而且就连他自己也不相信这种别人用起来得心应手的武器，因为大部分书都只看了一个开头。书橱的右边挂了一幅达纳伊尔·德切夫出色的绘画。他们当初是朋友，虽然我并不明白他们怎么就有了交情。我坐到他书桌后面舒适的软椅上，倚着椅子的靠背。我干吗要进他的书房，坐他的软椅呢？我干吗要翻他的抽屉呢？这可要分析分析。或者无需分析，因为一分析就会把我同他拉扯在一起。对啦，还是需要分析分析。可我现在没有心思分析，我早晨的脑子懒得很。

左边几个抽屉空空如也。但是，我在中间一个抽屉里找到了一把备用的车钥匙和一个漂亮的女式搪瓷打火机。这个打火机大概是昨天晚上外宾送给他的。今天早晨，他压根儿就没进过书房。要是他昨晚喝多了酒，他现在可能以为他把打火机忘在什么地方了。我要把打火机揣几天。要是在此期间他不提它，我就把它送给比斯特娜。我把打火机连同备用钥匙装进了衣服口袋。右边的几个抽屉上了锁，这些抽屉里装着他的秘密。抽屉的锁没有什么特别的，要是斯特拉希尔没被我们赶走，他准会在半分钟内把它们打开。但是，在这以后，消息当然会传遍全城。

电话铃突然急促地响起来，我被吓了一跳，然后抓起听筒。

"您找谁？"

"你是埃夫格尼吗？"她细声细气地问道，但声音清晰而又动听。

"是我，妈妈……"

听筒里有千百种声音混在一起，嗡嗡嗡地响了一阵。

"你爸爸在家吗?"

"上班去了。"

"他不在，可能更好，"顿了一下，她说，"你有空吗?"

"有空，妈妈……"

"那就请你回家一趟……"

"你为什么没去上班?"我不安地问道，"该不是生病了吧?"

"没有，没有，我正在休假……"

"好吧，我马上就去。"我回答说。

我放下听筒，深深吸了一口气。后来，当我弯下腰，让她吻我的面颊时，我心里隐隐作痛。因为，不管我有多爱她，我平时却不来这儿。自从她离开了我们，我就怀着这种感情。虽然这种感情现在不像当初那样强烈了，但仍然使人觉得像是想到死亡那样难受。不，她永远不会理解这种感情。也许这是因为她并不孤独，并不只为自己活着。她的脸上现在露出令人奇怪的平静和温柔的表情。她爱我，但不理解我。要不然，哪会有那么平静?

我脱了外衣，就近坐在一个凳子上。

"别，别坐那儿。"她说。

"为什么，妈妈?"

"这儿舒服些。"

"好吧。"说着，我挪到沙发上。她背朝着我，轻轻开了橱柜的玻璃门。

"想喝点樱桃露吗？"

"好吧，只是——能不能来点白兰地？"

"也好。"她说。

喝了白兰地，当然心里会更难受，不过，也许过一阵，这感觉会很快消失。

"妈妈，你买电视机啦？"

"买啦，"她第一次微笑了，"一杯太少了吧？"

"少了点，但也没关系，"我回答说，"你就把橱柜门敞着。"

她审视我一眼。

"你该不是学会喝酒了吧？"

"没有，没有，没有这种危险……"

"不要上瘾，"她不慌不忙地说，"你的习惯像我们，谁也不酗酒，酗酒有害……"

"这白兰地是保加利亚产品吗？"我问道。

"不是，"她回答说，"是彼得从博览会上带回来的……"

彼得是她的丈夫，可她很少向我提起他的名字。我倒了第二杯酒。从她脸上的表情来看，她对此既无反对之意，也无怀疑之感。她坐在我的对面，双手放在胸前。

"我想先说说干吗让你来，"她开口道，"不管怎样，这对你是件好事……"

她喜形于色。十年前，她和我爸爸各存了一万列弗①的保险金。根据保险条件，只有在他们当中的一人死后，我才能拥有这些钱。由于保险期已过，这些钱仍然存在他们账上。不过，事情还没有完结。

"这些钱现在是我的，但同时又不是我的，"她说，"因为我已经给了你……用你的名字存在储蓄所……"

她从抽屉里取出一个小红本，递给我。我惊讶地把小本翻开。存款折里除了写着我的名字外，还写着一万列弗新币。

"这就是说，我想取就可以取，是吗？"

"是这样，傻瓜，"她抚摸着我的头发，"可不要一下子花光……你都二十岁了……像个大人啦……要是没有钱花，怎么像大人……"

我想了想。

"要告诉他我有这些钱吗？"我不好意思地问。

"我想，该告诉他。"她不慌不忙地说。

"干吗非得告诉他？"我问道，"他干吗从来不提他那笔保险金？"

"你是想问，他为什么不给你吗？"她笑了，"这是另一码事，他养着你……"

"他起码该跟我说说。"我反驳道。

"好像你还不了解他，"她说，"瞒着你，这倒没有什么！……至少该给你一点零花钱！……"

---

① 列弗，保加利亚货币单位，现 1 列弗约为人民币 4 元。

她闭上嘴，沉思起来，好像在想别的事情。我乘机倒了第三杯白兰地。

"你见到过利利吗？"她突然问道。

利利是她同第二个丈夫生的女儿。

"是呀，有时候见到她……干吗问这个？"

她显然踌躇起来——要不要告诉我呢？

"这孩子出了点什么事，"她忧心忡忡地说，"好长时间啦，心神不定……而且在大学里也不顺利……"

我想了想，可什么也想不出来。

"我帮你问问她，"我最后说，"好吗？"

"也好，"她说，"只是要委婉些……"

二

他们坐在橱窗的蓝色窗帘后面的一张普通餐桌旁。当我坐下时，三人中只有比斯特娜盯了我一眼。我陡然觉得，她那目光犹如牙科医生飞速旋转的钻头，直钻进我的心里。我过去就曾惊讶地发现，这个非凡的女孩竟有本事用她那闪电般旋转的目光，一小时又一小时地在你的心上打眼。

"你怎么啦？"她好奇地问。

"没什么，佩佩①。"我不动声色地问答。

但她不相信我的话，长时间垂着眼睑，默默地审视着我。

---

① 佩佩，比斯特娜的小名。

我的衣兜里确实装着二十张五列弗的崭新钞票，可这能改变我的形象吗？从外表看，比斯特娜不像一个纯洁简单的姑娘，而是像一只小麻雀，体格脆弱。不过，她那张脸倒是显得刚毅，甚至有点丑，就像一个迷人的小老太婆。我把鼻子凑到她耳朵后面——这是世界对我最丰厚的赏赐。

"想喝点吗？"我问，"来点好喝的。"

"这儿没有什么好喝的。"她回答说。

"有还是有……"

"你搞到钱啦？"

"够花的。"我说。

"偷来的！"她满有把握地惊叫道，"就像拉兹科夫那样干掉一个老太婆……你一进门，我就看出你心虚……"

弗拉多和让终于停止了交谈。对他们来说，事情非常简单——是我靠自己的爸爸使他们得以逍遥。但是，从他们的样子一点也看不出他们因此而责怪我。四个大学生哪有别的收入呢？今天轮到我偷，明天轮到他抢，这种聚会总得延续下去吧。让坐在我对面，怡然自得地抽着烟。他身穿玫瑰色衣服，系着领带，花花绿绿的，就像一面橱窗。在我们两人中，他常有钱。弗拉多呢，从不掏钱。不管有多少钱，他总是一个人花，真可恶——拿去买书。

"四杯杜松子酒，"我对女服务员说，"加冰。"

"加冰，是方冰吗？"她板着脸走了。

这个愁眉苦脸的女子总跟我过不去，眼里只有成年顾客。她显然认为，这不是我们待的地方。可依我看，她只配去卖牛肚汤。那两位又哓哓不休地谈了起来。实际上，只有弗拉多在说话，让耐心听着。不过，闲聊时，让从来就不肯听。我也洗耳恭听，虽然我对科学没有多大兴趣。我的兴趣在比斯特娜，可她又不愿有人打扰。她最大的乐趣是东张西望。

弗拉多正在解释癌病毒侵入细胞的方式，他讲得活灵活现，似乎他能用肉眼看见所有的病毒。他认为，侵入细胞的仅仅是病毒质。细胞内两个核质的作用是一样的，它们是各种生物电流的导体。

"事实上，"弗拉多郑重其事地说，"这些核质犹如微型存储器，里面装着全部遗传信息……"

我惊讶地瞅了他一眼。这个不修边幅，穿着肮脏的风雨衣的小子还真有点儿头脑。再往下，一切都合乎逻辑：病毒核质取代了细胞核，进而开始传递信息，使细胞开始分裂，病毒任意繁殖。

"这种寄生巧妙无比！"让感叹道。

"这是你瞎想的吧？"我问了一句。

"重要吗？"弗拉多谦虚地问。

一个可怕的人物！要给他点颜色！

"你现在听我说！……在你看来，抗生素只能破坏病毒的蛋白质外表！……数亿个核质却安然无恙地在血液里游动，是这样吗？"

"正是这样！"弗拉多高兴得叫了起来。

"那么，人类没有死绝，这又作何解释呢？"

"当然！……不会死绝！"他洋洋得意地回答。

弗拉多一扯到控制论，似乎就胡说八道。或者只有他才不胡说八道。他认为，人的生物性和人的意识发展的可能性之间存在着可悲的无法解决的矛盾。他断定，一千年后，地球上除了机器人外，再不会有别的生物。这些机器人将具有人的意识和我们无法知晓的精神生活。它们的智力是令人难以置信的。它们永生不朽。它们自身发展的问题也就是生产它们时的技术完善问题。有意思的是，比斯特娜在听这一切时，总是心怀怨恨，似乎想抠掉我们这位蹩脚的天才的眼睛。她现在又迫不及待地打断了他：

"别扯淡啦！……最好是想想晚上怎么办吧。"

我建议坐出租车上山，可这不合大伙的心意。要是那样，怎么回来？弗拉多提出去找鲁门——他会说服鲁门拉我们上山。大家心存疑虑，沉默了一阵。

"真泄气。"让小心谨慎地说道。

"谁有汽车，谁就不泄气。"比斯特娜回答说。

我总是搞不明白，她什么时候是开玩笑，什么时候是认认真真。不过，她的干预总能解决问题。得啦——去找鲁门。当然也得找兹维兹达——不能三个男人围着一个比斯特娜转，虽然她是乐于承担这一重任的。在我们做了周密的计划后，利利带着一个男青年进了甜食店。这个青年矮矮的个子，穿一件短衫，满脸胡髭。她像通常那样穿得很得体，总之是受看。尽管她光滑的脸上没有一根线条——除了一张长圆脸和一对明亮的眼睛外，什么也没有。利利看看我，朝我微微动了动嘴唇，算是跟我打了招呼。这也意味着微笑吧。

　　"一个乡巴佬，"让轻蔑地答道，"在一群笨蛋中冒充好汉。他要他们相信，女人是一钱不值的……可他们煞费苦心要向他证明，事情恰恰相反……"

　　我又看了那人一眼。我不喜欢那种头发搭在额上的人，而且还是一头肮脏的、黑糊糊的头发。他的头部的这一部分完全看不清楚。他坐在那里，死死抵住桌子，手掌托着下巴，正在唠叨什么。利利毫无表情地直视着他的嘴，大概是为他平平庸庸的姿态感到压抑。她头脑愚钝，可很敏感，大概也没有毅力。那个畜牲捕到了容易得手的猎物。

　　隔了一阵，又有两个家伙走进了甜食店，他们跟那位朋友的区别只是，他们长着一头鬈发。不出所料，他们坐到了利利那张桌上。利利毫无反应。

　　"真够腻味的！"比斯特娜不满地说。

　　"要我说，佩佩，你喜欢那位吧……跟利利一块的！……"

　　"未必利利就那么可怜。"我像是自言自语。

　　"不，她好得过头了。"比斯特娜回答说。

　　"你是想说你不好吗？"

　　比斯特娜莞尔一笑。她微笑时，那双眼睛就开始像星星一样在眼皮底下闪光。

　　"我是自由的，"她说，"可以好，可以坏，可以华而不实，可以多愁善感，也可以天真烂漫。只要需要，怎么都行……"

　　"怎么理解你这个需要？"

　　"譬如说，见机行事……"

"这不合逻辑,"我说,"不可能既有自由,又能见机行事。"

"随你怎么想吧!"她毫不在乎地说,"一个人要想自由,就要善于随机应变……"

我不知道利利是什么时候靠到我们桌上来的,我只听见她颤抖的声音:

"我可以坐下来吗?"

我把她让到我旁边。那位头发搭在额上的家伙瞅着前面,似乎什么事情也没有发生,而另外两个家伙却露出讪笑。我发现,利利在竭力克制自己,不露声色。

"想喝点吗?"

"不,不,谢谢你!"利利说。

她的下巴在微微颤动。我的怜悯之心油然而生。

"听我说,咱们到底是亲戚,"我说,"因此,恕我直言……不要理那个畜牲!要有点勇气,跟他一刀两断!"

她什么也没说,只是满脸通红。

"我说得对吗?"我问比斯特娜。

"金口玉言。"

我抬起利利纤细的手,吻了吻她没有血色的指甲。两串泪珠登时顺着她的面颊滚了下来。比斯特娜毫不动心地瞅着她。

"总而言之,每个人都觉得自己是对的,"她终于说道,"该怎么办,她最清楚……"

当天晚上七点光景,我们坐上鲁门的汽车奔赴"马蹄"

饭店。比斯特娜靠鲁门坐着，而兹维兹达又靠她坐着。兹维兹达脖子很长，这条脖子总是勉强支撑着她一动不动，仿佛随时都会转动起来的脑袋。她的脸上毫无表情，可她的腰肢很灵活。一般说来，她是逗人爱的，因为她就像叶洛奇卡·柳多叶特卡①一样，说起话来分外动听，句子组织得很好，总使人感到快活。天黑了下来，路标在我们眼前闪着绿光，收音机送来莫杜尼奥②的歌声，可鲁门在收音机播放爵士音乐以前，一直在拨弄他的衣服扣子。除了弗拉多和让外，谁也不吭声。我不明白，为什么正是这位花花公子断言，《托蒂亚平地》是斯坦贝克③唯一耐读的作品。六个缸的汽车轻轻喘着气，左右两边的石块像一只只猫眼盯着我们。我们不是坐车行驰，简直是在秋夜中飞翔。山路上铺满了我们汽车的灯光，盆地上的万家灯火渐渐落在我们后面——它们在秋天的潮气中若隐若现。鲁门突然来了个急刹车。

"狐狸！"他声音很低，好像怕狐狸听见。

两个姑娘的身子猛地前倾，差点撞上了挡风玻璃。确实有只小赤狐，抬起了它轻盈的右腿。它的两眼闪着荧荧绿光，犹如两只小灯泡。两个姑娘屏住了气息，不敢动弹。

"跑啦！"比斯特娜最后失望地说。

现在，汽车好像直飞山顶，发动机冒出热气。要是我爸爸没有想出那个愚蠢的借口，我就会坐在鲁门的位置上，而

① 柳多叶特卡，苏联小说《十二把椅子》中的人物。
② 莫杜尼奥，意大利歌唱家。
③ 斯坦贝克，美国小说家。

比斯特娜就会坐在我身旁。只有那样，她那迷人的小脸才会现出某种顺从。当然，甚至在我一人开车的时候，我也同样感到陶醉。车开得越快，我就越觉得浑身轻飘飘的。

餐厅里空空荡荡，餐桌上插着小旗，摆着餐具和写着"预订座位"的白牌。在紧靠角落的乐台上，大提琴伸长脖子，瞅着小小的餐厅。餐厅的服务员们正在那儿摆餐具，插花，从他们小心翼翼的样子可以看出，今晚贵宾将至。斯特凡大叔走近我们的桌子，像往常那样扫了我们一眼。我们订的饮食并不使他为难。

"你真的收拾了一个老太婆？"弗拉多问我。从他问话的口气可以听出，他对此深信不疑。

"是呀，"我说，"一个矮胖矮胖的老太婆。"

他还想问我什么，可能是想问我把尸体藏在什么地方，是不是要运走，等等，可他突然不吱声了。餐厅里走过一个壮实的男子，他穿了一条显得稍短的黑色裤子，以怀疑的目光瞅了我们一眼。接着，一位蓄着娃娃头，穿着红色条花上衣的乐队指挥走了过去。餐厅经理马上把他推到餐厅内的圆柱旁边，他那浓密的胡子完全是由于紧张而撅了起来。此刻，我完全明白了。为了迎接贵宾，主要是为了维护餐厅的名声，今天晚上只演奏波兰舞曲和华尔兹舞曲。

但是乐队起初仍然演奏了探戈舞曲。正是在这个时候，我爸爸领着两个文质彬彬的谢顶男人和一位漂亮的年轻女人走了进来。他当然发现了我，可他坐到桌旁，没有瞅我一眼。两位客人背冲我们，我爸爸和年轻女人却背冲舞池。他那出乎意料的殷勤倒给我留下了良好的印象。年轻女人很有礼貌地听我爸爸说话，这使我骤然明白，她不过是那个局里的一名职员。

"那是我爸爸，"我对比斯特娜说，"靠那个女人坐着，穿蓝衣服的。"

"是吗？"她满有兴趣地问，马上就开始打破沙锅问到底，"那女人穿一身绿衣服，当然……很得体。是他的朋友吗？"

"不一样，不一样，"我说，"他是一个胆小鬼，从不假公济私。"

隔了五分钟，比斯特娜说：

"不是……一个小职员。"

"这不一样吗？"

"他喜欢她。"

"不，是她巴结他。"我回答说。

"你不懂。"比斯特娜自信地说。

大家跳舞去了。比斯特娜做让的舞伴，弗拉多却同被我们叫做"黑兰花"的兹维兹达在一起。鲁门又喝了一百克白兰地，他厚厚的嘴唇已被烟熏黑。他盯着兹维兹达。我也瞅着兹维兹达。的确很难在舞池里看到比她更灵活、更有生气的腰肢了。

"冷冰冰的，像条鱼！"鲁门轻声说，好像猜透了我的心思。

"全都这样。"我回答说。

"你身体很棒，"鲁门轻慢地说，"需要逮只小野兽！……"

我的脸上像被泼了一瓢脏水。他仍然盯着舞池，要不然，准会发现我面部表情的变化。他难道真的比我见识多？或者，他仅仅是说说而已。可比斯特娜不足四十公斤，她没有热情和女人的柔情。当她终于从舞池回来后，我贴着她苍白的小耳朵，轻声问她：

"鲁门当过你情人吗？"

"那你步他的后尘啦？"她直视着我的眼睛。

"你说什么？"

"你去打听打听，"她说，"何必盘问我。"

"你看，我这就是在向你打听。"

"他不配。"说着，她又往我爸爸那张桌上瞟了一眼。

这还能忍受。我从来没有想过她这人到底怎么样，而她也从来没有使我产生反感。当今的女孩子，为了不成为人们的笑料，通常是闭口不谈自己的贞洁的。不过，她还满身孩子气，还很克制，这同"黑兰花"有天壤之别。你看，她就有这么一个特点。

"你爸爸是个美男子，你知道吗？"比斯特娜突然问道。

"胡扯！"我疾言厉色地反驳道，"他简直是个侏儒！"

"不，他一点也不矮，"她说，"你不要用自己的标准掂量人。"

"你也不要用自己的标准掂量人。"我生气地回答。

但是，她根本没有理会我，只是笑了笑，说：

"我要嫁给他。"

我真想朝她那癞蛤蟆般的小嘴巴猛击一掌。但是看来，她简直为自己的想法陶醉了。

"真棒!"说着,她抓住了我的手,"论辈数,我要当你的妈妈。咱们就成天坐在家里,拥抱接吻……由他养活咱们。"

"我真要打你啦!"我心里来了火。

"干吗这样?"她奇怪地问道,把稀拉拉的眉毛一扬。

我没有来得及回答她。此时餐厅里骚动起来,门口出现了一位陌生的人物。我瞅着我爸爸,想看他的笑话。我感到,他极想被来人发现。他当然很有礼貌,嘴上挂着微笑,做出欢迎的姿态。要是他那状似瓦罐的脑袋安在弹簧上,他大概会把脖子伸得像餐厅那么长,凑到来人面前。可是来人没有发现他。于是,我爸爸从椅子上站起来,冲着餐厅里的夹道,等着来人从他旁边走过。

最后,来人发现了他,收住脚步,同他握手。可是,握手时,他心不在焉地瞅着别处。现在两个谢顶的男人端端正正、很有礼貌地站着。就像我预料的那样,来客是两个外国人。我爸爸把他们作了介绍,来人风度翩翩地同大家握手。此时,女秘书后退半步站着,她显然认为自己不够资格参与这一仪式。

"请对他们说,祝他们成交!"来人转向女秘书说。

她把话翻译过去。

"这在很大程度上取决于你们能作多大让步。"一位外国人极其机敏地脱口答道。

来人不大自然地笑了笑,在随从们的簇拥下走过去了。经过乐台时,身着红色条花衣服的乐手们抬起驴一般的脑袋,向他致敬。接着，餐厅里又像往常那样喧嚣，刚才还像塑像般呆立在墙边的服务员们，又开始冒着缭绕的烟雾，满头大汗地忙碌起来。

乐队再次奏起探戈舞曲。我们这张桌上没有人起身跳舞。

"我去邀请你爸爸！"比斯特娜突然说。

"你疯啦？"

我刚抓住她的手，她就一理裙子，迈着飞鸟般轻盈的步子，朝我爸爸那张桌子走去。

"埃夫格尼让您先跳！"她撒谎说，脸上出现迷人的笑靥。

我觉着，我爸爸犹豫了片刻，瞅了一眼小餐厅，然后站了起来。他强作笑颜。可是，一旦混入跳舞的人群，他又平静下来，舞步有条不紊，跳得颇有风度。此刻，我对他恨之入骨。我长吁了一口气。要是他有什么不轨之举，归根到底，倒霉的是我。当然，我再也听不清他们在叨咕些什么。可她扬起小脸瞅着他，全神贯注地听他说话，似乎在听他倾吐自己的隐私。跳完舞，我爸爸回到自己的桌上，脸上红扑扑的，流露出不加掩饰的满意。比斯特娜回到我们这儿，但没有坐下。

"你爸爸要咱们到他那张桌上去。"她说。

"咱们自己有人！"我干巴巴地回答。

比斯特娜脸上的表情毫无变化，可她的眼睛阴沉下来。

"喂，起来！"她压低声音说。

"走吧，走吧！"鲁门说，"正好可以邀请你爸爸的那位女士。"

我站起来，走到我爸爸的桌子跟前。两个外国人比我预料的要客气得多。当然，他们马上就怔住了：他们怎么也想不到，如此年轻的爸爸会有这么一个大儿子。女秘书做了翻译，然后很有礼貌地对我一笑。

"说实在的，连我也感到奇怪。"她说，"何况你们父子长得一点也不像……"

"这是唯一使我安慰的。"我回答说。

尽管比斯特娜同我爸爸谈得很热闹，但她仍然在听我说话，用目光警告我别说漏了嘴。我的爸爸却什么也不听。他比两个外国人年事稍高，也更殷勤，此时突然问道：

"我们的年轻客人想喝点什么呢？"

"来点威士忌。"我回答说。

"呵，你们会英语？"

"如果您认为这也算是英语的话。"

"保加利亚人真是谦逊！"

看来，我爸爸听懂了我们的对话，他皱着眉头瞪了我一眼。

"你就偏要威士忌！"他嘟囔道，"你知道，这要花外汇①……"

"当然知道！……可你别提这个词好不好，他们会听出来的……"

他们真的听出来了。

————————

① 其时保加利亚实行严格的外汇管制，有些进口商品只能用可自由兑换外币购买。

"呵，外汇，没关系，"年长的外国人说，"只要有威士忌就好……"

"这儿的威士忌数'皇后'牌的最好喝。"我回答说。

"真妙!"年长的外国人回应道。

后来，在喝完第一杯威士忌后，比斯特娜向我凑了过来。

"要是你不规矩点，我再也不陪你出来。"她轻声说。

我熟悉这个声音，虽然我极少把它放在心上。

"好吧。"我说。

女秘书很会跳舞，可我心绪不佳。我一声不吭，虽然我知道这很不礼貌。她首先开口说：

"您跳得很好。"

"也许我就只会跳舞。"我回答说。

"您太谦逊啦，"她嫣然一笑，"您英语讲得很好……他们对此颇有印象。"

当然，比斯特娜充分利用了我不在场的机会。我看见她坐在那里，嬉皮笑脸地跟我爸爸谈得很投机。老混蛋上了钩，脸上红扑扑的，就像一条才出生几个月的骗猪。为了不致发火，我把女秘书带到了舞池的另一边。她跳得入了迷，那圆圆的腰身透出真诚和热情。我渐渐忘了比斯特娜，忘了那群魔鬼。我平静下来，她身上的热气传遍了我全身，我感到头晕目眩。我不知道这是由于她的一片诚心呢，还是由于她紧贴我的柔顺的身子。可我知道，我生活中少得可怜的正是这种东西。

跳过舞，大家又喝威士忌。我们的两张桌子差不多拼在一起了。年长的外国人就像牡蛎一样紧贴在"兰花"号船上，另一位则请女秘书跳舞。但她很客气地同他保持着一定距离，时不时瞟我一眼，会心地一笑，寻求我的同情。我不敢再请她跳舞，她的脸使我为刚才的举动感到害臊。与此相反，我的爸爸却同比斯特娜跳得自由自在。我看见他搂着她，五个指头好像要在她背上扎下深根。

随后，我们又跳了摇摆舞。一个喝多了酒的德国褐发女人跳得最欢。比斯特娜同让跳，我同"兰花"跳。两个姑娘都跳得很起劲，只有傻瓜才认为这不成体统。乐手们很兴奋，拼命演奏。我瞟了爸爸一眼，看见了他愤怒的脸，可这似乎越发使我忘乎所以。接着，乐曲慢慢减弱，人们又坐下来。当我们回到餐桌时，我爸爸再也不看我了。

我感到一阵恶心，便去了洗手间，想醒醒酒。可是，我并没有醒过来。我站了很长时间，东倒西歪。我在镜子里看见了自己苍白的脸。走出洗手间时，比斯特娜把我扶到我们的餐桌上。乐队已停止演奏，服务员正在收钱。餐厅里很闷，一盏盏电灯特别晃眼。比斯特娜背朝另一张桌子靠我坐着，满脸愁容，一言不发。我想拉她的手，可她生气地把手缩回去了。

"喝点苏打水！"她干巴巴地说。

一些苏打水流进了我的衬衫。大概是我的样子太难看了，她十分温和地说：

"要是不能喝，就别喝！……看看你爸爸吧……可别以为他喝得比你少！"

我突然觉得有什么事情想不起来了。室外，一名中尉交警对鲁门说，要是鲁门想溜走，他就马上没收他的驾驶证。有人建议我们在饭店里过夜。

"我要回去！"比斯特娜坚决表示。

我爸爸突然从黑暗中站了出来。看来，我们所说的一切都被他听见了，他要我们等他，说他很快就回来。他这么干，大概不是为了我或弗拉多。他一钻进汽车，我就叫喊起来：

"干吗不去收他的驾驶证！……他也喝了酒！"

有人用胳膊捅了捅我。交警皱着眉头瞪了我一眼。不过，他真的把我送到了我爸爸那里。他同我爸爸谈了谈，然后行了个举手礼，走了。

"你真无能！"比斯特娜气愤地说，"马上滚开！"

我到凉台上，但见满天星星。我害怕看见头顶上的这些星星，浑身发冷，好像掉进了黑咕隆咚的冰窖。但是，山脚下的灯光却使我感到温暖和亲切。它们闪烁着。它们不懂规矩，毫无秩序。我真想让它们排列成行，迈着正步从我面前走过。然而，它们一动不动，冲着我无动于衷地闪烁着。我发怒了，咒骂它们，对着它们吐唾沫，可它们对我毫不在意。我哭了，它们变得模糊一片，随后就熄灭了。当我睁开眼睛时，一条光的河流从我面前的克尼亚日沃直泻而下，汇入市中心的光的漩涡。接着，远方的黑暗中出现了一小片红光。这是人间的仙女座。

隔不一会儿，比斯特娜走过来，默默站在我身边。我已清醒了一点。

"他们呢?"我问。

她沉默了一阵,愁眉苦脸地说:

"鲁门逃掉了。"

"那咱们怎么办?"

"不是得有人等你爸爸吗?"

昏暗中,我瞅了她一眼,知道她穿着单薄的连衣裙,身上冷。我动手脱我的上衣,可她把我止住了。

"别这样!……偎着我就行了!……"

我向她靠过去,可她瘦小的身子仍然很冷,一动不动。直到我爸爸把车开来,我们一直沉默着。我以为她会坐到前面去,靠着他,可她却靠我坐着。我爸爸也不说话,满不高兴。他开车又稳又快,拐弯时车轮发出尖厉而持续的"嘶嘶"声。车灯照亮了前面的一切:石块、树木迅速闪到身后。

"这威士忌害得你好苦!"我爸爸终于说了一句。

"都过去了。"比斯特娜说。

我的确醒过来了。我觉得她紧靠在我右边的身子冰凉冰凉的。

"最后的摇摆舞本来是可以不跳的。"

"为什么?"我问。

"首先,这根本不是舞!"他说,"不是大家都会跳。"

"你是想说,你不会吧?"

"是这样。"

"问题就在这里!"我说,"我不会干你想干的事……我只干你不想干的事。"

我爸爸轻轻扭过头来，瞟了我一眼。

"不害臊!"他冷冰冰地说。

比斯特娜用胳膊捅了我一下。

"伊格拉托夫同志,"她轻声说道,"要把事情全搞糟吗?"

"我可没生您的气。"我爸爸说。

"一点也不?"她表示怀疑。

"一点也不。"

"那好! ……如果您想彻底和解,就把我们送到夜总会去。"

他沉默了好一阵,似乎没有听见她的话。

"任何一个明白人都不去夜总会。"他最后说。

"啊,为什么呢?"

"因为他怕败坏自己的名声!"我替他说。

"可您是陪自己的儿子去的……说不定……是陪自己的媳妇去的。"她突然说道。

他略显惊讶地在后视镜里瞅了瞅我们。

"不,太晚了,"他冷冷地回答说,"我明天还得向部长汇报……必须头脑清醒。"

"我正是对此表示怀疑,"她说, "头脑糊涂总是更有意思。"

"不要逼我拒绝你们,"他回答说,声音里含有抱歉之意,"下次一定跟你们去。"

"真的?"

"真的。"他答道。

汽车在拐弯时依旧发出"嘶嘶"声。灯光划破了夜幕。

第二天，我等他走后才起床。我今天早晨敢正视他的眼睛。当大门嘎吱一响时，我懒洋洋地穿好衣服，板着脸进了厨房。查娜也板着脸瞅我一眼，生气地说：

"既不吃午饭，也不吃晚饭……这像个家吗？"

"不像。"我回答说。

我陡然想起要给她一件礼物。过了一会儿，她拿着一件精致的毛衣，简直不相信自己的眼睛。她难看的脸变得很温柔，使人无法辨认。最后，她吸了一口气，把毛衣叠好，说：

"我就知道，你这孩子有出息。"

她见我坐在桌边，又略显严厉地说：

"洗洗脸，先洗洗脸！……别糟踏自己。"

比斯特娜住得离我们很近。我揿揿门铃，等她来开门。门后毫无动静。令人压抑的沉静。她家全都有工作，要是她也去听课，整套房子就真的空了。正当我准备再按门铃时，我听见门后有点响动。门开了一条缝，露出了比斯特娜睡眼惺忪的小脸。

"是你呀？"她冷冰冰地说，"进来！"

她穿着绸料长睡衣，打着赤脚。我进了门。她家的前厅很窄，就像一只方桶。我紧紧搂着她，隔着睡衣摸着她光滑的身子。她一声不响地挣脱出去。她的眼睛一直在奇怪而又冷静地盯着我。

"够啦！"她平静地说，走进了过道。

我跟在后面。她雪白的、纤细的脚趾在镶花的地板上发出啪哒啪哒的声音，她的身子紧紧地裹在玫瑰色的睡衣里。我们进了她的卧室。蓝色的被子被掀在一边。她显然是刚刚起床。她又坐在热烘烘的床单上。霎时，我看见了她细细的、匀称的大腿。

"坐这儿!"她说。

我双手颤抖着，把一个蓝色软凳搬到床头柜旁边。这套房子里只有我们两人，要是我想把她掐死，那是不成问题的。但是，我在她明亮的目光中，察觉不到她有丝毫危险之感。

"唉，瞧你那样子!"她启齿道，"脸还没洗干净。"

我没有回答。

"昨晚真是太过分啦!"她又补充一句，责备似地举起一个纤细的指头。

我没有回答。

"我想，是你太过分啦。"

"我吗?"她奇怪地问，"什么过分啦?"

"可怜巴巴地向我爸爸卖弄风情。"

"嗨，可怜巴巴!"她嘲弄道，"干吗可怜巴巴?"

"因为你当着我的面出丑!"我回答说，"还因为他可能当你的爸爸。"

"太恭维啦，可我有自己的爸爸!"她讥讽道，"要是你整天同乳臭未干的孩子泡在一起，差不多每个男人都会给你留下印象……"

我放声大笑，而且笑得那么爽快。

"他压根儿就不是一个男人!"我轻蔑地说，"他没有一点男人的骨气。"

"你就这么说话？"她挖苦道。

"对，我就这么跟你说……不管我的骨气少得多么可怜，它可是实实在在的……而他呢，什么也没有……他早就没有思想，没有骨气，没有良心。除了某种社会地位以外，什么也没有……就像一个瞎子……只要你想擦破他一点皮，他就马上把你扔到阴沟里去。"

"我才知道，你是这么一个人！"她惊讶地说。

我听见她气愤地吐出一口闷气。我的声音沙哑了。

"我可以当最后一个傻瓜，"我叫起来，"可我至少不算残忍，懂得自爱……未必你不明白，你昨天晚上也一败涂地！……"

"什么一败涂地？"她把眉毛一扬。

"还问这个？他不是拒绝了你，不拉咱们去夜总会吗？虽然你低声下气地哀求他。"

她的小脸上泛起红晕，嘴唇发紫，像肿了一样。

"你什么都不懂！"她难过地说。

"我只懂得，你要碰得头破血流的！"我回答说，"不是因为他不愿意，而是他死要面子……你说，一个胆小鬼也算男人吗？"

她的眼睛像星星一样闪闪发光。

"我现在就向你证明，事情同你所说的恰恰相反！"她很不客气地说，"把电话搬来！"

我胡里胡涂地给她搬来电话，她马上把电话机的插头塞进了床头柜上的插座。

"他的直拨电话号码是多少?"

我像每个真正的傻瓜一样,告诉了她电话号码。她随即用她纤细的指头拨了号码。

"伊格纳托夫同志在吗? ……您好! 我是比斯特娜!"她的脸上出现异样的表情,明朗而又温柔,"我跟您打电话,您不会生气吧?"

她把听筒紧紧贴在耳朵上,轻轻向我挤了一下眼睛。尽管如此,我仍然清楚地听见了话筒里那个于我生疏的、细声细气的声音。

"是呀!"比斯特娜说,"实际上……我可以向您提供一个道歉的机会……最好是今天……是吗?"她笑了起来,"啊,那好,我晚上七点钟等您……就在'柏林甜食店'……在显眼的地方……好!"她顿了一会,又说,"要是这样,您不必进来……我能通过橱窗玻璃看见您的汽车。"

听筒里沙沙作响。我呆若木鸡。

"怎么样?"她得意洋洋地问道。

我没有吱声。

"瞧你,屁也不懂。"

我勉勉强强听见她在说话。

"你真的要去那儿?"我终于问道。

也许是我的声调使她受到感染,她审视了我一眼。

"不!"她犹犹豫豫地说,"我还是要去,去道歉……要不就是孩子气……"

　　我怎么可能知道，她只是去向他道歉呢，还是根本不去？……我躲在停车场的小亭子后面，真丢尽了脸。他准时来了，把汽车停在甜食店前面。过了一会儿，她急匆匆走出甜食店，旋即又钻进汽车，坐在前排座位上。我分明看见她在钻进汽车前环顾了一下四周，似乎察觉到我就躲在附近。

　　汽车开动后，向右一拐，朝着通往普罗夫迪夫的公路疾驰而去。我屏住气息。我躲在角落里，再次看到汽车穿过了索非亚大学前面的十字路口。然后汽车的尾灯又在鹰桥那儿闪了几下，混进密密麻麻的红点中。

　　此刻，我除了感到无限的羞耻外，再无别的感觉。我拼命奔跑，唯恐人们看见我脸上的眼泪。野栗树的树荫下黑糊糊的，周围不见行人。我停下来，用风雨衣的袖口擦去脸上的泪水，竭力使下巴不再颤抖。最后，我空虚的脑袋里产生某种想法。

　　幸好鹰桥那儿还有几辆出租汽车。

　　"去潘恰雷沃①！"说着，我冷得把身子缩成一团。

　　要是在"天鹅"饭馆找不到他们，那就再去"金鱼"饭馆。不过，两个地方都得看看。

　　我觉得出租汽车开得太慢，它那破旧的外壳发出难听的响声。汽车上的计程表不时"格登"一响，鲜红的玻璃后面现出白色的数字。

　　"能给我一支烟吗？"我问司机。

---

① 潘恰雷沃和下面的戈鲁勃利亚内均位于索非亚南郊。

"可以。"司机回答说，仍旧两眼平视前方，把胳膊在肩膀上一弯，递给我一盒烟。

我觉得我们走了很长时间。最初的愤怒已完全平息，剩下的只有耻辱。到了第一家饭馆，我在出租汽车里看见了端端正正地停在停车场上的我爸爸的汽车。

我不知道我是否觉得轻松。不过，我至少知道我该怎么办。要紧的是保持镇定，顺乎自然地跟他们打招呼，坐到他们的桌上。不管他们心里想些什么，他们总不会把我撵走。他们的阴谋诡计顷刻就会落空。我站在明亮的玻璃门前，灯光晃眼，但我没有进去。存衣处的服务员睁圆眼睛盯着我，我觉得他随时都会要我进去。不，我站在门外，没有进去。我命令我的手去抓镀镍的门把，但它不听话。我要它伸出去，可它僵住了。于是，我折转身，掏出那把备用钥匙，发动汽车。

直到现在我才明白，这是最好的一着棋。要是把车开走，他们就什么也干不成，在饭馆里干不成，在街上也干不成。

汽车飞驰在回城的路上，我想象着他那张愤怒的脸，想象着他会有什么想法。他将像所有的小人那样，忍气吞声。他还会怨恨她，因为归根到底，这一切都是由于她的任性造成的……

车出潘恰雷沃，一名交通警示意我停下。一开始，我想到自己有驾驶证，就减慢了速度，可我后来又猛地加大了油门。不言而喻，要是我现在出示证件，我爸爸就会知道是谁开走了汽车。我再无选择的余地。汽车在漆黑的公路上行驶，潮湿的柏油路面在车轮下"嘶嘶"作响。我时不时瞅瞅后视镜，唯恐交通警开他的摩托车来追我。现在要是我发现后面很远的地方有一盏灯，那是最危险的！那比什么都危险！……

只是过了戈鲁勃利亚内，我才放慢速度。我觉得，虽然我两手在微微颤抖，但我的内心十分平静。一辆卡车迎面驶来，开着大灯。我几次闪灯向它发出警告，最后，大灯熄灭了，黑暗中现出巨型卡车的影子。我打开自己的车灯，发现正好在我的车前有一个骑自行车的人。我猛地一转方向盘，想躲开他，可右边的挡泥板撞了上去，把他甩到了路边。

我把车停下，浑身打着哆嗦。我慢慢打开车门，走下车去。周围静极了，一片漆黑。卡车红色的尾灯迅速地远去了。我胆战心惊地在黑暗中朝公路右边一看，但什么也没有看见。就在这时，远处出现了一盏车灯。同时，一个闷声不响、可怕的人影在黑暗中站了起来。不，我没有勇气看那鲜血淋淋的人头，没有勇气认罪，没有勇气受苦……我吓得心惊肉跳，赶忙钻进汽车，发动马达，加大油门。大马力的发动机带动汽车，汽车加快速度，在浓重的雾气中风驰电掣般前进。

伊布里亚姆—阿利

尼古拉·海托夫

[作者简介]

尼古拉·海托夫（Николай Хайтов，1919—2002）生于保加利亚普罗夫迪夫州亚沃罗沃村，中学毕业后当过饭店服务员、石匠、面包师等。1943年在索非亚大学林业系肄业后，曾编辑《人民文化报》《我们的祖国》画报，并曾担任《罗多彼》杂志主编、保加利亚作家协会主席等职。他熟悉保加利亚西南部罗多彼山区的生活，并据此创作了许多反映保加利亚人的民族性格、民族风情的作品，如《野性故事》《千金榆叶》等。曾获季米特洛夫文学奖。

提起他来，大家都夸他是条汉子，哪怕他当过强盗！我多次见到他，因为他常来我家讨面包。不管见过多少次，我每次都感到惊讶：他真是神出鬼没！比方说，他来找你，总是冷不丁蹦到你的面前，连狗都不叫。德利西夫科在院子里养了四条狗，阿利进了院子，又从院子里钻进主人卧室，把烧红的铁家伙放在主人的枕头上，然后离去，却听不见一声狗叫。四条狗都不叫，德利西夫科就把它们拴在一条铁链上，用双筒猎枪结果了它们。

有一回，我问阿利：

"你用啥办法对付这些狗，不让它们发现你啊？"

"我抹上公羊鸡巴里那种东西，狗就闻不出来！"

他是在跟我开玩笑，还是在说真话，这我可不知道，因为他从来就不笑，你压根儿就分不清他啥时候在跟你闹着玩。他的一张脸非常死板，我只有一回看见他咬牙切齿。当时，他第一次被抓起来，同他老娘一起受到盘问——要他老娘招供，阿利是不是偷了德利西夫科的钱，又把钱拿回家了？他老娘矢口否认。凡达克利，就是德利西夫科家的看守，抓住他老娘的辫子就是一记重拳。阿利被捆绑起来，可他只抖了抖肩膀，三个警察就被撞倒在地，而那个看守呢，只挨了一脚，就在地上滚了几圈。

据说，看守凡达克利后来在村公所里，用点燃的麦秸烧伤了阿利的脖子，还用木棒打他，想要打断他的两腿。干吗要这样兴师动众呢？

只为十个里拉！

阿利在德利西夫科家当长工，到了后来，老爷说他偷了十个里拉。他被关进村公所，被打呀，打呀，我的妈，直打得背上皮开肉绽。除了挨打，他还被关进警察局，过了两三个星期，才找到逃跑的机会。过河时，他把押运兵撞下河去，自个儿躲进了巴尔干山。

阿利逃跑以后，事情才搞清楚，原来，德利西夫科的大儿子马林，把十个里拉送给了一名歌伎。马林回家后，弄清了是咋回事，就去告诉他老子，钱是他拿的。当时，阿利还被关在警察局里，狼心狗肺的德利西夫科不但没有放他，请他原谅，而且还不让马林把这件事声张出去。

想要打断阿利双腿的看守凡达克利，最先死在阿利手里。阿利在阿兹马卡的草场上抓住他，干掉了他。阿利不会写字，就找来一个伐木工，代他向德利西夫科写了一个纸条："咱们走着瞧！"他割破自己的手指，在纸条上该他签名的地方，画了一个血淋淋的十字架。

德利西夫科惶惶不可终日。他是大财主，就通过一帮名门贵友，让警察倾巢出动，捉拿阿利。他们抓不到阿利，就把他娘抓起来，拷问她，要她交出儿子，直到把她整死为止。要不是老娘遭了毒手，伊布里亚姆还真打算回家，找德利西夫科算清旧账，然后大家相安无事。可现在，老娘一死，他就断了念，铁了心，当上了大家所说的强盗。他放火烧了德利西夫科的草垛，烧了德利西夫科的房屋，打死了牧羊人，闯进了羊圈，从羊圈里放出德利西夫科的两百只羊，又赶着它们越过了边界。随后，他开始抢劫其他富人，但绝不欺负穷人。周围一带的路上很不安全，地方当局惊恐万状，不惜悬赏五千列弗的重金，要割下阿利的人头。

除了这五千列弗，德利西夫科又加了一千列弗，可是，谁都不敢追踪或者杀死阿利。只有一个卡拉卡洽人为了领赏，想要出卖阿利，阿利得到消息后，就抓住这个家伙，捅了他一刀，然后把他活活塞进蚂蚁窝，让蚂蚁把他啃得只剩骨头。

　　有一段时间，大家埋怨我白给阿利面包。要是你处在我的位置，总在山里干活，总看见他的刀子，你有啥办法！给不给面包，反正都一样。再说，我们知道，他不是生来就是强盗，而是德利西夫科逼迫他当了强盗。除了上面所说的一切，阿利还有一副好嗓子，歌唱得比谁都棒。尤其是有一支《鲁芬卡病倒啦》，真叫他唱绝了！他一亮开嗓子，歌声就在草场上、田野上荡漾，割草人停止割草，打谷人停止打谷，都在洗耳恭听。他的歌声打动了许多人，其中就有科兹卢克村的金科娃·法特玛。这姑娘想嫁给他，可她爹不愿跟一个长工结亲。法特玛不顾她爹的反对，死活要嫁给阿利，还约定了结婚时间，可穷小子阿利哪里知道，他不但没有得到"白皮肤黑眼睛的法特玛"，反而挨了一顿棍棒和皮鞭。

　　在阿利落草后，仍然有人满山遍野找他，因为他并未封上歌喉，而是还在深山老林里歌唱。后来有谣传说，贝利查镇的警察头子循着他的歌声找他，开枪打伤了他，甚至打死了他。作为证据，警察头子捡来一个满是血迹、饰有蓝色串珠的提包，里面装着三十枚拿破仑金币。阿利竟会扔掉这样值钱的提包！要不是为了逃命，阿利绝不会把它扔掉！

　　贝利查的警察头子这么一说，大家就信以为真。老狐狸德利西夫科也相信了这种说法，付给警察头子一千列弗，以为从此就可以高枕无忧。他披着裘皮，大摇大摆地出入院门，逛教堂，进村公所，打骂长工，早把过去的事情忘得一干二净……久而久之，连我们这些牧羊人也开始相信，阿利真的死于重伤。说来也怪，从此以后，不管是伐木工还是羊倌，谁也没有再看见阿利。

原本已平安无事，可在一天早晨，大家又突然听说，阿利夜间钻到了德利西夫科家里。最要命的是，谁都不知道他是咋钻进去的。德利西夫科安然无恙。我在出事两星期后，还看见他在院子里转悠。他仍是神气十足，腿不瘸，嘴不哼，但不知咋的，总是盯着地面。他也不再大声嚷嚷，不再骂人。

听人说，大约有一个月光景，德利西夫科的同一间屋子里，居然住了三个人。两个人负责警卫，只有一个人睡觉。睡觉的那个人自然是德利西夫科。可是，他又天天晚上睡不着。每回刚一打盹，就有啥东西把他撞醒。他翻身下床，掀起床垫，东翻西找，只顾嚷嚷："来啦！就在这儿！"

两个长工对他说："啥也没有，老爷，谁也没有！"可他还是说："就在这儿！"

一天晚上，他吩咐长工出去一下，说他要换一件干净衬衣。当两个长工回来时，发现他已被人绞死。

在德利西夫科入土一星期后，大路上发生了一起抢劫案，伊布里亚姆—阿利再次受伤。我听瓦西列夫神父的儿子克乔说，他也遭到抢劫。他说，被抢的有十来个人，其中大多数是牲口贩子，他们打算到卡拉穆希查买羊。当他们走到卡拉库拉斯，想歇下来喝水时，两个包着红头巾的大汉跳了出来，厉声喝道：

"不许动！举起手来！"

他们一人端着手枪，一人捏着手雷。端手枪的那个人正是阿利。他下了命令：排成一行走过去，留下买路钱。

"这些钱是穷人家的,"神父的儿子说,"这是他们的最后一点积蓄。"

两个人过去了,五个人过去了,到了第六个人时,他不但没有撂下钱袋,还拔出一把匕首,向阿利投去。两人开始厮杀。其他牲口贩子害怕手雷,捏手雷者害怕牲口贩子——谁都不敢上前干预。于是,角斗场上只剩下两个人——就看鹿死谁手。牲口贩子撕破阿利的裤衩,抓住那东西,唉呀呀,就是下腹部那东西,又捏又拧……阿利见势不妙,就要同伙扔手雷:

"快扔,"他说,"我跟他同归于尽!"

阿利的同伙把手雷扔向两个角斗士。手雷爆炸。等烟雾散去,只见地上躺着牲口贩子的尸体,而阿利却还活着!只是屁股上嵌进了一块弹片。十来天后,当我看见他的伤口时,我吓得浑身打颤。我回到家里,关好羊群,挤了羊奶。当我坐在草屋前熬奶时,忽地听见有人唤我:

"贝乔!"

我站起来,环顾四周,发现一个人也没有。我想:"兴许这是幻觉。"我又走到火炉边,继续熬奶。屁股还没坐定,又有人在唤我:

"贝乔!"

我走进草屋,想看看里面是不是藏着啥东西,可是啥也没有发现。我又走出草屋,这时天还没有全黑,四周仍然不见一个人影!羊群安安静静,几条狗正在舔粥,一切正常。不瞒你说,我真的有点怕了。这时,我听见头顶上有啥东西响动——"呼啦"一声，伊布里亚姆—阿利猛地站在我跟前！他束着宽皮带，上面的铜环闪闪发亮。腰间别着两三把刀，头上戴着宽沿凉帽。两撇棕色八字胡高高翘着，似乎已同络腮胡子连在一起。一支手枪挎在肩上，另一支手枪别在皮带上。他晒黑了，也可以说瘦了。我心里打战，吓得说不出话来，既忘了道一声"晚安"，也没有说一句"欢迎"。

"你这家伙怕啦！"阿利冲着我说。

"你从天上掉下来，咋不怕?"

"松树是你天吗？你坐下来，又生火，又熬奶，咋就不往树上看看?"

我本想说，我是放羊的，不是他那种强盗，因此没有往上看，可话到嘴边，又把它咽了下去。最好别开玩笑。

"请我喝奶吗?"他问我。

我给了他一罐奶。喝完奶，他从腰上拔出一支黑山产的手枪，对着我：

"去跟我抓只羊！"

"我跟你抓，"我说，"何必拔出手枪?"

"对你，最好拔出手枪，"他又说，"你明天晚上就到村公所报告，说我到过这儿，抢走了你一只羊。别让人家说你是我的同伙！为我受罪。"

我们整夜都在烤羊。一边烤，一边讲母羊和种羊的故事。他还问起羊脖子上的铃铛，问我有啥样铃铛，从哪儿弄来的，好不好听，然后又对我说：

"这个铃铛呀，同那个不配。那个呢，声音不脆，需要擦洗擦洗。"

许是他躲在松树上时，听过我羊群中各种各样的铃铛声，知道我有哪些铃铛，还缺哪些地道的铃铛。

"你呀，"他说，"还需要两个新铃铛：一个'贝什吉式'——声音粗点的，另一个呢，'阿尔登吉式'——声音脆点的。这两个铃铛既管用，又好听。"他还说："要是有危险，你就在头羊脖子上挂个大铃铛，再用荨麻扎它的肚皮，它就乱蹦乱跳，铃铛就响个不停。铃铛一响，我就知道不该到你这里来。要是两只铃铛都响，那就表示没事！要是我有事求你，我就在我的骡子脖子上，挂个阿尔登吉式铃铛。我骑上骡子，从这儿走到恰姆扎斯。要是我还好好活着，你就用铃铛唤我！"

"当强盗，难受吧？"我问他。

"要是能自由自在地唱歌，那就不难受。"他说，"喂，咱们唱支歌吧，小声点！"

他唱了起来。他那双眼睛咄咄逼人，只要盯着你，就像在用钝刀子割你的肉。一旦开始唱歌，他那目光又变得温顺、柔和，就像浸满了橄榄油。

"这样小声唱歌，"他说，"就像把你的两只手绑起来，让你跟一个漂亮女人睡觉。"

这是他的最后一句话。他钻进林子，消失得无影无踪。我没有到村公所去，却按他的指点，弄了两个新铃铛。就像我们说定的那样，一旦平安无事，两个铃铛就响。不过，阿利再也没来。稍后听说，他越过国境，在希腊啥地方被人杀害了。

失去这么一个强盗，我呀，心里难受极了。我把一只阿尔登吉式铃铛挂在头羊的脖子上，用荨麻扎它的肚皮，铃铛就摆来摆去。头羊一走，铃铛就响。"滴铃铃，滴铃铃……"——这声音响彻山头。"滴铃铃，滴铃铃……"——这声音响彻山腰。"滴铃铃，滴铃铃……"——这声音响彻田野和草场。"滴铃铃，滴铃铃……"——这声音时而高，时而低，时而粗犷，时而清脆。新铃铛就像大钟一样响了一整天，终于使高山密林明白，伊布里亚姆—阿利被害死了（"伊布里亚姆"是他的阿拉美亚人①名字，因此，在这两节名字中，咋叫他都行。）

打这以后，一个个灾难就在我头上降临：政变发生，刺刀见血，拷打频频，随后又是危机——一张羊皮比一只活羊更值钱！我宰光了羊，买了两匹骡子，靠帮人运货吃饭。我把木板运下山，又把盐和煤油运上山。

一个星期六，我到山下斯塔尼马什卡火车站装运"公鸡"牌肥皂。我琢磨："这下可好，可以看火车了，可以跟孩子们讲讲这玩艺儿了。"火车进了站，我就盯着看。一群群花枝招展的女士戴着礼帽下了车，简直使我眼花缭乱。就在这时，一只手拍了拍我的肩膀。我扭头一看：这个男人蓄着八字胡，戴着红顶羊羔皮帽，目光阴沉。看着看着，我两腿发软。

"别吭声，"他说，"你在这车站上干啥？"

———————————

① 阿拉美亚人，原为古代叙利亚和美索不达米亚的部落。

"装肥皂。"

"那好！把骡子牵来，咱们走！"

我摸摸他的灯笼裤——不骗你，地道的灯笼裤。我瞅瞅他的脸——是他！伊布里亚姆—阿利！

到了镇子边，我问他：

"你呀，从阴间回来啦？"

"快赶车，"他说，"等一会儿再告诉你。"

"上哪儿？"

"切佩利……"

好家伙，这是咱村。我怔住了。

"不会认出你来吗？"

"等等，"他说，"别转身！"

他翻下骡子。过了一会儿，当我回头看时，你猜我看见了啥？我看见一个戴着凉帽、长着满脸黑胡子的年轻男子。他朝前走了两步，坐了下来。我想："哎呀，真他妈的神啦！谁还能认出这个男子？"

"你是谁呀？"

"我是伊布里亚姆！"

听他说"伊布里亚姆"，我笑了，知道他就是阿利。即便他再摘下胡子，我也认得他。我后来听说，这世界上真有假胡子卖！

"这样吧，"我对他说，"你别去切佩利，就去帕什马克利镇，跟警察一块喝咖啡。谁也想不到是你！"

他摘下胡子，装进口袋，快到切佩利时才又戴上。他在路上对我说，他这回是从奥德临①坐火车来的，在这之前，他去过希腊，又从希腊转到土耳其。他一再说："真好，在车站碰到你了！"他干的这一行，要求他随时随地都能找到可靠的人。

"只有一样，"我对他说，"要动刀子，我可不干！"

"我只求你一件事，"阿利对我说，"我给你钱，你把我拉到村里。要是有人问，你就说我从舒姆拉蒂查来，是斯托伊乔家放羊的。我腿瘸，因此你拉我。我办这事，不要太长时间，也不会杀人。"

"拉你回家吗？"

"不！要回家，得自己人拉。你就把我撂在客栈里。"

经过一片树林时，他摘下一些山毛榉叶子，放在嘴里嚼起来。

"咱们这一带呀，"他说，"树叶就跟烤羊肉一样香！安纳托利亚②的树叶不能治病，那儿的水呢，对不起，就跟泔水一个味儿。"

见了水槽，他又停了下来：

"等等，喝口水！"

他下了骡子，喝过水，又把脑袋伸到水槽下淋水，然后再就着水，用两手梳理前额上的头发……

进了松林，他在一棵树前停下来，摸了摸树，然后把它

① 奥德临，古代又名阿德里亚堡，即今土耳其西北部城市埃迪尔内。该市靠近保加利亚边界。
② 安纳托利亚，土耳其东部地区。

抱住：

"松树呀，松树，你在巴尔干山，我却流浪海边！"

进了村，我们直奔客栈。他戴上凉帽和胡子，从从容容地从街上走过，谁也没有瞅他一眼：那时许多人蓄着大胡子，村里差不多有一半的人戴着凉帽。

我们朝格格里查的客栈走去。一路平安无事。

"你先回家拴骡子，然后再转来，咱们在酒馆里吃晚饭。总得有谁陪我吃饭。"阿利对我说。

我回到家，拴好骡子，要我老婆吃完饭自己先睡，而我却又返回酒馆。酒馆的窗户透出灯光，里面人声鼎沸，大家又唱又叫……我提醒阿利说：

"伊布里亚姆，咱们别进去！我回家拿点奶酪和面包来，这比你在酒馆里吃得香。"

我这话等于白说。他进了酒馆，我跟在他后面。酒馆里热气腾腾，烟雾缭绕！有人在烤肉，有人在演奏风笛。一支歌接着一支歌，使你简直不会相信，这平常干活的日子，竟像打谷场上一样热闹，竟有这么多人聚在一起，又唱又跳……这到底是咋回事？原来，一些猎人今天打了一头野猪，正在这儿烧烤，喝酒吃肉。列沃切沃村的德鲁柳为他们吹奏风笛。许多人站在旁边看热闹。

我们在屋角找到一张桌子，坐了下来。阿利订了一份烤鱼加豆角，吃了起来。这时，酒馆里歌声不断……谁都想哼几句。阿利一边吃，一边打量着那些猎人。猎人们尽兴唱着。突然有人——到底是谁，我没法对你说——向德鲁柳喊道：

"德鲁柳，来一首《鲁芬卡》!"

德鲁柳开始演奏《鲁芬卡》，边奏边唱。布鲁什拉也唱了
起来。接着，三个人、四个人……所有人都跟着唱起来。围
观者拍手助兴，天花板开始震动。店老板格格里查往一个酒
杯里斟酒，酒溢出杯子，他没发觉，继续斟着。肉烤焦了，
无人过问，烤肉的人都直挺挺站着，被歌声迷住了。

阿利忘了往嘴里塞东西。他端起酒杯，既没喝，也没放
下。他使劲捏着手指，把手指捏得发青，脸像石头一样没有
表情！耳后，只有一根蓝色血管在不住地跳动！歌声传得越
远，血管就跳得越厉害。他的两只眼睛直愣愣地看着前方，
似乎看见了一切，可又啥都没有看见。

我觉着要出事，但还没等我想清楚会出啥事，阿利就猛
地站了起来！像是一阵龙卷风把他托了起来。他向歌手们走
去。谁都还没有搞明白是咋回事，他就放开了歌喉：

> 鲁芬卡病倒啦，
> 在那高山之巅……

大家听傻了，都闭了嘴。只有德鲁柳还在演奏。

"拿酒来!"阿利喊道，"举杯!"

倒酒，碰杯，酒馆里一片嘈杂声，但阿利还在歌唱。他
唱，德鲁柳演奏。大家听着，听着，时而瞅瞅歌手，时而又
相互瞅瞅，使着眼色。

我感觉事情不妙，抽身就走。回到家里，我老婆已经听

说，伊布里亚姆—阿利回村来了。我躺下，想睡，可心里总犯嘀咕："快去告诉他，他被认出来了！快去救他！"

我翻身下床，要到酒馆去。老婆不放我走。我一再叮咛她，不要乱传话。到了酒馆，我挤到阿利身边，向他嘟囔道：

"大家把你认出来啦！"

他说：

"我想唱，还要唱！要是谁想抓我，那就请便！"说着，他把酒杯送到我嘴边："喝酒！"又对堂倌说："拿酒来，我请客！把门关好！"

随后发生了啥事情，我就不大清楚了。大家喝呀，喝呀，最后全都醉了，都倒在了桌子底下。等天一亮，阿利付了酒钱，对我说：

"把骡子牵来，咱们走！"

我虽说喝多了酒，可我明白，格格里查在不住地瞅我。要是我跟阿利走，他准会报告警察局，那我就再也回不了村子了。于是，我昧着良心说：

"你是谁？我不认识你。我不拉你！"

阿利恶狠狠地盯着我，然后拔出手枪：

"快走！要不就毙了你！"

"既然逼我，"我说，"我只好从命！"

我们骑上骡子。我走在前面，他跟在后面。穿过村子时，我们一言不发。出了村子，他抽了骡子一鞭子，同我并排走在一起。他问我：

"你说你不想拉我，是真话还是假话？"

我羞于说出真情，就骗他说：

"我是故意那么说的，并非不想拉你。"

"那你看着我的眼睛！"

天已大亮，一切都已清楚，我哪敢看他那双眼睛？

"哼！你骗我！"他说，"你在骗我哩！你骗我，是吧？"

我于是向他吐露真情：

"我是骗了你！因为你知道，你有地方可去，可我走投无路。就是这么回事！谁再骗你，他就不得好死。"

"那你干吗不早说呢？"阿利嚷了起来，"我不要你这种马夫！我本想把我攒下的里拉分给你，可你既然害怕，那就回去吧，现在回去还不晚。再说，我认识出国的路，没你也行。回去吧！别怕，我不会朝你背上开枪的！"

我真后悔，但悔之晚矣！不为里拉！不为他的里拉！只为我欺骗了他！

"阿利，"我对他说，"如果你需要，我可以跟你走。真的，不骗你！"

"是想分我的里拉吗？"

我无话可说，简直像是挨了一巴掌。我拉拉一匹骡子的缰绳，想走，而把另一匹骡子留给他。临分手时，我又对他说：

"我还想忠告你两句：你听着，这是心里话。全村人都知道你回来了，而你有前科！店老板格格里查是警察局的侦探。想打断你腿的凡达克利的狗崽子，就是他大儿子费夫齐，也在酒馆里看见你了。阿利，你要穿林子，别走大路！"

他只说了一句：

"你走吧！"

我走了，再没回头。走到村边草场，我听到枪响。我想：
"预料中的事情终于发生了！"

我很害怕，没有回家，而是去了客栈。

"强盗呢？"格格里查问我。

"走啦！"

"你呢？"

"他不要我！"

"这就是说，你想跟他走，是吗？"

"是想跟他走，你他妈的混蛋！我想跟他走，可他不要
我！要当强盗，你我都不够格，明白吗？你这个混蛋！"我举
起鞭子向他抽去，他接连缩了五六回脖子。

我们相互卡着对方的喉咙，大家好不容易才把我们拉开。
这时，远处传来马蹄声。当我弄明白是咋回事时，我看见我
家骡子走了过来。它拉着一架板车，坐在板车上的正是被捆
绑了的伊布里亚姆—阿利。他穿着一件白衬衫，上面沾满了
血迹。（由于这些血迹，在他死后，他又有了第三个名字——
大家戏称他为"彩色阿利"。）走在板车后面的是一个卫兵和
凡达克利的狗崽子。他们在客栈前一停下，我就跑上去问
阿利：

"你受伤啦？难受吗？"

阿利的眼睛没有光彩：

"不管难受不难受，总之完啦！好在大伙会用老家的土壤

把我埋了……"

话还没有说完，一口鲜血就从他嘴里喷了出来。

"阿利，阿利！你醒醒！"他瘫在我的胳膊上，头一歪，断气了。

"快给他松绑！"我冲狗崽子费夫齐嚷道。可他回答我说：

"按脑袋领赏——管他是活人还是死人！"

然后是警察、宪兵、法医……问这问那……有人想看看他是不是长着两个心脏。又有人说，真奇怪，两颗子弹从他身上穿过，他居然还活了一个半小时，直到把他送到客栈！

此后，大家要我为他操办后事。我用老家的土壤掩埋了他，还给他立了一个石碑，献了一束花……许多年过去了，我心上总有一块疙瘩：要是我当初跟他走，他会逃脱这种厄运吧？会逃脱吧？每每想到这一点，我就去找算命先生：

"先生，人真的有命吗？"

"我已对你说过多次：有命！不过，人的命不在人之外，而在人之内。拿你这个阿利来说吧：要是他不迷恋唱歌，谁都不会发现他，害死他……他强健，威严，可是，要我说，他把唱歌看得比命还重。"

考验

打桶这门手艺，耗去了我六年时间！两年花在山林里——识别哪些大树适合锯成像样的木板；一年锯板，一年锛木，另外两年学习刨板和把桶板拼在一起。此后，要使大家承认你的手艺，你还得蒙上眼睛，把木桶组装成件。十二个桶匠把你团团围住，看你如何蒙着眼睛组装！你打好了桶，还得灌水试试。要是漏水——再回去当你的学徒；要是滴水不漏——大伙就给你结上腰带，算你出师。

这种考验很严峻，但是，我在此后遇到的另一次考验，却使我终生难忘！

在我结上出师腰带后，足足有半年时间，我几乎一事无成。我花六个月打好的五只木桶，全都泡汤了，只有三四个木盆换得一些奶渣。要不是我妈给我采蘑菇，煮蘑菇，家里真的会断炊。我爹年迈多病，不能干活，而我自己还是个光棍。我已经到了结婚的年龄。

就在这节骨眼上，有一天，哈姆巴尔德雷村的卡拉·苏柳·皮亚尔科夫斯基出人意料地跑来对我说："你给我打一只大桶，要装三百奥卡①奶渣，还要让我的两只手都能够到桶底。你行吗?"

"行! 干吗不行?"

"三百奥卡，能两手够到桶底?"

"三百奥卡，能两手够到桶底!"

"那就动手吧，"苏柳委托我说，"康斯坦丁日②那天送到我家里!"

他没有出价，骑上马就走了。我这时才想到，他订做的这只大桶有点不对劲：要装三百奥卡奶渣，还要在俯下身子时，两手能够够到桶底，这咋成? 要使两手够到桶底，这桶就不能太深，而要能装三百奥卡奶渣，桶的高度和宽度就要大体相当。

我于是去问我爹：

"有人订做一只大桶，要装三百奥卡奶渣，还要使两只手都能够到桶底，这咋办?"

"如果你是个桶匠，你就打!"我爹说，"如果你打不了，这就坏了桶匠的名声。桶匠的名声最要紧!"

我开始打桶，不惜力气打了一只极棒的大桶——这么说吧，完全符合要求! 桶高等于桶宽——松木的，木板白得像奶酪! 我反复试了上百次，看看两手能不能够到桶底——结

---

① 奥卡，土耳其、保加利亚等国的重量和容量单位。在保加利亚，1 奥卡 = 1.282 升。
② 康斯坦丁日，保加利亚宗教节日即命名日，一般在 5 月下旬。

果毫无问题！我把大桶拆成木板，装在骡子背上，然后就绕着弯道，向哈姆巴尔德雷村奔去。我在苏柳家院子里把桶拼好，刚刚安上桶箍，就看见主人回来了。乍见大桶，他很高兴，可是，他在摸了摸木桶，摸了摸藤箍后，情绪低落下来，皱起了眉头。

"师傅，这木桶打得不错，只是桶箍不够结实！……一只大桶，能装三百奥卡奶渣的大桶，用的却是藤箍，这行吗？市面上没有铁箍吗？"

"你到镇上买铁箍吧，买好后叫我一声，我给你安上，"我对苏柳说，"现在就使藤箍！藤箍比铁箍更牢靠！"

"不管牢不牢靠，我都想用铁箍，要不大伙会笑话我，说我卡拉·苏柳没钱买铁箍，只能用藤箍。"

在我同苏柳论理时，院子里拥进了一大帮人，其中有女人，有苏柳的孩子，有他的邻居，还有清真寺的毛拉。这村子偏僻，谁都没有见过能装三百奥卡的大桶——都想来瞧一瞧。有人摸出烟杆，有人捋着胡须，有人窃窃私语。

"哎呀呀，瞧这桶！好大！要是铁箍，真就没治啦！"

卡拉·苏柳问毛拉有何高见。

"这种藤箍，"毛拉说，"要是把桶放进地窖，滚来滚去，箍不折断，那就真好！"

我向毛拉解释说，如果木藤是从向阳的地方砍来的，安在桶上不掉渣，又在雨中淋过，它就一定柔软、结实。

"你把我们看成波马克人了，"毛拉回答我说，"以为我们是傻瓜吗？你把桶拿到院子里滚几圈，要是藤箍不掉下来，我就马上把我的胡子剃光!"

我像是鬼迷心窍,说:

"毛拉呀,要滚木桶,这院子太小! 我干脆就从这儿滚到下面的山谷里! 要是藤箍断了——随你咋取笑我,要是没断——你可说啦,我就剃了你的胡子!"

"我让你剃!"毛拉说。

一帮大爷发现我们狭路相逢,就怂恿毛拉继续打赌。毛拉仍然一口咬定:

"要是从这儿往下滚,撞上石头,那就碎成一块块木板——不再是木桶。木桶飞啦!"

"好吧,"我说,"拿水来!"

大家给我提来一桶水,我就把藤箍浇透,然后把木桶滚到崖边。我往下看,好家伙,这哈姆巴尔德雷狭谷峭壁千仞,乱石嶙峋,谷底的小河水流湍急,浪花翻滚。我心里想:"但愿上帝保佑我的好桶!"可在表面上,我却装出一副若无其事的样子。我直起身子,一推大桶,马上把脸转到一边,不想再往下看。"砰砰"一声过后,悄无声息。又是"砰砰"一声,又是悄无声息。看来,木桶在第一次撞上岩石后,飞了起来,第二次撞上岩石后,又飞了起来,等它再撞上岩石时,哈姆巴尔德雷狭谷里就发出了一连串"轰隆隆"的声音,仿佛整座大山都被推倒了。

对面山上的一群山羊受惊了。羊脖子上大大小小的铃铛响了起来,一条条牧羊犬仰天狂吠,站在山上看热闹的人们也开始喊叫:"木桶滚下山啦! 木——桶——!""桶还好好的!"

听见喊叫声,我回过神来,往下一看,只见木桶正在水里打转。一只白色的、漂亮的大桶完好无损。它忽而浮出水面,忽而沉到水里——随着河流的漩涡不住地旋转,一旦碰到岩石就发出轰鸣。碰到河那边的岩石——"啪!"碰到河这边的岩石——"砰!"既像炮弹出膛,又像炸雷巨响。毛拉的脸色犹如一张白纸,这帮大爷低头瞅着地面,苏柳则满头大汗。他扯下帽子,那颗脑袋活像一堆冒着热气的牛粪。

"请躺下,我要剃胡子!"我对毛拉说。

"别动!"卡拉·苏柳求饶说,"我给你两倍桶钱。没有了胡子就没有了毛拉!"

"他早该想到这一层!把剃刀拿来!"

理发师傅不在场。

"那就找一把剪刀来!"

大老爷们这时开口了:

"给你三倍桶钱!别这么干!"

"就是给我五倍桶钱,我也要剃光毛拉的胡子。"

有两三个人拔出刀子:

"往后退!"

妇女和儿童全都不吱声了,渐渐后退。我操起一把斧头。

"我把你们剁成几段!"

我现在讲到这儿时,真还有点后怕。不过,我那时昏头昏脑,啥也不在乎。再说,我也有理:为打这只桶,我使尽了吃奶的力气,而这些无耻之徒竟然不肯掏钱,竟然要嘲笑我的手艺，蔑视我的劳动！

"请坐下，你这毛拉！我给你剃胡子，一定要剃！"

我从骡背上取下鞍子，让毛拉坐在上面。卡拉·苏柳的老婆拿来一把剪刀，我就开始给毛拉剪胡子。我一节胡子一节胡子地剪，慢慢地剪！汗水顺着毛拉的耳背直流，但我没有停下来。我一边剪胡子，一边听见木桶还在河里发出"砰——砰——砰"的碰撞声。人们爬到围墙上、房顶上看我剪毛拉的胡子，而那些老大爷们仍然瞅着地面，不敢抬头。卡拉·苏柳紧盯着我的两只手。

"师傅，行了吧！"

当我剪完最后一绺胡子时，毛拉双手捂着脸，哭了起来。

"咱们再也没有毛拉了！没有毛拉了！"

我骑上骡子就走：

"再会，尊敬的乡亲们！千万记住你们嘲笑过的利尤师傅！"

谁也没有说一声"再会"，也没有说一声"走好"。

我镇静下来，暗自高兴——我没有辱没自己的名声。快进村时，我才想起还没有要钱。我爹年纪大，还有气管炎，一咳起来就支持不住。但是，我很怕他。为啥呢？连我自己也说不清楚。只要他盯一盯我的眼睛，我就像羊羔一样温顺。

我终于到家了。门一开，我爹就迎面走来。他没有说一声"你好"，也没有说一声"你干得不错"。

"把桶卖了吗？"

"没有。"

"为啥?"

我向他讲述了事情的经过。说得清清楚楚,毫无保留。

"趴在地上!"我爹对我说,"特伦达菲娜!(我妈叫"特伦达菲娜")把棍子拿来,收拾收拾你那些大麻种子!"

我妈拿来棍子。我爹敞开院门,用棍子打我的屁股。他打了五六下,喘不过气来,就把棍子递给我妈,自己却站在旁边数数,直到我妈打到十下为止。

"起来吧,"他说,"你不算傻。让我搂搂你!因为胡涂,你挨了棍子。因为剪了毛拉的胡子,我赏识你。"我爹抱着我亲了亲,然后又说:"是条汉子!秋天就给你成亲!"

"钱从哪儿来呢?"我妈问道。

"只要有手艺,钱会自己找上门来。"我爹对我说。

我爹说得一点不假。在我剪了毛拉胡子后的第四天,默罕迈德这个大户人家的二小子和那个瘸子萨利赫,就从哈姆巴尔德雷村赶来找我。

"请你去一趟我们村子,把那木桶捞起来!大老爷们说啦,只要你把木桶从水里捞起来,他们就给你付钱!"

还没走近哈姆巴尔德雷村,我就听见木桶还在撞击河岸,像大鼓一样发出"砰砰砰"的响声。大老爷们正在等我。

"这是三只桶钱,可你要把木桶从河里捞上来,别让它再'砰隆砰隆'乱响!孩子们都很害怕,我们也三天晚上没合眼。"

要把木桶捞上来,有啥办法?哈姆巴尔德雷狭谷的谷底有九个人那么高,乱石嶙峋,水流湍急,翻滚的白浪使你看不清哪是岩石哪是水。木桶在漩涡中打转，忽而撞击左岸，忽而撞击右岸，你无法把它抓住。两岸的峭壁光滑得连蜥蜴也无法爬行，何况是人！

"拿绳子来！"我说。

有人从毛驴身上解下一根绳子，把绳子的一端结在我的腰上，另一端则由几个男人拽着。我要他们慢慢放绳子，一等我把木桶拴好，就连人带桶往上拉。

大家用绳子把我放了下去。谷底像一口大锅。当我的两腿没入水里时，我心里害怕极了：河水像活了一样，汹涌澎湃，疯狂咆哮。天才知道这墨绿色的河水有没有底！我从小就没下过水，不识水性。我要大伙继续放绳子，让我探探河底。水淹了我的脖子——仍不见底！我大声喊叫，要大伙把我拉上去，可谁也没有理睬。河水狂噪，大伙装着啥也没有听见。我意识到：他们想把我淹死。这时候，我，利尤，仿佛变成了两个人。一个人说："利尤，回去吧，他们要把你毁了！"另一个人则说："宁死不屈！"我大声喊道："我就当第二种人！"我要那些男人拽紧绳子，同时在水里划动自己的两只脚，指望木桶从我身边滑过时，我能用腿把它夹住。

木桶在水中翻滚着，突然向我冲来。我试图用腿去夹。可是，我的裤子灌满了水，两腿抬不起来，总是下沉。木桶被水冲过来，又被水冲走了。真见鬼！现在咋办？不脱裤子，事情难办。我脱掉裤子，原先站在男人后面的女人全都闭上了嘴。她们有的往东跑，有的往西跑——跑得一个不剩。等木桶再滚过来时，我终于把它抓住了。我两手紧紧抱着大桶，要上面的人快往上拉。

上面的人开始拉绳子。但是，我觉着，越往上拉，似乎越沉。泡过水的木桶比原先重四五倍。绳子刚刚把我拉出水面就不动了。

"使劲呀！"

"拉不动！"上面说，"太重！"

大伙把绳子往上拉了一段，停了下来。歇了歇，憋足劲，再往上拉两三段，又停了下来。我抬头一看，登时发现，绳子差不多被岩礁磨损了一半。一丝丝纤维悬在那儿，让人心惊胆战。我在心里问自己："唉，利尤，看你现在咋办？要是把桶扔掉，那些人会把你拉上去，这倒不坏，可是，要是绳子断了，你掉进水里，那不是鸡飞蛋打吗？……如果仍然抱住木桶，绳子准被拉断，那你也要掉进水里。"

"要不要保住木桶？下决心吧！不然，绳子就断啦！"我下了决心："保住木桶！"于是，我向上面喊道：

"再找根绳子来，这根快断啦！快一点，要不我就掉下去啦！"

上面的人乱腾起来。最后，总算有人回村拿绳子去了。可你知道，这有多急人吗？他们就像乌龟爬行那样慢腾腾，慢腾腾，而在我头上差不多一米的地方，粗粗的绳子在一股一股地被扯断。还没等我喊出"我掉下去啦"——我已经落进水里。我的脑袋时不时沉入河水，飞溅的浪花直扑我的眼睛，但我仍然紧紧抱住木桶。岸上有人在喊：

"沉下去啦，沉下去啦！"

但是，他们见我仍然抱着木桶，就又喊道：

"还活着，活着！快拿绳子来！"

等大伙拿来绳子，我在漩涡里遭的那份罪呀，不管是我的朋友，还是我的仇人，谁都还没有体验过。木桶太滑，很难抱住，何况头上波浪翻滚。我抱着木桶，一次次撞在岩石上，又一次次被弹出老远，我压根儿就想不到我的两只手是不是会被撞断！我的两只手猛被一击，浪头就灌我一口水：我感到我正在地狱里受苦受难，一股股水流就像钻头一样，仿佛就要把我的身子钻穿。我突然意识到应当扑到桶上，让木桶听我使唤，于是我就使尽浑身的力气，蹿上了发疯的木桶，露出了光溜溜的屁股。

岸上似有一百张嘴在喊："好小子！""好样的！"我这时才看清楚，河两岸站满了人。当我两腿夹着滚转的木桶时，我只担心一件事：藤箍不会出事吧？该不会在这最要命的时候折断吧？"我心爱的藤箍呀，你要挺住，"我在心里暗暗祈祷，"你要挺住，救救我！……你要挺住，救救我！"

我一边祈祷，一边死死夹着木桶。一旦木桶冲向岩石，我就伸出两腿去顶，不让木桶撞在石头上。最后，两根绳子终于拿来了，吊下来了。我用一根绳子拴住木桶，用另一根绳子捆住自己——咋捆的，只有我才知道。这时，我大声喊道：

"拉呀！"

木桶被拉上去了。接着，我也被拉上去了。我的两条大腿血淋淋的，膝盖上露出白肉。有人给我送来裤子。我骑上骡子，直奔哈姆巴尔德雷村。有一个人，好像是毛拉，给我牵着骡子，其他人则跟在后面——看不到尾。木桶也被大车拉着。大老爷们把木桶安放在清真寺里，然后宣布说：

"这只木桶就放在这儿，属于全村所有！"

他们问我同不同意。

"我同意，不过有个条件，就是让卡拉·苏柳站到桶上去，当着大伙的面说上三遍：藤箍比铁箍更牢靠。"

卡拉·苏柳登上木桶，不但说了三遍，而且还补充说道：

"老少爷们，这位师傅做的藤箍最好！藤箍确实最好！"

大伙给我付了桶钱，而且还为这只不太值钱的旧桶，额外送给我羊毛、蜂蜜和蜂蜡这三样东西。我爹在看见我拉着这些东西回家，又听我说明我为何穿着别人的裤子时，他把两只眼睛睁得溜圆。

从此以后，订桶的顾客踏破了我家门槛。生意兴隆，财源茂盛。老匠人们也一个个登门向我求教。要知道，那时这一带有一百二十个桶匠！

虽说有一百二十个桶匠，可没有一个人像我这样，曾经在哈姆巴尔德雷狭谷里骑过发了疯的木桶，也没有一个人剪过毛拉的胡子。

纵火抢劫

　　不管别人咋想，反正我要高喊："电影万岁！"是呀，想当年，就连骑兵队伍也来买我们的燕麦，咱村可是福星高照。秋天一到，骑兵大尉就来收购燕麦，还留下鼓鼓的羊肉馅饼。随后，我们把燕麦搬到骡背上，驮运队就下了山，直奔插着国旗的小镇去了。当时燕麦很吃香，因为它是骡马的精饲料。我当过骑兵，知道骡马只有吃了燕麦，才能长出好鬃毛，精神抖擞，大声嘶叫，颠得骑手无法射击，喊不出"乌拉"。糟糕的是，机械化部队后来换掉了骑兵，燕麦就用来做面包，被吃光了。大伙本想千方百计保住燕麦，可是，住在镇上的农业生产合作社的头头们下了一道命令："种啥燕麦！手工生产，成本高！就种土豆和烟草！"

　　种土豆就种土豆。可是，地里冒出了花里胡哨的小甲虫。我们逮这些小甲虫，就像在地狱里受煎熬，那滋味没法对你说。打从那时候起，我们就同小甲虫干仗，用火烧，用手掐，展开了一场白刃战，还变着花样用毒药杀死它们。小甲虫特别顽强，拼命生儿育女。我们整个夏天都在收拾这些家伙，可到了秋天，要么只刨出一点点种子，要么就一无所获。

再说，人手也减少了。年轻人不愿留在村里，住户稀稀拉拉，屈指可数。咱村不像别的村，这儿无人再盖新房，虽然已经通了电，建了蓄水池。至于别的，谢天谢地，电影制片厂依旧把咱村当成拍摄有关解放以前的事情的外景基地。电影厂的人东奔西跑，可除了咱村，在别的村子压根儿就找不到石板盖顶的小房、曲里拐弯的街道、石头铺成的马路和乱乱糟糟的小酒馆，也瞅不见还有人穿着老式皮鞋。他们一开拍就停不下来……啥电影没拍过呢？这么说吧，只要是讲解放以前或者土耳其统治时期的事情，十之八九会到咱村来。

拍着拍着，他们觉得拿我们当群众演员倒挺方便。再一琢磨，也很合算。要是从别的地方把人弄来，那是白花钱。还有，一个导演对我说（他其实没有冲我说，而是对一个摄影师说）："你瞧，这帮人原汁原味。"我开初不懂这话是啥意思，也不知是好话还是坏话，就跑到多布拉克村问一个教员（咱村的学校去年就搬走了，我们没有教员）。教员向我解释说，"原汁原味"嘛，这么说吧，就是土里土气，只有咱们这地方才有，老早以前的东西……正宗哩。

"你们挖过多年煤，因此，你们现在还猫着腰走路，就连护林员也瞅不见你们。城里人呢，走起路来又是另一副样子。城里人变不成乡下人，他们走路不像乡下人，脸蛋也不像乡下人。要想让城里人有你那样的皮肤，就得让他们站在狂风里待上三十年。这就叫原汁原味。"

我后来听见导演为演员们说戏："好好瞧瞧，农民都把两手放在哪儿。他们不是把手插在裤兜里，而是插在皮带上，对吧?"导演要我做给演员们看看，该把手放在哪儿，该咋样用一只手，而不是像有个演员那样，用三个指头牵骡子，该咋样擤鼻涕，该咋样咳嗽，该咋样卷烟，总之是要原汁原味……脸蛋不是原汁原味，女化妆师就修修刮刮，抹上油膏，粘上胡子，只是没法让眼睛冲血。要是扮演宪兵或者强盗，你就得两眼冲血，眼睛里有一团火。导演要我们的眼睛里有一团火! 他拿着话筒喊道: "眼睛里要有火呀，要有火!"火——哪儿去找火? 我们已经上了年纪，老啦，瘦啦，不易冲动啦。导演说: "注意，要两眼通红!"可这不成。眼睛里的火光不是说有就有，得"内心"动怒。于是，我们要导演给我们每人一瓶茴香酒，因为喝了茴香酒，眼睛里就会充满血色! 不过，有个人的眼睛红得没法说，简直就睁不开啦……而导演要他眯起眼睛。据说，当年的强盗就是这么瞅人的。

你瞧，导演真有能耐。

你当群众演员，就付给你五个列弗，闲下来时还可以看热闹。可也并非总是看热闹，没事干，也有筋疲力尽的时候。你要东奔西跑! 一会儿集合，一会儿帮点啥忙，还要被人使唤着拌嘴吵架，大喊大叫! 也得装模作样，哭哭啼啼，够你忙活的。

我们要表演土耳其人向我们发起进攻，要表演大伙聚在一块玩耍，还要表演我们迎接游击队员。然后，我们又变成了宪兵，只不过当宪兵的机会不多，因为付给宪兵的钱不是五个列弗而是七个列弗。我这人干瘦干瘦的，在骑兵里混过，因此就让我演了三回宪兵，可到第四回，我干不动了。最后一部电影叫啥来着？我记不清是《大虾斗鱼》呢还是《鱼斗大虾》，总而言之，这个名字容易搞混，我就在这部电影里当过一回警察。后来，我到镇上买啤酒，有一个人在窗口里对我说："你是不是在解放前当过警察？我见过你。"

从此以后，我就不再扮演警察，哪怕是电影里的警察……

我还扮演过强盗。那是老早以前的事了。

我们习惯了拍电影这种活计，就设法讨好、巴结长着大胡子的有学问的人。不过，娘们儿也跑来凑热闹。她们穿着乡下人的粗短毛衣，让人瞅着就想笑，可她们也能挣到五个列弗。这比对付花里胡哨的小甲虫强多了。

这个行当越干越让人上瘾，虽说我们同某些导演有过一丁点儿别扭。这些导演从镇上弄来一大帮群众演员，各色各样的人都有，可我们说"这不行"！我们给他们停了水，断了电。咱村的变电站本来就不灵光，我们又有一个坏了的电炉子，只要给电炉子通上电，立马就短路。等到请来电工师傅，一天的时间过去了。这些导演终于明白，跟我们作对没有好处，只好善罢甘休。

再说，电影厂的人也使惯了我们。起初，他们一吵架就躲到一边，怕我们听见，现在倒好，敢当着我们的面争吵。多数人蓄着大胡子，你分不清谁个官大，谁个官小。只要发生争执，半天都消停不下来。我发觉，只要两个大胡子凑在一起，那就吵个没完。要是一个人有大胡子，另一个人没有，那就容易和解。

有一回，我同其中一人喝多了酒，就问他干吗是这样。他说："就是这样，因为那些大胡子总以为我们是草包。"

我觉着，小胡子导演和颜悦色，嘴上没毛或者剃了胡子的人就脾气大，也更忙，只要他们开动摄像机，你就休想偷懒。他们要抢拍纵火的场面……还有抢劫，因为纵火抢劫的电影更受欢迎。先是烧了地边一个窝棚，后来又烧了一个羊圈。他们烧得顺手了，就干脆烧起房子来。拍电影时看见火光和浓烟，实在可怕。烟雾越大，效果越好，因此，大伙就往着了火的房子里扔些胶鞋——旧胶鞋，这样烟雾就更浓。

刚开始，一听说"点火！"我们就吓一大跳，可到后来，我们搞明白啦，这对我们不是没有好处。烧一座房子付两千列弗，你还可以把家里的东西搬走——烧前只留下破筐子、烂麻袋，烧后还能捡些石板、半拉房梁和石头。你可以在原来的地方盖上新房。要是来了城里人，你给他地皮和留在地皮上的木料、石板，差不多就是双倍的价钱。既然房子不是白烧，大伙就都抢着干。

烧房子也很好玩。如果烧的是解放以前的房子，你就只烧不抢，因为房子有兵痞把守。要是烧土耳其统治时期的房子，除了烧，你还可以抢。一见马刀飞舞，女人们就四处逃窜，哭天喊地，男人们则手持木棒和斧头跟强盗拼命，真有意思……

最有意思的事情，发生在房子里的火烧得很旺的时候。这儿塌下来了，那儿咯吱咯吱作响，只是你千万不要靠得太近！大火熊熊，啥房梁啦，禽畜啦，统统都会被无情地烧光。

大大小小的耗子——所有活物都疯叫着往外跑。横梁塌下来，就像活人折断了腰，堆在楼板上的一双双老式皮鞋也在火里苦苦挣扎。马尔乔夫家的房子被烧塌后，那些老式皮鞋还被甩了出来，焦糊糊地在院子里翻来滚去，真够你瞧的！房子着火时，所有家什都像活了一样，搞得摄影师手忙脚乱，来不及拍下吐着火舌的一根压一根的横梁，也漏拍了那些老式皮鞋。导演事后训他说："唉，怎么搞的，下不为例。"

随后，大家四处寻找堆有老式皮鞋的房子，可就是没有找到。

这些电影拿去放映后，就连镇上的居民也认出了我们。那天我排长队购买黄颜色的瓷砖，店主一瞅见我就跟我打招呼："喂，小胡子！你就是那个那个……强盗！快到前面来，说说你想买啥！"

其他排队的人生气了——就我特别。他们要跟我评理，我就冲着他们嚷了起来："是他叫我到前边来的，因为我拍过电影，不必排队。"

我去买西瓜也没有排队。大伙认得你，尊敬你。再说，衣兜里又装着钞票。种燕麦、黑麦不是出路，种土豆又太费神，倒是纵火抢劫来钱快。于是，我们现在就到处打听会不会再拍电影……大伙望眼欲穿。但愿有一部电影把整个村子都烧光。电影厂的人给了我们一台咖啡机，于是我们就喝上了咖啡，外加白兰地。眼下在咱村，谁也不喜欢再喝葡萄烧酒。我们品着白兰地，巴望着再纵火，再抢劫，巴望着动作轻巧的女化妆师再来咱村，让我们用茴香酒使眼睛充满血丝。我儿子要我搬到镇上去，可那儿尘土大，我又在战场上得过气管炎，不适合住在那里。

申加洛夫·米蒂奥也跟我一个心思。他十九岁那年当兵，还做过税官，遇事有主意。他对我说："伙计，咱们就蹲在这儿，哪都别去，就折腾这些电影。从今往后，咱们有了奔头。"这个申加洛夫扮演强盗，我就操了一把斧子，躲在门后等着他。我们配合得很默契，比消防队员强多了……年轻人能从马背上跳下来，在地上打滚，可导演看不上他们。米蒂奥确实是原汁原味：他得过天花，一脸麻子，满嘴胡子，活脱脱一个土耳其人，谁也不能代替他。

他是原汁原味，我也是原汁原味。我们盘算着，要是再拍烧房子的电影，我们就当仁不让。想想看吧，挖煤的人成了电影演员！不过，这么一来，山上的两千狄卡尔土地不就只能耕种一百二十狄卡尔了吗？村里的一千六百号人，不就只剩下七十二口了吗？我们到底活到了这个份上。我们见过花里胡哨的小甲虫，也见过骑兵队伍，可这些东西现时都不需要了，烧房子倒成了一种营生。谁知道我们往后还能见识些啥新玩艺儿呢……只要结结实实活着就成！

三位大娘

多布里·若特夫

[作者简介]

多布里·若特夫（1921—）生于保加利亚西部佩尔尼克州拉杜伊村，中学毕业后因从事反法西斯活动坐过 15 年牢，保加利亚人民共和国成立后编过《人民青年报》和《黄蜂报》，写过十余本诗集、小说和戏剧，其中以短篇小说集《过去的故事》、诗集《渴望》《暴风》等最为有名。

我不明白，我是怎么离队的。

我和大家正在执行一道命令：利用沟壑作掩护，从那儿越过顶峰，躲开迎面扑来的政府军。

沟里大雾弥漫，我迷路了。我看不见自己的同志，只能听到他们的脚步声。脚步声倒能听见，可越来越小了。真见鬼！

直到走出迷雾，我才看清到底是怎么回事。我走的这条沟，同支队走的那条沟是平行的，两条沟相距一百来米。这以后，我就往几乎相反的方向走去了。

我来到毫无遮掩的地方。政府军已经逼近。他们当然发现了我。要是我掉转方向追赶自己的同志，那就可能把他们的队伍和他们所走的路线统统暴露。

我朝四周张望——头上是顶峰，前后左右是稀朗的山毛榉，脚下是三十来座简陋的小房。

这种西部小村虽然缺吃少穿，但却以好客遐迩驰名。只要你打村子里路过，你碰见的第一个人尽管跟你素不相识，但总会向你问这问那，请你去做客。

我决意下山去。反正我是本地人，是从平原上回家的。我一面瞅着政府军的动静，一面小心翼翼地下了山。

政府军走一阵，停一阵。他们爽然若失，看来不知如何是好。随后，他们又上路了。

我放心了。这个花招耍得好。我钻进谷地，不让他们看见，心想："我就从村边过去，然后改变方向，在山那边同游击支队会合。这就躲过了政府军，如此而已！但愿谁也碰不到我。这一回，斯拉夫人的殷勤好客，说不定会使我感到头痛！"我把手枪和几个手榴弹藏在衣服里，加快了脚步。

但是，还没有走过村边的第一座小房，一个干草棚里就钻出一位大娘，挡住了我的去路。她身穿一件长至脚踝的连衣裙，包着一条黑头巾。她满脸堆笑地开口道：

"你好，孩子！"

"你好！"

我担心的事到底发生了，因为她不光打了招呼，而且还习惯性地脱口问道：

"孩子，你叫啥名字？"

"莫姆奇尔。"我随便编了个名字。

"莫姆奇尔吗？"她越发高兴起来，"我那小子也叫莫姆奇尔。他当兵去啦，跟你一样大，孩子。"

她继续说道："天哪，你们还小，可当妈妈的见不到你们的影子，听不见你们的声音。从小就盼你们长大，生怕有人欺负你们。你这是上哪儿去呀，孩子？"

我说了一个村子的名字。大娘惊叹道：

"哟，远着哩！你打哪儿来呀？"

我又说了一个村子的名字。她一拍手：

"我娘家在那儿，说不定知道你家。你是哪家的？"

谎言到此为止。我不能瞎说我是哪家的。我生硬地说：

"别再问我啦，多保重！我不想告诉你我是哪家的，打哪儿来，上哪儿去！"

"看你说的！……打搅你啦，孩子，咱们这儿的人就喜欢问这问那，晓得哪些该问，哪些不该问！"

我求她别再问，抬脚就走。她站着，站着，突然赶上来，抓住我的手。

"到屋里说去！"

我把手一缩，可大娘紧紧拉住我不放。没到过这一带的人压根儿就不知道，推脱不去是很不像话的。

我答应进去吃点面包再走。可是，这根本由不得我。大娘把我拉进屋，不是匆忙塞给我一点面包，而是摆上饭桌。

她又是切黑土般的面包，又是拿奶酪、腌菜和泡菜。

她上下打量着我，说我长得像她家小子，声音像她家小子，也跟她家小子一样惹人喜欢，就像她家小子回来度假一样。

我想起那支政府军，暗示说：

"我刚才躲过了一些当兵的，说不定你儿子就在里头？"

大娘顿了顿，两手搭在围裙上：

"我的莫姆奇尔在老远的地方。在舒门①当兵。"

听她的口气，好像政府军和游击队是一回事。她脸上挂着微笑，会心的微笑。这微笑似乎在说："你们追来追去，像是在耍儿戏！"

外面响起一个女人的声音：

"伦基娅大婶，该不是莫姆奇尔从部队回来啦？"

伦基娅把切面包的刀子放下，愣了一会。她不能不应酬，于是凑到窗前：

"莫姆奇尔，可不是我那莫姆奇尔，兰卡。我老家的一个小伙子来啦。"

"小伙子？"兰卡高兴起来，"我瞧瞧，像不像我家小子尼克伦。"

兰卡进了屋，在连衣裙上擦擦手，抱住我就亲。

我听说，她有一个小子当兵，名叫尼克伦。我长得也像他，特别是眉毛。兰卡大娘瞅着我，心醉神迷，然后脚步生

———

① 舒门地区位于保加利亚东部。

风地回家去端刚挤的鲜奶。

她一出门，第三个大娘——卡拉维利娅不打招呼就走了进来。她说我又同她当兵的小子格尔根长得差不多。

当兰卡大娘捧着一陶罐鲜奶进来时，卡拉维利娅大娘也不甘落后，急急忙忙回家拿梨去。她送来了满满一围裙梨。

但是，我甚至没有工夫瞅梨一眼。几个政府军的士兵已出现在山梁上。他们是离开队伍来追捕我的。

我蹦了起来。三位大娘面如土色。我走到窗前指了指政府军，然后朝门口冲去。必须快跑。伦基娅大娘把我拦住：

"别跑，孩子！你出去，准会被他们看见！"

她说得对。不过，待在屋里，他们也会找到我。

"说不定不来这儿！"

"会来的！"

伦基娅大娘双手抱着头：

"天哪，要是放你出去，准被抓住！……就坐这儿，孩子，要是他们来，你就是我儿子，当兵的，放假回家！"

"当兵的，"我停下脚步，"没穿军装！他们一眼就看得出来！"

兰卡大妈马上接上话头：

"你真说到了点子上！没啥，我这就把我男人的军装给你拿来。他退役啦，还藏着一套衣服。"

几个士兵下了山梁，直奔伦基娅大娘的小房而来。我猛然想到请三位大娘把我藏到草棚里去，可马上又意识到，他们站在高处一览无余，我一出去就会被发现。

除了穿上兰卡大娘拿来的军装，我再无别的出路。看来她男人是大个子，我没脱一件衣服，直接把军装套在身上。

三位大娘各就各位，就像是迎回了一个军人。卡拉维利娅大娘还哼起一支歌：

老妈妈心疼自己的儿子，
老妈妈可怜自己的儿子……

几个士兵由一名上士领着，径直闯了进来。卡拉维利娅大娘放开了歌喉。他们的眼前是饭桌、食品、三位大娘和我。

伦基娅大娘递给他们一瓶白酒，说：

"各位来得正巧，我家小子莫姆奇尔回家来歇假。请喝杯酒吧！"

上士犹豫不决地接过酒瓶。卡拉维利娅大娘搬凳子请他们坐，还问我有没有见到过他家当兵的格尔根。

我鼓足勇气，从容作答。

当官的喝了一口酒，问我在哪儿服役。我照伦基娅大娘刚才的说法，回答说我在舒门服役。酒瓶从一只手传到另一只手。

伦基娅大娘不住地劝酒：

"喝吧，孩子们，喝吧！"

"谢谢啦，这白酒真过瘾！"他们回答说。

当官的训斥道：

"放下！咱们是来值勤，还是做客？"

　　小兵还了酒瓶。屋子里死一般地沉静。上士还想问我什么，可卡拉维利娅大娘把话岔开了：

　　"既然来了，可不会让我们扫兴吧？请坐请坐，使劲喝。"

　　接着，她唱了起来：

　　　　亚尼纳山起大火，

　　　　烧着了几只小鹰。

　　　　鹰妈妈在天上盘旋，

　　　　对着小鹰呻吟……

　　这歌声梗在我喉咙上。我仿佛看见了正在盘旋的鹰妈妈，看见了大火熊熊的亚尼纳山，也看见了"小"鹰。霎时间，我忘了自己所处的险境。

　　但是，上士打断了歌声，又想同我拉话。他瞟了我一眼，问道：

　　"刚才下山的是你吗？"

　　"是我。"

　　"你，可那儿没有路！"

　　"我抄近道，"我解释说，同时又布下疑阵，"不知道你们看见的是我还是别人？"

　　"啊，别人！……是谁？"

　　"我不认识……"

　　当官的睁圆眼睛扫了几个小兵一眼，小兵们无动于衷地耸耸肩膀。

这时，卡拉维利娅大娘无缘无故地说，她要去拿她家的白酒，上好的白酒。她转身出了门。

上士把眉头一皱，字斟句酌地说：

"对不起，这是公事！为了避免误会，请让我看看你的证件！"

"完了。"我想，慢慢站起身来。猛地，我心里有了办法，含含糊糊地说：

"请等等，这就去拿！"

就在这时，卡拉维利娅大娘喘着粗气冲了进来，只见她头发蓬乱，连衣裙松松垮垮。她拼命喊道：

"那遭天打五雷轰的！你们坐在这儿盘问伦基娅的孩子，可你们要抓的那个家伙偷了我的小马！"

当官的睁圆眼睛盯着她：

"什么小马？"

"小马就是小马。在下边草场上，我放它在那儿吃草。我去牵马，可那家伙把我推倒了，他骑上马就跑得不见人影！"

"他带武器了吗？"

"带啦——背着枪，腰上别着手榴弹！那该死的！天哪，我就只有这匹马。"卡拉维利娅号啕大哭起来。

"别哭啦，"上士厉声说道，"你说，他往哪儿去了！"

她走到门口，指了指方向。当官的领着几个小兵追去了。他们在追赶莫须有的游击队员。三位大娘捅捅我，说：

"孩子，快跑！"

"趁他们还蒙在鼓里，跑吧！"

"孩子，就这么着，快跑!"

兰卡大娘哭了起来:

"你是咱们的孩子，咱们疼你! ……我的尼克伦也让当官的领着满山跑，追赶自己的兄弟吗?"

"是这样。"我回答说，脱下了军装。

"全乱套啦，孩子，"伦基娅大娘说，"你们就这样你整我，我整你?"

我感到为难了。这种母爱是发自肺腑的。她站得很高，使我难于令人信服地启齿回答。

我在躲进附近的一条深沟前，回过头来望了望。

三位大娘包着黑头巾，她们长至脚踝的连衣裙和系在腰间的围裙随风飘荡。她们一个挨一个地站在那里，目送着我，身影映在蓝天上，这就是伦基娅大娘、兰卡大娘和卡拉维利娅大娘。

我在 K 村的朋友

伊瓦伊洛·佩特罗夫

[作者简介]

　　伊瓦伊洛·佩特罗夫（Ивайло Петров，1923—2005）生于保加利亚东部多布里奇州布丁村。中学毕业后在瓦尔纳从事文书工作，后在索非亚大学学习法律。曾在索非亚广播电台、保加利亚作家出版社、文学月刊《火焰》和《文学阵线报》担任编辑，并充任国务委员会精神财富委员会顾问。著有长篇小说《捕狼队》《死刑判决》，中篇小说《生前生后》，短篇小说集《洗礼》等。

　　去年，我曾经同首都其他猎人结伴，到他们村去打猎。我们在山里转了一整天，傍晚时大家走散了，我落得只身一人。攀越一道悬崖时，我一打滑，掉进谷底，崴了脚。我沿着谷底爬行，还朝天开了两枪，但谁也没有响应。正当我无计可施，打算独自在山里过夜时，突然听见了脚步声。有人直冲我走来。老远看去，但见他背囊上斜搭着一只肥大的褐毛野兔。

"伙计,好哇!你咋啦?"

"不要紧……"

"这种事嘛,常有。俗话说,靠运气!"他收住脚步,"咱们走吧,天不早啦。"

我对他说,我走不了路。他放下背囊,靠着我坐下,摸摸我疼痛的脚,又轻轻为我搓揉。我端详着他的脸。这张宽脸上颧骨突出,短鼻子挺受看,一对含情脉脉的、微笑的、闪光的眼睛流露出一位老农的善良和敦厚。

我们上了路。他架着我走。但是,挪了不到一百米,我走不动,站住了。

"我来背你,"他说着,放下背囊,"趴在我身上!"

我推辞了好一阵。把一个陌路人当马骑,我过意不去,很为难。可是,他很犟,犟得要命。他扔掉那只在山里奔波了一天才猎获的野兔,把我背在背上。进村时,天已黑了。他妻子为我做了热敷。他们款待了我,跟我聊到半夜。我们就这样结识了,成了朋友。

每个星期六的晚上,他照例在小车站等我。见面时,他总用那句十分入耳的话跟我打招呼:"兔子可多啦!尤其是那块三年禁猎的地方,哪一丛刺花李下都有兔子,活蹦乱跳的……"

金卡大嫂站在门边等着我。她年逾四十,不过,操持家务还像姑娘家那样利索。她请我吃巧克力,或者要我看小人书——虽然他们的殷勤好客远远不止这些。大嫂摸清了我的嗜好和口味,像对离家很久的儿子那样讨我高兴。他们的儿子扎戈尔在城里念书，学的是工科，再过两年就要毕业了。扎戈尔已交上朋友，她也是工程师，是一位上校的女儿。夫妻俩不再为儿子操心，他好歹已能自谋出路。"我们眼下只带几个小的，等把他们拉扯大，就该歇歇啦……"我对这一家无所不知，懂得他们的欢乐，他们的忧愁，他们的希冀。

上一个星期六，我又去斯托扬老哥和金卡大嫂家做客。次日一大早，我听见了狗吠声。斯托扬老哥用链子牵着狗，亲昵地数落它们。早晨很静，空气潮湿，天上的星星渐渐隐没。晨光熹微中，对面的群山朦胧而粗犷，一起一伏，宛如驼峰。走了一小时，我们到了狩猎的地方。这是一个状似河床的盆地，四周的斜坡铺青迭翠。斯托扬老哥放了狗，它们一眨眼就钻进了密林。

我绕到坡上，堵住了被追赶出来的野兽将要经过的山道。我放下双筒猎枪，等着野兽跑来。啊，独自伫立山中，观赏慢慢醒来的秋之太阳，真是再妙不过了！蓝色的天空渐渐明亮起来，天穹升高，亮光耀眼。乳白色的雾气从山峰上飘然而下，聚拢起来，汇成一条神奇之河，在峡谷里汹涌澎湃。于是，群山像一位羸弱的少妇，现出了她那壮美的淡淡的哀愁、绝望和秀丽。林木葱郁的条条山沟直达顶峰，与天连接，犹如五彩斑斓的调色板，在阳光下熠熠闪光。然而，它们的响声是听不见的，能听见的却是由笼罩着群山的寂静谱成的一部交响乐。这种寂静如涓涓细流款款进入心田，令人感到甜丝丝的惆怅，使人浮想联翩。周围的一切都既伟大，又平凡。这种伟大与平凡会使你对人的天才产生疑团，因为一个人纵有天大的本事，他首先免不了一死，而这天空，这群山，这濡湿的树叶和树脂的芳香，这迷人的秋色，却是永恒不朽的……

猎狗在山坡上汪汪狂叫。当它们看不见追赶出来的野兽时，它们便住口了。但群山中仿佛还回响着它们沉闷的吠叫声。我不感到紧张，也不觉得心跳。一种惬意的困倦传遍我的全身，我沉溺于模模糊糊的思绪中。我瞅着一株高大的老橡树，猜测着它的年岁。倏忽，我仿佛看见树下有几个披着铠甲、戴着头盔的壮士。他们的旗子是用马尾做的。他们坐在树荫下，说着我不懂的话。他们用牛角饮酒，放开喉咙唱歌。我过去似乎听见过他们的歌声，这歌声在钻进我耳朵之前，好像已在我血液里涌动……

"快来哟！"

斯托扬老哥洪钟般的声音在山谷里回荡，搅乱了那古代的幻影。我竖起耳朵，但没有听见猎狗的叫声。斯托扬老哥还在喊我。

他站在林间空地上，抽着烟，瞅着地面。手里攥着一把刀，脚下躺着一只血淋淋的野兽。斯托扬老哥无动于衷而又好奇地瞅着它。

"哼，看你偷鸡！"他笑嘻嘻地说，"看你现在还能不能偷鸡！"

他从鼻嘴到尾巴活剥了一只狐狸，正拿它临死前的挣扎取乐。狐狸的两条前腿受了伤，其余地方却是好好的。只是它的皮被剥下来了。它竭力想站起来，呼呼地喘着气。仍然活着的肌肉还在抽搐。

"嘿，站起来……休想!"斯托扬老哥像孩子一样笑着说。他猫腰剖开狐狸的肚腹，又取出它的胃，兴高采烈地叫了起来:"看见了吗? 我就知道它偷吃了鸡。这是鸡毛! 现在可得瞧瞧它那个黑心是怎么个跳法!"他又猫腰割断狐狸的肋骨，把胸腔打开，"嘿，是它! 你看见心跳了吗?"

我确实在看。我想大喊一声，但既没有喊出来，又不能使自己平静。我感到头晕目眩，便往后一闪。然而，当我看见狐狸的心脏在这个农民好奇的目光下艰难地跳动时，当我看见有人若无其事地瞅着一个生命归天时，我心里一惊，抽身就走。我顺着坡地快步如飞，只觉得随时都会倒下，让人打开我的胸腔，好奇地瞅着我跳动的心脏。

我的好朋友斯托扬老哥惶恐不安地呼唤着我。我没有回去，也不会回去。他夺走了山中秋日的美景，也葬送了我们之间的友情。

老年人

柳本·斯塔内夫

[作者简介]

柳本·斯塔内夫 (Любен Станев，1924—2009) 生于保加利亚第二大城市普罗夫迪夫，毕业于医学院，当过军医，担任过电影制片厂总编辑。著有短篇小说集《蟋蟀之歌》《一个失眠的女人》，中篇小说《拉斯科夫一家》，长篇小说《冰封的大桥》等。其短篇小说多截取生活中的一个片断，向人们提出亟待解决的社会问题。

"你还不去呀？"老伴第三次催问道，用她的近视眼搜索着丈夫的目光。

丈夫从衣兜里摸出标有土耳其数字的怀表，艰难地打开表盖，举得远远地瞄了瞄，然后说：

"还不到时间……"

于是，老俩口又默默无言。老伴坐在藤椅上，身子周围塞了几个靠垫。她的下巴不住地慢慢翕动，而那双深藏在厚实的镜片后面的眼睛，老是瞅着一个地方。她已经翻来覆去想了上百次，想好了一套套说法，可就是没有把它倾吐出来。她有时觉得，由于眼睛高度近视，有些事情她无从知道，要不就是老伴瞒着她。她一向心安理得，相信俩人之间不存在什么秘密。四十年来，俩人形影不离，虽然说话不多，可彼此的心绪总是能够猜透的。最近，她的视力完全减退了。她再也看不清他的面孔和身子，但她别的感觉器官却反而变得敏锐起来。她现在甚至能从他的声音、他的呼吸、他的咳嗽，分辨出他的喜忧。三四天前，在他那个班的几个学生用树枝抽打他后，她凭着这种敏感，马上就猜到遭了不幸。就从那天起，老俩口各自坐在老地方，一待几个小时，相对无言，心事重重，就像当年获悉他们的独生子在德拉瓦河畔阵亡时一样。

　　直到今天，他们才稍稍放松了一点。他通过中学校长向教育部告了状，今天早晨接到通知说，有一位领导要他三点钟去听答复。这个消息给她打开了一条新的思路，但她仍然只字未吐，因为她心里有数：丈夫要说的准同她想的不爽分毫。只是当她觉得他时不时欲步又止时，她才对这次晤面能否成功产生了怀疑。时间这样短，怎么能调查清楚，做出决定呢？不过，她没有勇气道破自己的担心，只是提醒老伴说该走了，并且在听见他打开表盖的咔嚓声时，对他安慰一番。"大概他在看时间。"她揣度着，重又陷入沉思。

　　忽地，她终于察觉到，老伴从凳子上站了起来，正在扣他的坎肩。她凝视着他瘦长的身子，不觉一阵心寒。不过，她知道，他现在真的要走了，走前正心不在焉地左顾右盼。

"靴子在花盆旁边，"她想帮他一把，就离开了藤椅，"缠上厚围巾！——在衣架上。"

老伴在把这一切做完之后，又戴上黑礼帽，操起手杖，站在门边。

"回家时买不买柠檬？"他问道。她想了好一阵，才把嘴凑到他耳边，笑嘻嘻地说："兴许你记不住。别放心上。"

随后，她轻轻扶了扶老伴的胳膊。

"去吧，但愿顺顺当当！"

她听见他长叹一声，也模模糊糊地看见了他缀了两三个"补丁"的干瘦的脸。他羞答答地摸了摸自己的面颊。

"要不要把胶布撕下来？"他问。

"还早吧？大夫怎么说的？"

"不知道……贴着胶布到部里去，寒碜。"

她明白了。老伴向来敦厚、正直，大概怕人家说他装模作样。

"撕下来吧，"她柔声说道，"不过，你可要把事情全说清楚，何况……迪姆乔的事，也跟那位先生说说，要让大家知道，咱们的儿子死在战场上。"

"哎，再见……一会儿就回来。"

他又看了看炉子，添了一铲煤，然后出了家门。

这是一个寒冷的冬日，四围覆盖着软绵绵的白雪。这场雪是两天前下的，可现在还是那样晶莹闪亮。没有融化的雪仍旧附着在树枝上和房顶上，宛如千姿百态的绒花。周遭的一切都裹着肃穆的、清澈的白色，沉浸在温柔的、舒适的静谧中。

老教师走过的几条街道，都笼罩着妙不可言的宁静。冬天的景色把他带回到自己的童年。他觉得，儿时的冬天也像今年的冬天一样，积雪很厚，周围很静。在他老家一带的村子里，也就是他父亲教书的村子里，似乎总是铺满了善的光辉，大人都很亲切、温和，孩子们都陶醉在甜蜜中，很听话、温驯。那些遥远的冬日安详而肃穆，仿佛大家都聚集在一座宏伟而明亮的神庙里……

老教师收住了美妙的回忆。他已靠近教育部大楼。他感到几丝凉意，就像从暖和的屋子骤然走进冰窖一样。他不认识他要见的那位领导，可他相信，这位领导必定会站在他一边，对他表示同情。然而，一想到他又得把那天的事情复述一遍，他仍然感到脸上发烧。他不怕承认，他难以理解这些孩子。他也意识到，他无法对付他们，并因此常吃苦头，而他又不能离开学校。他现在还不到退休的时候，况且，他老伴身患重病，需要贵重的药品……

老教师在一间窄小的办公室里等了一会儿，就被领进一个宽敞明亮的房间。房间的尽头摆了一张办公桌，桌后坐着一位宽肩膀、留平头的青年。他穿着一件咖啡色衬衫，没有系领带。瞥见来人，青年起身向前走了几步。

"您好，您是鲍热诺夫同志吧?"这位领导说着，边握手边看自己的手表，"请坐!"

老教师摘下帽子，拘谨地环顾四周，但没有发现衣架，于是就坐下来，把礼帽放在一个膝盖上，把手杖夹在两腿中间。随后，他又前后左右看了一下。办公桌上有条不紊——铅笔全都削得很尖，墨水壶擦得干干净净，各种书籍摆得整整齐齐。这一切很合老人的心意，他对领导肃然起敬。

"我们研究了您的申诉，"年轻人靠在办公桌上说，"还有什么要补充的吗？"

"没有了，"鲍热诺夫回答道，"该说的全都写进了报告。"

领导回到座位上，猛地抽出一页纸，放在自己面前。

"是这样！您是说，二十五号晚上八点，您回家走到多布罗加街时，五六个男孩突然用树枝往您头上、脸上、背上猛抽。您认出了其中两人是您的学生伊万·帕夫洛夫和扎尔科·加内夫。就在不久前，这两个孩子还在教室里放过烟幕弹，搅散了家长会议。您当时就把他们查出来了，因为您此前两天发现，这两个男孩在上化学课时拿走了您的化学药品。您把这件事及时报告了校长，现在又断定，这些青年想向您报复。是这样吗？"

领导停止了单调的叙述，向鲍热诺夫欠着身子，两只相距很远的眼睛流露出急躁和愠怒的神情。老教师点了点头。"大概他太忙，才这样着急。"老教师想。但是，仍旧有什么东西压在他心上。"干吗像个侦查员一样盘问我？我不是找了一个证人了吗？"

"您现在想给这两个孩子最重的处分，是这样吗？"领导问道。

"我想，该这么办。"鲍热诺夫慌了神。

年轻人用铅笔敲了敲指甲，睥睨一下满脸惊色的老教师。

"鲍热诺夫同志，能不能告诉我，您过去采取过哪些措施来纠正这些学生？……同时，您是从什么时候起当这个班的班主任的?"

"从去年起。"

"是这样……就是说，您当班主任，做了什么事情来感化这些……您所说的……"他伸出一个指头在纸上扫了一下，然后说，"这些'放荡不羁的青年'呢?"

老教师没有吱声。他垂着头，两手紧紧压着帽沿。

"我想，您是知道我们新的教育学的，"领导的声音继续钻进他的耳朵，"您也知道，没有不好的孩子，只有不好的教育方法。当今学生的品行只不过是这个这个……教学方法的一面镜子。"

鲍热诺夫怔住了。

"我要特别强调'方法'二字，"领导继续说，"这确实是最重要的因素。在您这件事情上，方法是决定性的。据我所知，您对学生冷淡，一本正经，要他们效法你们那一代人。除此之外，您要求太严，吹毛求疵。总之，鲍热诺夫同志，您没有把这个班抓好，因而成了这个样子。我想，您是同意我的看法的，尽管您已上了年纪，可能不全理解……"

"是的，是的。"鲍热诺夫含糊其词，一阵恐惧袭上心来。

年轻人得意地晃晃脑袋。

"现在向您宣布我们的决定。我们认为，二十五号这件事的过错完全在您身上，在于您没有摸透学生复杂而微妙的心理。您需要向教师委员会做检查，还要向全班检讨错误，承认您没有管好自己的学生，并向他们保证，今后要改变对他们的态度。"

鲍热诺夫两眼直勾勾地盯着领导的脸，身子前倾，摇摇晃晃，而那根手杖也突然滑出两腿，啪啦一声倒在地上。老教师一惊，满脸臊红，支支吾吾地说了声"对不起"，弯腰拾起了手杖。他战战兢兢地挪了挪身子，看见了年轻人冰冷而阴沉的目光，也瞥见了办公桌上的一本本卷宗、一个个图章和吸墨纸。他完全清楚了：不错，这是决定，他必须执行。

"您看，鲍热诺夫同志，您是另一代人，可能不会明白……再见！这项决定的抄件给了你们校长，他会转给您的。"

老教师勉强同领导拉了拉手，含含糊糊地说了声再见，蹒蹒跚跚地出了屋子。不大工夫，他又走在积雪的街道上。这座城市已罩上浅灰色的暮霭，可老人什么也没有看见。他向前伸着脖子，高高地扬着花白的眉毛。他穿行在熙熙攘攘的人群中，急于避开嘈杂声，离开他受辱的地方。"向教师委员会做检查，向全班认错。"鲍热诺夫想着想着，不由自主地停在人行道上，抹了几把眼泪。"认什么错？承认这次挨打是自己的错吗？……"

"我要辞职！"他突然拿定了主意，脚步也加快了。"明天就告诉校长，我不能接受部里的决定。"然而，他蓦地又停在街心，用呆滞的目光望着前方。以后会出现什么情况呢？他的辞呈将被接受，而他也只好退居寒舍。他和安娜怎么过日子？要退休，至少还有三年。她身体孱弱，哪能忍受这一切？

要不要把真相告诉她？

鲍热诺夫瞥见一个青年提着一袋柠檬，又想起了自己答应老伴的事。柠檬对她有好处，一定要买。……老人四处张望着，走到了一家很大的食品店门口。进了门，队不长，他排在最后。老人靠近这些陌生人，接触到他们暖和的身子，立时感到需要回到老伴身边，把他的一肚子委屈倾吐出来，然后一起商量办法。老俩口过去总是这样做的，她的主意真不少。是呀，也许由于教育部的谈话使他感情用事，他才准备辞职，铸成大错。他的确老了，不易理解新道理，而安娜会像从前一样帮助他……

老教师急着往柜台靠，不料碰了一下前面的顾客。

"轻点，老家伙，真要命！"一个十五六岁的男孩，头戴雪帽，猛地往后一退，脸红脖子粗地嚷道。

"您怎么这样说话？"

"得啦，得啦，假正经！"小青年回头瞪了老人一眼。

"缺德！"队尾一位妇女说道。"谁教你这样对待老人的！"

其他人也纷纷插话。鲍热诺夫虽然身居舌战，但他什么也不愿听，只是歪着头，避开男孩粗俗的话语。

"该挨揍，该挨揍！"

小青年买了柠檬，趾高气扬地走出了商店。

过了一会儿，鲍热诺夫也朝家走去。刚才发生的事情使他精神亢奋。他是有人支持的。一根无形的线把他拉回清冷的家，使他看到了老伴温柔而疲乏的面孔。"全都向她实说！"他寻思着，掏出钥匙开了院门。

她站在凳子旁边等着他,嘴唇微开,一只苍白的小手捂着胸口,那整个瘦小的身子仿佛就要向他扑来。鲍热诺夫知道,老伴早就站在窗前等候他了,她在那儿细听着任何一点动静。

"您回来晚啦,"她轻声说道,"兴许谈得投机。"

他垂下头。午后的几个小时——领导的脸、摆着削尖的铅笔的办公桌、商店里那个男孩的粗话,一一从他眼前闪过。他又瞅了老伴一眼,看见了她又焦急又自信的面容,于是断定,要是把今天的事情告诉她,那有多可怕,多丑恶啊。安娜已透过窗户对洁白迷人的街道凝望了许久,现在哪能忍心向她揭示生活中的无礼举动和领导人的侮辱性言词呢?他一面伸手取便服,一面从干哑的喉咙中挤出一句话:

"见我晚了,后来又排队买柠檬。"

老伴如释重负,双肩耷拉下来,镜片后面的两只眼睛微微眯上。

"事情顺当,是吧?"她走过去。

鲍热诺夫换了便服,小心翼翼地把老伴扶到藤椅上,然后靠着她坐了下来。

"是呀,"他吞吞吐吐地说,旋即又难过地想到,今天是头一次骗她……"你知道,这位领导很开明,他让我把事情的原委重复了一遍,然后就生气了……是呀,是呀,他非常生气,好像树枝抽打在他的身上。……他对我说:'鲍热诺夫先生,这简直是胡闹。'……"

"叫你先生?"老伴打断他的话。

"啊，同……同志!"鲍热诺夫打了个马虎眼，继续讲下去。"'动手打您，一个上了年纪又有功劳的教师，真可耻……'他还对我说:'我们听说，您的儿子是在战争中牺牲的，我们不能容忍往一个英雄的父亲的脸上抹黑……我们要重重地处分这些放荡不羁的青年……'"

鲍热诺夫沉默了片刻，把脸扭到一旁。他被羞愧、痛苦和梗在喉咙上像火辣辣扁桃腺炎一样的东西弄得呆然发懵。接着，他听见了老伴低声而欣慰的啜泣。他向她转过脸去。她睁大眼睛盯着他，一行行老泪顺着苍白的面颊流了下来。

"还对你说起迪莫乔?"她低声说道，紧紧抓住他的手。

"是呀，我们谈了很多，"鲍热诺夫又扭过脸去继续讲道，"所以我才回来晚了。那位领导最后对我说:'您回去吧，鲍热诺夫先生，您明天要挺着胸膛进教室，同学们会很有礼貌地迎接您的，而那些肇事者……'"

他又停下来，紧闭嘴唇，屏住呼吸。还得忍耐一会儿，不能露出马脚……就一会儿……

最后，老伴站起来，双手捂着胸口，喃喃地说:

"都知道啦……"

接着，他们吃了晚饭。老伴还想听听这番谈话，鲍热诺夫于是又加枝添叶地讲了一遍。

上了床，老俩口还唠个没完。安娜终于睡着了，睡得安稳，舒坦。

只是现在，当鲍热诺夫的耳朵感觉到夜晚的宁静的时候，他心中绷得发疼的弦才松弛下来，感到周身的疲乏已消失殆尽。但是，就在同时，老教师对明天的恐怖感又开始像毒气一样涌进心头。他知道，他明天要走进教室，站在那些男孩面前，高声而清楚地表示："我有罪，你们就用树枝和铁条抽我吧，天天晚上抽我吧，因为我没有能力教好你们，也因为有个领导要我这样做。"随后，他还得站在全体教师面前，同样高声而清楚地表示："我向全班认了错，现在就由你们批评我吧，因为我闯了祸，也因为我老伴安娜她……"

老教师闷雷般地哼了两声，但倾刻又意识到，这会惊醒老伴。她均匀的呼吸声就在旁边。他听着这呼吸声，重又感到周身无力。不知怎的，鲍热诺夫现在竟想不起那个领导的模样，相反，他看到了商店里那位妇女生动的脸庞，感到了那些排队的人的温暖，听到了他们愤怒的声音。

窗外，冬日的夜空是明洁的。一颗耀眼的星星在天上闪烁，老教师凝望着它，眼睛睁得很大。

英国国旗

陆军军官特里奇科夫上尉面孔清癯，一向多疑。他去年被降了军级，降了职务。不过，他指挥的那个分队今天早晨倒是蛮热闹的。战士们在操场上猫着腰拾捡枯枝落叶，像拔草一样东抓一把，西抓一把，显得有点好笑。另外还有一些小组在打扫营房旁边的人行道和马厩周围的地段。宽阔的操场上，几大堆垃圾冒出滚滚浓烟——大家都把枯枝落叶撂上垃圾堆。在朝阳的照射下，整座军营布满烟尘，小伙子们犹如在硝烟弥漫的战场上冲锋陷阵。

两层楼房敞开的窗户里传来铁桶的哐当声和流水的哗哗声。军营正门前面，一根细细的胶皮管喷出水花，咝咝的水声柔和而又悦耳。被战士们称为"米丘林"的花工在这儿开辟了一块不大的长方形花坛。他今年春天撒上的草籽，如今已变成浓密的、绿油油的青草，把花坛中原先袒露的泥土覆盖得严严实实。"米丘林"还在花坛里横拉一条线，竖拉一条线，外加两条对角线，用鲜红的釉砖沿线砌了几条小径。

太阳爬上了军营东面的山头，烤晒着战士们的肩背。他们时不时直起身子，两手叉腰望望升腾着雾气的如茵的原野。操场上偶尔响起特里奇科夫上尉沙哑的声音：

"快干！干完就休息！"

他从一个小组跑到另一个小组，那松松垮垮的腰带仿佛就要掉下来。他眼窝深陷，眼角沾满尘土，眼皮不住地往上翻，流露出恳求和哀怨的神情。上尉拖着一双紧脚的新靴子，冒着刺鼻的浓烟，嘟嘟囔囔地说：

"又要砸锅！我没有安排好。青年军官们都钻到哪儿去啦？个个都装蒜，可将军要找我算账的……"

特里奇科夫想起来了，他今天早上是脸冲墙壁醒来的。他相信，这种小小的预兆对他来说简直是生死攸关。在关键性的日子，要是醒来时脸冲墙壁，那就准没有好事。念中学的时候是这样，在军官学校受训的时候是这样，后来在他服役的分队里也是这样。去年倒霉时，他那天早上正是脸冲墙壁醒来的。当时，检查开始了，特里奇科夫心里很踏实。然而，一位满脸皱纹的高个子上校发现，有许多战士被打发到医务所去了。上校怀疑，这些战士大多没有病，把他们送出军营是因为他们成绩不佳。对于青年军官们耍的这个花招，特里奇科夫压根儿就被蒙在鼓里，但上校做了调查，还向上级打了报告。过不多久，大尉的肩章上就少了一颗星星。他被调到这个离州府有三十公里的闭塞的分队……你瞧，今天又面临着严重考验——在春季演习开始前，师长要来做最后一次检查，而特里奇科夫醒来时又是脸冲墙壁……

"打扫得太慢啦，杜科夫斯基，咱们要倒霉的！"中尉鼓起半边腮帮，挺认真地修刮他绯红色皮肤上稀稀拉拉的胡子。

"上尉同志，高兴点！准保盖帽！"

特里奇科夫歪着脑袋觑着中尉。"盖帽！"全队都把这"盖帽"当作口头禅，也不知打从哪儿想出这么个古怪的字眼。看着中尉修刮胡子的高兴样子，听着他嘴里冒出的"盖帽"，特里奇科夫越发感到恼怒。

"别耍嘴皮子，去叫大家干得快点！将军同志随时都会来。"

他扭头就走，生怕像往常那样发起脾气来不可收拾。他在冲刷干净的楼道上走着走着，猛然领悟到杜科夫斯基极有可能说对了。他心中隐隐升起一种希望："虽说预兆不佳，但也可能一切顺利。"最叫人担心的是，他过去没有哪一回是满有把握地接受检查的。他总是觉得，这种检查蒙着一层迷雾，成败完全取决于一些突然冒出来的次要因素，譬如说早上醒来时脸是冲着什么方向等。

上尉马不停蹄地在几间屋子里转了一圈。他不知道该同战士们说些什么，而且也记不住他们的名字。操场上传来慢悠悠的军号声，该吃早饭了。特里奇科夫在一扇敞开的窗子前停下来。小伙子们扔下条帚，很快就在楼前站好队，然后以排为单位到食堂就餐。他们懒洋洋地唱着歌，唱得既不整齐，又走调……"是不是夜间集合太多，把他们累垮了？"特里奇科夫郁郁不乐地想道，"至少昨天夜里不该把他们叫醒……"特里奇科夫住在城里，他已经有一个星期没有回家了。他在军营里过夜，好几个晚上都发出战斗警报，检查战士们的武器和行囊。每一次检查完毕，他总是说，一切准备就绪，可以放心地等待将军来视察。但是，到了昨天晚上，他又觉得不对劲，心里烦躁，于是又把全连惊醒。

看着战士们无精打采的样子，特里奇科夫又感到事情不妙。"盖帽！"他突然想起了杜科夫斯基的口头禅，"早晨睁开眼睛就看见墙壁，糟糕……"

上尉长吁了一口气，开始数操场旁边的小树。"要是双数，那就好，要是单数……"

汽车马达的轰鸣使他打了一个寒噤。"将军来了！"特里奇科夫吓得后退了一步，随即又朝大门走去，双手紧了紧腰带。

将军看了营房和马厩，检查了武器，就进了连部办公室。办公室里骤然鸦雀无声。然后，杜科夫斯基又继续向一位少校吹嘘他打野鸭的本事。检查团的其他成员——师部的两位胖乎乎的中校，开始交头接耳地议论他们对连队的印象。将军走到窗前，背朝屋子。

特里奇科夫站在墙边，很有礼貌地同各位首长保持着一定距离。他两手下垂，贴着裤线，一只脚略微前伸，是标准的"稍息"姿势。他把脑袋转来转去，扫视着首长们的脸，紧张地捕捉着两位中校的窃窃私语。一切都令人心悸。你看杜科夫斯基，是不是在首长面前随便了点？两位中校是不是怕他听见对他的批评，才故意压低声音，免得他预先想好遁词？将军背朝屋子，是不是想以此强调对他的蔑视？……

特里奇科夫目不转睛地盯着将军。师长没有离开窗子一步，似乎在一门心思地想着什么极其重要的事情。特里奇科夫知道，这位将军一向沉默寡言，可他现在的举止令人生畏……"他这么老半天瞅着外边，到底在瞅什么呢？"特里奇科夫心存疑虑。师长过去下连队，习惯于坐在桌边，一声不吭地听他部下的汇报。可现在，都过去十分钟啦，他还站在窗子旁边。"要不要过去看看？"特里奇科夫正这么想，突然又听见两位中校在谈什么"纪律"。杜科夫斯基呢，却还在同少校谈什么邮票。特里奇科夫煞费苦心地猜测，师长究竟在全神贯注地思考什么问题呢？

特里奇科夫终于憋不住了，向前走了几步。但是，刚靠近师长，师长就猛一转身。上尉往后一闪，哆嗦了一下，满脸臊得通红。

"怎么搞的？"将军不慌不忙地问道，上下打量着不知所措地站着的上尉，阴沉着脸说："干吗这样拘束，特里奇科夫？放松点嘛，又不是新媳妇！……要加强政治思想工作，这方面太弱啦，官兵都是这样……明天继续检查！"他向其他人说。

随后，将军又往外瞅了一眼，干巴巴地对特里奇科夫说："叫你的花工下午去我那儿！"

特里奇科夫送走了客人，赶忙跑回了办公室。

"是这么站的！"他自言自语道，像将军刚才那样站到窗子旁边。"他看见了什么呢？"上尉放眼望去，没有发现原野

上有什么特别的东西。远处有一道木制拱门，门边是三色岗
亭。那儿一切正常。近处，窗下就是花坛。特里奇科夫不喜
欢花花绿绿的东西，因而只对花坛瞟了一眼。他本来不想再
观察了，可又突然想起将军的指示——下午派花工去。特里
奇科夫惶恐不安地眨巴着眼睛。"他要米丘林去干什么？"上
尉觉得奇怪，两腿不听使唤，竟打起颤来。"足足看了半小
时，突然间——要花工去！……这就是说，他在花坛里发现
了什么问题。可到底是什么问题呢？"

身后响起了脚步声。杜科夫斯基又像平常那样嬉皮笑脸、
神气活现地走了进来。

"少校真是个痛快人！"他得意洋洋地说，"检查完毕，我
就和他去打猎……上尉同志，你在瞅什么？"

杜科夫斯基笑吟吟地凑到窗前。

"啊，大概在欣赏这个花坛吧？这真是一个杰作。咱们的
米丘林有能耐……那些小径纵横交错，像是一面英国国旗。"

特里奇科夫一惊，猛地向参谋长一扭头。

"什么英国国旗？"

"你自己没有看见吗？我最近搞到一张印着英国国旗的邮
票，英国国旗就像咱们这个花坛。"

特里奇科夫闭了眼，靠在墙上。

"不，不，杜科夫斯基，你这是在开玩笑吧？"特里奇科
夫声音沙哑，说话吞吞吐吐，接着又想起了早晨的不祥之兆。
这不祥之兆应验了！怪不得将军全神贯注地看了半天……

"快把邮票拿来看看！"

隔了一会儿，特里奇科夫的手里捏着一张长方形的大邮票。他瞅瞅邮票，又瞅瞅花坛，好像肚子里装着一个大铁丸。"一模一样！"他惊呆了，仿佛看见了那个砌出这种小径的笨蛋。"不过，这家伙真是笨呢，还是有意搞这么一个花坛，让我出丑？"特里奇科夫忽地想起，前些时米丘林要求去休假，可他由于要准备接受将军的视察，没有准假。唉，这报复真是凶狠，无法补救！……我干吗早没留意？干吗早没看见这些要命的小径？……

想到要派花工到师部去，上尉绝望地坐在椅子上。将军当然是为这件事要花工去的。大概将军要问花工，是谁给他出的主意，而花工自然会说："是上尉同志！"

"怎么啦，上尉同志？"

杜科夫斯基走过来，直瞅着他，心里纳闷。

特里奇科夫瓮声瓮气地命令道：

"去把米丘林找来！叫米丘林马上来！"

花工一进屋子，特里奇科夫就喘着粗气向他走去。

"你这个笨蛋，干了什么好事？谁批准你的？"

米丘林摸不着头脑，直眨眼睛。

"上尉同志，是你叫我来的！"

特里奇科夫吐出一声闷气，挥着两个拳头，呼哧呼哧地冲到办公桌旁边，抓起那张邮票。

"你过来！"

花工穿着胶鞋走了过去。他身高体大，脸膛黝黑，头发和眉毛却已花白。头戴一顶摘了五星的旧军帽，身穿一件磨破的衬衫，裤子也褪了色。

"你看看这张邮票!"特里奇科夫指着他的脸叫道。

米丘林漫不经心地在口袋里摸了半天，最后掏出一副普通钢丝眼镜。他吃力地把眼镜架在大鼻梁上，小心翼翼地拿起邮票，仔细看了起来。

"看清楚了吗?"特里奇科夫碰了碰他的手，"你再到这边来!"

"哎，有什么好说的呢?"特里奇科夫双手叉腰，"一模一样，是吧?"

米丘林不慌不忙地环顾左右，像是在琢磨哪一点相像。

"你知道这是一张什么邮票吗?"

"我从哪儿知道，上尉同志!"老头笑了笑，露出两排发黄的牙齿。

"这是英国国旗。"

"说不定!"花工耸耸肩膀。

"你那个花坛就像这面英国国旗。将军同志发现它们很像，现在要你到师部说明情况，懂吗?"

"让去就去呗。"

特里奇科夫使劲吸了一口气。

"谁叫你搞这样一个花坛?"他问道，强压住心中的怒火。

"上尉同志，不是你叫我搞的吗? 你不是说要在楼前种草、栽花、修路吗? 忘啦?"

"我是说过，但没有叫你搞这么一面英国国旗。你要对此负责，向将军说明情况，懂吗? 别把我拉扯进去!"

老头摸了摸后脑勺：

"完了吗？"

特里奇科夫走上去抓住他皱巴巴的衣领：

"你听着！好好想想，不要栽脏！我只是叫你搞个花坛，没有叫你搞一面英国国旗，懂吗？在将军面前，你就这么说。"

米丘林傻乎乎地笑着，瞅着上尉。特里奇科夫想："这头笨牛，什么也不懂。他是不是在装蒜？"上尉有些控制不住自己了。

"懂吗？"他高声嚷道。

"听见啦，可以走了吗？"

"你走吧……放聪明点！"

特里奇科夫瞅着花工若无其事地走去，又追上几步，悄悄说道：

"检查完毕就准你的假，去吧。一回来就找我。"

老头紧了紧旧军帽，嘴里喃喃着，出了屋子，踩得楼板咯咯作响。

特里奇科夫又瘫在椅子上，两眼发黑。"一模一样，刺眼！不过，老头未必知道什么是英国国旗。这是巧合。将军一问米丘林，就知道是巧合。要是这样，错误就全在我身上……不是吗？一个花工懂啥，可分队里难道没有指挥员吗？难道没有管政治思想工作的吗？……"特里奇科夫似乎听到有人向他提出这些问题，他的心收紧了。"难怪将军批评我们政治思想工作差！"他想，"指的就是这面旗！说不定将军在心里质问：怎么能让英国国旗在指挥部前面飘扬呢？不过，由于将军一向沉默寡言，他才没有吱声。他现在要调查这件事，向上报告。上面呢，早就料到要出这种事了。'啊，是特里奇科夫吗？'大家会问，'是那个要战士们装病，欺骗司令部的特里奇科夫吗？……这回不能饶了他。很清楚，此人不老实。犯这种政治错误，不光是粗心大意，要有点措施。'"

特里奇科夫双手抱着脑袋，感到身上发冷。

后来起身回家时，他在操场上看见了杜科夫斯基中尉。这位参谋长正脱光了上身玩单杠，周围的战士在看他示范。他突然灵巧地跳下地来，笑嘻嘻地拍了拍一个战士的肩膀，然后向其他战士走去，递给他们一盒烟。……"他准是早就发现了英国国旗，没有向我报告。"特里奇科夫想着，快步走过操场。"他干吗要报告呢？反正与他无关！有杜科夫斯基这号人在，分队的纪律只会松懈。"但是，特里奇科夫马上又想起了将军早晨说过的话。"干吗这样拘束，特里奇科夫？又不是新媳妇！"是呀，他又拘束，又冷漠，不会同战士们拉家常，只知道训他们，要他们循规蹈矩……大家自然怕他，不喜欢他，愿意接近杜科夫斯基。不过，指挥员在下属面前总得有个样子吧？

特里奇科夫上尉心乱如麻。他就像过去一样觉得，生活中有许多事情太复杂啦。上了公路，想到那个花坛，他又伤心地叹了一口气。

第二天，检查完毕后，师部的人又集中到特里奇科夫的指挥部里。上尉坐在办公桌旁，由于失眠而显得疲惫不堪。

他的眼窝陷得更深了，鼻梁瘦削而苍白。他勉强听完了两位中校和少校的意见，接着又听见将军不甚清晰的声音。

"我对这个分队不太满意。"师长开口道，"表面看来一切都不错。没有违犯规章制度，武器保养得很好，马厩也干净。但是，实际上，大家没有热情，劲头不高。那么，这样的外表又有什么用呢？这样的外表就像缝得不结实的漂亮衣衫，稍一走动或稍一刮风，花里胡哨的布片就要散落一地……"

"下面要谈到花坛了！"当将军停下来时，特里奇科夫想。上尉紧紧盯着地板，正好盯着将军发亮的靴尖。他不敢把视线移开。

"原因就在特里奇科夫身上。"师长继续说，"他对人粗鲁，把这个分队搞得死气沉沉。战士们都怕得不敢多说话，一见指挥员就浑身发抖。不能这样指挥人民军队，特里奇科夫！"

上尉打了一个哆嗦，抬起头来，但又马上把脚后跟并拢。将军把这一切看在眼里。

"榜样的作用是很大的，"将军提高声音说，"要是搞得一个战士在上级面前怕这怕那，不敢讲一句话，就谈不上什么同志关系……"

"奇怪，怎么还没有提到花坛？"特里奇科夫的心里七上八下，"说不定留在最后讲。"

"在政治方面，同我师其他分队相比，特里奇科夫也不算好。战士们知道一些事情，不能算是无知，但知识浅薄。看得出来，这儿谈心少，休息时坐在草地上谈心少。在这方面，我们大家都有责任。"将军环视一下周围的人。"自从去年出了那件事后，我们大家对特里奇科夫帮助得太少了。"

特里奇科夫心惊胆战地坐在椅子上。将军的话没有钻进他的心里，只在他脑子周围打转。"要是就这么批评，谢天谢地！不，这还没有完，将军准要谈到花坛。"

"好，我就说这些。特里奇科夫，你谈谈吧！"将军的话又使特里奇科夫哆嗦了一下。

上尉不知道该说什么。他的嘴唇死板地一张一合，吐出了几句话，而脑子却在想："好像没有看出那面英国国旗……要不就是发现了，但要调查清楚再说。"

过了一会儿，军官们走了，特里奇科夫把他们送到车旁。将军临上车时，望了一眼花坛，对上尉说：

"我要把你的花工留几天。"

特里奇科夫僵手僵脚地向将军行了个礼，脸色刷白。他向将军走去。

"怎么回事？"将军奇怪地问。

"没什么，没什么要紧的，将军同志！"特里奇科夫结结巴巴地说，"您看，请允许我解释一下。这事跟我没有关系，将军同志。我直到昨天才发现有点像……"

师长大惑不解地瞅着他。

"你累啦，特里奇科夫，回去休息吧！"

将军上了吉普车，向司机打了个手势，车就开走了。特里奇科夫站在花坛前，两腿并拢，行礼的手留在空中，像个木头人。"完了！要把花工留几天！"他神思恍惚地慢慢挪动脚步。"不过，既然要留米丘林，那就认为有错的是他，我可就……"

就在这时，花工向他走来了。

"什么事？快说！"他朝花工跑去。

"成啦，成啦，上尉同志！"老头憨笑着，"不过，谁知能给多少天假。"

"什么假？快说吧，笨蛋！"

"将军要放我的假，上尉同志！他说：你给特里奇科夫搞的花坛真好，我也想在指挥部前搞一个……可你昨天还训我哩，把我弄糊涂了，真是的！……"

特里奇科夫欲言又止，觉得脑子里"嗡"的一声，一屁股坐在长椅上。新辟的花坛水淋淋的，披着阳光，令人心醉。

和风

约尔丹·拉迪奇科夫

[作者简介]

　　约尔丹·拉迪奇科夫（Йордан Радичков，1929—2004）生于保加利亚西部米哈伊洛夫格勒州（今蒙塔纳区）卡利马尼查村，中学毕业后编过《人民青年报》《文学阵线报》等，曾任国务委员会顾问。从 20 世纪 50 年代末起，他以其短篇小说集《心为人们跳动》《带火药味的字母表》，中篇小说《和风》《忆马》，长篇小说《谁之罪》等 30 余部农村题材的作品，赢得了广大读者。曾获季米特洛夫文学奖。

　　拉迪奇科夫的名篇《和风》，包含某些现代派文学的元素，在立意和写法上较为朦胧。译者认为，作家试图采用意识流、象征主义等创作手法，渲染出夏日午后略富诗意的慵懒气氛，并通过独特的叙事方式，抒发了铸剑（大炮）为犁（轮子）和"人要行善"的人文情怀。

　　驼子拾掇好子弹带：他打算到贝基罗夫泉去打斑鸠。斑鸠不在这儿歇脚、啁啾——塔楼上的轮子转动时发出的响声把它们吓飞了。驼子要菲利普老汉帮他看守钓鱼竿。

"现在没有风,"他说,"可一起风,鱼儿就会上钩。"

"想必会起风吧。"菲利普老汉回应道。

驼子把黄色弹筒统统塞在子弹带上,只把一个红色弹筒留在外面,然后系上子弹带。

"就让那个黑家伙晒晒太阳,"他说,"咱们再过一会儿,看看该拿他咋办。"

"让他晒晒吧,"菲利普说,"说不定他会长点记性。"

他瞅了瞅两大篮子香瓜和那个被太阳晒成紫铜色的吉卜赛人。吉卜赛人坐在两个篮子中间,慢条斯理地卷着土烟——用舌尖舔着报纸的边沿。在篮子那边,一条狗在草地上东闻闻,西闻闻。

"把狗留下吗?"菲利普老汉问道。

"我带它去。"驼子说着,瞅了红色弹筒一眼,"回来时,我要路过佩特洛夫山。"

"眼下不准打兔子,"菲利普老汉说,"谁也不去佩特洛夫山。最好把狗留下,它病啦,一早晨都在啃青草。"

"肚子里有虫。"

驼子把红色弹筒在手掌上抛了抛,然后把它塞进子弹带的最后一格,同子弹带的扣环放在一起。

"有虫,"他说,"兽医那天跟我说,它有绦虫病。只有鱼才不会生病。"

驼子又瞅了一眼坐在两篮香瓜中间的不怕晒太阳的吉卜

赛人。

"是呀，是呀，"驼子说着，试了试腰间的皮带结得牢不牢，"迪亚纳！迪亚纳！"

猎狗东倒西歪地从柔软的草地上朝草房跑来，瞅着驼子的双手。由于天气热、狗蚤咬和绦虫病，它疲乏地拖着一条尾巴。老汉看了看它那摇摇晃晃的样子，心想，几年前，这狗还蛮漂亮的，可现在，它长了一脸胡子，眼珠也变黄了。

驼子朝河湾走去。他有点瘸，跟在后面的猎狗也一摇一摆。有什么东西在把猎狗往下拉。也许是大地。它似乎随时都会倒下来，可又没有倒下来，仍然在驼子后面艰难地拖着步子，使劲吐着舌头。老汉想到，他年轻的时候也曾出外打猎，走起路来步履矫健，神气活现，可这已经是很久很久以前的事了，以致他有时怀疑，是他自己去打猎呢，还是他听别人讲的。

老汉瞥见自己的身影已经变得很短，心想，驼子已走了老大一会了，但他未必能在贝基罗夫泉打到什么斑鸠。也许这倒更好。他昨天去得晚，回来时两手空空，没完没了地说："啥都没有打到，菲利普呀！一无所获！"

驼子预言鸟群不会飞来啁啾，真说到了点子上。塔楼上轮子的响声把它们吓飞了。它们聚集在贝基罗夫泉饮水，啄沙粒，那沙粒就像水晶一样洁净。然后，它们轻轻拍打着翅膀，升到空中，栖息在核桃树的枯枝上。这是些斑鸠、林鸽和野鸽。它们在枯枝上用喙梳理自己玫瑰色的或红色的羽毛。

摆在它们前面的是遥远的路程，因此，它们要查一查自己的
每根羽毛结不结实。如果它们怀疑哪根羽毛承担不了飘洋过
海的重任，它们就把它拨掉。

它们真的知道，它们只需要结实的羽毛吗？

雄鸟欢唱着，围着自己勤劳的女伴打转。它们像国王一
样自傲，可又十分愚蠢：唱歌时竟然闭着眼睛，全然不顾周
围的一切。它们的死亡是来得那般突然，即还在空中，还在
树枝上，就一命呜呼了，甚至没有时间表示惊愕。随着猎人
的枪响，活着的鸟儿惊恐万状地扑飞起来。不过，还没有等
到火药味消散，它们就骤然忘了恐惧，又飞回原处。它们急
于在夏末唱完所有的歌，然后同其它候鸟一道朝南飞去。猎
人们同样急不可耐，因为他们知道，鸟儿很快就要飞走，而
他们的肉现在又肥又嫩。他们在清晨（迷人的朝霞，震撼大
地的枪声！）或者傍晚狩猎，此时鸟儿在颤抖着的热乎乎的空
气中幻影般飞来飞去，喊喊喳喳叫个不停。

但是，昨天晚上，驼子空手而回。他不明白鸟儿为什么
没有飞来。菲利普老汉却是知道缘由的。昨晚的天空一片红，
没有一丝风。鸟儿害怕红色的天空，躲进森林里去了。

昨天确实没有风，菲利普气喘吁吁地爬上塔楼，转动轮
子。有风时，轮子就自个儿转动，铁链就敲得铁板叮当作响。
这响声赶走了瓜地里的野鼠和野兔，也赶走了鸟群。要是刮
风，一切都如愿以偿，因为此时可以就着草房后边的阴影躺
下来，尽情地休憩或者睡觉，而头顶上的轮子在不停地旋转，
发出响声，保护瓜地、葡萄园和麦垛。

现在，老汉只好沿着他熟悉的发亮的楼梯爬上塔楼。要爬得稳当，他不仅需要用两只手，而且还要把胸脯紧贴楼梯。往上爬时，他看见了许多怕见阳光的蝙蝠，它们钻到缝隙里，睡得像死了一样。

他把轮子转了几圈，铁链碰得铁板叮当作响。他举目远眺，想看见驼子，可谁也没看见。河里趴着几头水牛，牛背黑黝黝地闪光。牛的右边是佩特洛夫黑魆魆的树林和葡萄园，而牛的前方和左边则是一片灰蒙蒙的、沉醉在暑热中的梦境一般的平川。尽管烈日杲杲，天空仍是一片瓦蓝。老汉一扭头，瞅见了那间草房和坐在两篮香瓜之间的吉卜赛人。吉卜赛人听见铁链的响声，扬起头来，一边瞪着老汉，一边用牙齿咬着烟卷。这支烟还在驼子动身前就卷好了，可现在还没有点燃。

"你没中暑吧？"老汉冲他喊道。

"不抽烟，可就要中暑啦！"吉卜赛人脸上的肌肉动了动，想笑。

"你瞧，那儿有火，"菲利普说，"那儿有一堆火。"

吉卜赛人从两个篮子中间钻了出来。

老汉从塔楼上能看清他的脊背——黑衣服上缀满花花绿绿补丁的拱着的脊背。老汉的衬衣上也有两个补丁，可这是白布，又补得像样。那一位呢……

"喂。"菲利普喊道。

吉卜赛人用一双黄眼睛瞅着他。

"要我说，你就这么打发日子吗？"

"我该死!"吉卜赛人直起身子,"我有五个孩子,要是以前偷过东西,他们就遭天打五雷轰。上天有眼,天晓得。"

他站在塔楼下,想画十字,可又没有画,只是伸出舌头舔了舔三个手指。看见吉卜赛人那副模样,老汉想起了猎狗。猎狗也常常蹲在塔楼下,扬起它现出老相的、长满胡子的脸瞅着他。它的眼睛像吉卜赛人的眼睛一样黄。"大概是由于到处流浪的缘故。"老汉想。

"你信教吗?"菲利普问。

"没有。"那人吐出一口烟,回答说。

"没有什么?"

"上帝。"

老汉坐在轮子后边的地板上。黑压压的一群乌鸦飞过草地,飞过水牛的顶空。这群鸟时而聚合,时而散开,时而低飞,时而升腾,可它们总是朝着一个方向,朝着葡萄园飞去。老汉反过手去抓住轮子,转动起来。乌鸦听见金属的响声,没有落在葡萄园里,而是朝林木葱茏的山岗飞去。

"不要紧,"菲利普说,"尼科尔乔神父也信教,可就连他也不相信有上帝。"

"我不认识尼科尔乔神父。"吉卜赛人点了点头。

"一个酒鬼。鬼迷心窍啦。"

"我也是鬼迷心窍。"吉卜赛人在塔楼下笑呵呵地说。

他把眼睛眯成一条缝,老汉难以看清他的一双黄眼睛的闪光。他站在那儿,黑得像圣经里的魔鬼,还把一双结实的手放在胸前,似乎在请求盘腿坐在楼上的满脸花白胡髭的老汉发发善心。

从高处看人，人就显得小。菲利普很想记起，这是他自己想象出来的呢，还是别人告诉他的。实际上，这也没有意义。对他来说，只要符合事实就行。他知道，要是他在塔楼下跟吉卜赛人站在一起，吉卜赛人就同他一般高，并不像他现在所见的那样矮小。说不定吉卜赛人还比他高哩。这个吉卜赛人也未必笨，你看他一开始胡扯就眯上眼睛。这不算笨！是鬼派他来偷瓜的。要动手吧，可又不能用手打鬼，因为鬼有魔法。再说，他也跑不掉，因为他不肯撂下篮子。篮子很沉，只消赶上五步就能把他抓住。后来，当他感到鬼往他眼睛里撒沙子时，他就倒下来了。"鬼不是人的朋友！"不过，这可不是鬼干的，而是驼子干的——驼子放了一枪。

"他会一枪打死你。"老汉说。

"这我知道，"吉卜赛人瞅了他一眼，"可我画了十字。"

菲利普又想起了驼子端着枪朝吉卜赛人冲去的样子。那样子显得残忍和可怕。他驼着背，怒气冲天。也许他并不那么残忍，只是凶狠，因为人的本性就是如此。拿狗来说，要是你剥夺了它们的自由，给它们套上链子，它们也很凶狠。当然，谁也没有剥夺驼子的自由。为此，他得到的报酬不赖。甚至真不赖。"不过，我们总得做人。"老汉想。

"你就一个人吗？"他问。

"我有五个孩子和老婆，"吉卜赛人说，"全都住在屯宿地。为了养活他们，我才鬼迷心窍来瓜地的。"

老汉不再悠动两腿。

"需要和鬼迷心窍是一码事。"他说。

他瞅了一眼草房后面的两个篮子。篮子的影子拉长了。

"你把篮子提走吧,"菲利普站起身来,"下次再别偷啦。这是农业社的财产,我们看管这些财产,一天得三天的报酬。要是抓不到小偷,就全完啦。你走吧,要是再来,那就更糟。"

吉卜赛人一把抓住梯子。

"上天有眼,天晓得,兄弟!"

"走吧!走吧!"老汉说着,又开始转动轮子。

吉卜赛人还说了些啥,可是,由于老汉脚下嘎吱嘎吱直响,他什么也没有听见。老汉看见,吉卜赛人慌忙朝篮子跑去,拱着缀满补丁的背,把篮子扛了起来。他朝驼子牵着狗走去的方向奔去。老汉想:"可别狭路相逢。"

吉卜赛人看来也跟他想的一样:他到了赤杨树丛,没有像驼子那样涉过河去,而是往左一拐,沿着河岸往前走。

从塔楼上可以看见两个篮子和篮子下吉卜赛人两条乏力的腿。在篮子的重压下,他走得异常吃力。

老汉小心翼翼地下了楼梯,从火塘里刨出一块块烧着的木柴,又在热灰上踩了好一阵。然后,他抓了一件旧外衣,躲到草房后面背阴的地方去了。他并不是不喜欢晒太阳,不,他是喜欢晒太阳的。可是太阳会晒得他眼睛发疼,晒得他眼皮发硬,就像抻在枝条上的兔皮一样。

人的眼睛也会像兔皮一样被晒干的。

坐下之前，菲利普在地上平平整整地垫上了些东西。由于他爱惜身体，或者是由于他害怕大地，他总要在屁股下垫点什么。他已有多少年没有打赤脚？……他记不得了。谁也无法骗他。他知道，所有的动物都会死的，不管是狗还是鸟，可是，他不相信自己会死，因为这是不可想象的。"只有星星永远不死。"驼子有一回对他说。这是驼子从兽医那儿听来的。但是，老汉连这也不肯相信。

他每天晚上都观察星星。驼子坐在火塘边，把弹筒塞进子弹带，又在弹筒里装上火药，然后数起来：一共二十八个。二十七个黄的，一个红的。菲利普不明白为什么有红的，但他没有细问。他瞅着流星坠落，它们多数掉在南边，少数掉在北边；有一回，他竟然看见一颗星星升上高空，化为灰烬。于是，他懂得，流星不仅会坠落，而且也会升上高空燃烧。这是他亲眼看见的，当然可靠。八月，天穹很低，缀满繁星。整个八月，天空都布满星星，可到九月，由于减轻了重负，天空就升高了。秋天摘苹果，树枝也会升高。只有人才不这样。

他对此了如指掌，因为他每年秋天都摘苹果。人则越来越朝下，朝向地面，因为大地对人有吸引力，骗人。于是，人就感到害怕，避开地面，在地上悄悄走路，不激怒大地。正因如此，菲利普不直接躺在地上，而是坐在外衣上，背靠着草房的草墙。草墙又干燥又暖和。

老汉又想起吉卜赛人，想起他偷瓜的事情。他认为，年轻人都蠢，因为他们力气太大。他年轻的时候总是触怒大地，很蠢，也很有力气。可是，为什么蠢呢？为什么那么蠢呢？他那时候什么都会干。

那真是一件可怕的事情！炮弹在村子那边爆炸，有什么东西砰砰作响。这是步枪。其时，人们躲进了地窖，而狗逃到树林里去了。下午，大家钻出地窖，发现村子里缺了点什么：大炮不再轰鸣，教堂的钟楼被炸掉了。整个钟楼被掀在地上，院子里只有一堆堆砖头和十字架的碎片。十字架是铁铸的，也散了架。吉卜赛铁匠用它做了火镰，一锤子下去，火镰不仅烧了火绒，而且还烧了指头……火是神圣的。

谁说该为钟楼报仇？找谁报仇？就找战争……不错！确实如此！穷人想找战争报仇。他们用铁丝网把院子围了起来。秋天下雨时，绵羊都挤在铁丝网上，因为网上挂着一绺绺羊毛，很暖和。不光他们村的农民，而且别的村的农民也跑到打过仗的地方打扫战场。

菲利普去晚了，他找到一个陷在坑里的轮子。有个身材矮小的农民围着轮子打转，他刨松了轮子周围的土，看来是想把轮子弄出来。"搬不动吗？"菲利普问。"搬不动。"那人说。"那你去找别的家伙吧，我来搬！"那人从坑里爬了出来，菲利普往手心里吐了口唾沫。

这是一个裹着结实轮胎的大炮轮子。菲利普使出九牛二虎之力搬动了轮子，两脚深深陷进了松软的泥土。然后，他用胸部抵住轮胎，把轮子往上滚。这轮子真不赖。要是有四个这种玩意，做一辆挺棒的大车，可以用上一百年。

轮子又结实又沉，当菲利普随后滚着它走过平川和佩特洛夫山时，它把地上的青草深深地压进泥里，留下了明显的辙印。他担心自己难以把轮子滚过伐过的树林。树桩又高又有弹性，但是，轮子滚过斜坡时，由于惯性，菲利普稳不住，只好松了手。轮子轰轰隆隆地滚动着，撞击树木，把一簇簇绿叶抛向空中。它像一头受惊的牲口，毁坏了树木，滚进那条小河，溅起银色的水花。然后，菲利普只见它划了一道长弧，躺了下来。

菲利普定睛一看，轮子一动不动。只有几根辐条被划了些伤痕。他把它翻起来，又开始滚动，可现在更加困难。他累了，手疼。腿也疼。

不过，菲利普把它从战场上搬来，为的是替钟楼报仇。他不想把它留在河边。还得搬一段路，才能弄到家里。前边有一面斜坡，再有一段路就到了斜坡。由于出汗，由于劳累，他两眼变得通红。他的眼前出现了一道道淡紫色的光圈，这些光圈不断膨胀，破裂，在完全消失以前又为新的光圈所代替。不过，他只顾往前赶，几乎感觉不到胸部的沉重。大概他实在太累啦，他的心脏跳出了胸腔，跑到了喉咙那儿。他听见它咚咚直跳。淡紫色的光圈在他眼前不断破裂。

轮子在他前面隆隆滚动，然后离他而去。一条陡斜的街道通到他家围着石墙的房子。他停下来，喘了一口气，而轮子发出更大的响声。他看见轮子撞在围墙上，把石头撞出粉末。石头迸出的火星熄灭了，院子里的鸡咯咯叫着，狗也汪汪哀嚎。轮子在房檐下躺了下来。菲利普走进院子，见狗跳上狗舍，还一个劲地夹着尾巴狂叫。

随后，邻居们都聚到院子里。"真了不起！菲利普把大炮轮子搬来了！""是你一个人搬来的吗？""当然是我一个人。这轮子能装在火车上。""那不在话下！还能对付比火车更大的家伙。""瑞典造的，军用，根本使不坏。"

可是，菲利普拿这大炮轮子有什么用呢？可战场上没有别的东西。

真无聊！

大炮轮子现在还躺在房檐下。它已经生锈。轮子下面的泥土也长了锈。铁锤砸不烂它，可铁锈将一点一点地、慢慢地、每日每时地把它毁掉。菲利普看见了一片片鱼鳞状的铁锈。这些铁锈像头皮一样从瑞典的钢材上脱落下来。难道轮子永远使不坏吗？

不管驼子跟兽医嘀咕些什么，他们总是骗不了老汉。每天晚上都看见星星像铁锈一样坠落下来。梦中也是如此！……大炮轮子在星星面前旋转，轰鸣，就像它在石头围墙上撞出粉末，在佩特洛夫山伐过的树林里乱滚一样。你看，它现在在旋转，在平展的天穹上发出巨响。

轮子醒来了。

塔楼在他头上咯吱咯吱作响，铁链也懒洋洋地发出哐当声。轮子转得极慢，好像还在犹豫是否该转。天上起了风。怪不得昨晚蓝色的山峰上呈现一片橘红色。老汉想起了钓鱼竿。"现在没有风，可一起风，鱼儿就会上钩。"这是驼子走时对他说的。

尽管微风拂着水面，鱼竿仍然没有动。河流还在酣睡，河水轻轻拍打着两岸。它正在酷暑中休憩。

但是，风儿贪玩，抚弄着水面。风是温柔的，这是它的拿手好戏。菲利普的腿下挺凉快的，风儿似在颤抖。

他坐在高高的河岸上，观赏着眼前的一切。河对岸，一群水牛在蠕动。沉重的牛蹄踏着野薄荷。它们慢腾腾地走着，扬着头，像是在水中游动。它们眼睛圆瞪，挺吓人的。一群群牛虻追逐着它们。牲口摆着尾巴，赶着牛虻。

四周弥漫着野薄荷的香味。

河流醒来了。鱼儿也醒来了。老汉看见它们跃出水面，片片鱼鳞在阳光下银光闪闪。这是一些小鱼。它们在阳光下嬉戏，美极了。

可是，他又看见河水深处的一条条黑影。这些黑影在河底晃来晃去，追逐着小鱼。于是小家伙们分散开来，或者跃出水面。他明白了，它们不是在阳光下嬉戏，而是在逃命。在这些黑影中，老汉认出了鲈鱼又秃又滑的嘴。它们是这条河里的恶霸，要是抓不住小鱼，它们就直摆尾巴。它们从鱼竿的漂子下游过，根本不碰鱼饵。

一只青蛙跃到鱼漂上。它咬住鱼漂，但很快又松了口。它把两条前腿搭在鱼漂上，懒洋洋地眨着眼睛。一个灰溜溜的东西从它背上跳过去，扑通一声栽进水里。这是一只青蛙，比第一只大得多的青蛙。小青蛙抱着鱼漂沉到水里，但鱼漂又使它浮了起来。一只蜻蜓从它们旁边掠过，可它们没有发现。它们有自己的事情。

老汉观赏着两只青蛙。它们在他的鱼漂上谈情说爱。后来大青蛙累了，就游到一张款冬叶旁。河水摇动着款冬叶子，大青蛙就停在那儿休息。可它睡不着！小青蛙又开始玩鱼漂。它小吗？老汉记得，农友们看见小个子女人，总是摇头说："小吗？……青蛙也不大！"

蜻蜓更小，可它们也谈恋爱。老汉曾看见它们胸脯贴着胸脯飞来飞去；它们在被青蛙吞食之前，匆匆忙忙地在水面上飞行，谈情说爱。

老汉的脸上掠过一丝微笑。他觉得，不光河边有薄荷味，而且整个大自然都散发出野薄荷的芬芳，就像冷杉也有气味一样。刚洗干净的衣服也有味。

他想起这发生在哪一年。恐怕是老早以前的事了。不过，他对那列旧式列车和意大利人修的铁路仍然记忆犹新。他也记得巡道工的那间小房，记得巡道工站在小房前，而他旁边是一只奶子长曳及地的白山羊。菲利普从美国回来了①，他指望有人来接他。可谁也没有来接他。

他的老婆——她在路上对他说——是在车头前等他。她第一次看见火车。当空气振荡、汽笛吼叫时，她两腿直打哆嗦。她以为他会从火车头里钻出来，可那儿只有一个穿着脏衣服的满脸煤黑的司炉。这个司炉毫无下车的意思。"小伙子，"她问道，"车上有个从美国回来的人吗？""你到后边看

_____

① 一战期间，保加利亚倒向德国、奥匈帝国即同盟国一边，因兵源不足而号召旅美保加利亚人回国参战。

看去吧！"司炉回答。她走过噗嗤噗嗤喷着蒸气的铁家伙，停在第一节车厢前。这节车厢装满了牲口，是一节普通货车。一头奶牛透过栅栏瞅着她，哞哞直叫。菲利普不在这节车厢里。

菲利普看见载牲口的车厢前站着一个惊慌失措、脸色刷白的女人。这是他老婆？……他用胡子拉碴的脸亲吻她。而她迷迷糊糊地一头栽在他的怀里。他身穿坎肩，脚登一双尖头黑皮鞋，衣兜里装了一只拴在链子上的"隆任"牌怀表。随后，俩人踏上回村的道路，她不再害臊，笑嘻嘻地贴着他迈着碎步。旁边是条河——就是这条河——河边的赤杨投下浓荫，似乎在引诱行人躺到这幽静的地方。这是天堂的一角。野薄荷绽出了鲜花，他们踏上去，它们就散发出沁人脾肺的苦涩味。她的身上也有一股味。当她躺下，以及她后来整理皱巴巴的裙子时，他都闻得出来。

被他们压倒的野薄荷好半天才扬起毛茸茸的蓝色花朵。

老汉在回想起这一切时，脸上始终挂着微笑。他环顾四周，生怕有人看见。他摸了摸脸，想把笑容抹掉，但好像没有抹掉，于是又伸手摸了摸。回首往事，他像孩子一样感到害羞。

小青蛙撇下软木漂子，游到水底。它长着四条漂亮的腿，一伸一屈游得蛮棒。

老汉听见了远处的枪声。许是驼子放的枪。他不牵狗去，也能打鸟。"人要行善。"醉鬼尼科尔乔神父喜欢说这句话。驼子是可以饶了那条没有爪子的狗，不牵它去的。

其实，主人对猎狗也没有什么可以埋怨的。它本能地察觉到主人不高兴，就赶忙去捕捉黄鼠。但是，黄鼠动作灵活，跑得很快，猎狗已经退化的肌肉无能为力。它白费了力气，未能填饱肚子。尽管它刨了半天，仍然没有把黄鼠洞刨开。它记得，它当年干这种事毫不费劲，它把满身长毛的黄鼠拖到耀眼的阳光下，一口就能撕开黄鼠的肚腹。现在，它只好精疲力尽地走到河边一块不大的麻地里，在树荫下躺了下来。大麻的气味把苍蝇赶走了，它可以睡一会儿。可是，它仍心神不定，睡不安稳，它那愚钝的脑子里充满了种种幻觉。它怕得哼哼起来，为自己的衰老、疾病和驼子冷冰冰的面孔感到愁苦。就像狗对地震有预感一样，它现在模模糊糊地觉得，而且在睡梦中觉得，灾难就要临头。

菲利普对这一切全然无知。他站起来，检查别的鱼竿。他钓起一条小鲈鱼和一条鲻鱼。鲈鱼吞下了鱼饵，在草地上直蹦。鲻鱼弯着身子，傻乎乎地瞪着两眼。它吞食鱼饵时十分小心。但是，不管是粗心还是小心，它们反正被钓上岸啦。老汉想，它们在吞食诱饵前，总该动番脑筋。鲈鱼呈绿色和银白色。但是，等到它越来越蹦不动时，它身上便没有光泽了。鲻鱼的鳞片可不变色。

他回到原地，听见了哗哗的水声。一个穿着花衬衣的男孩在河中玩水。男孩靠近河岸，蹲在树根上。他的裤子泡湿了，可他没有站起来。老汉看见他总在一个地方摸来摸去，摸出了一条小鱼，又把鱼装进挂在脖子上的口袋。

"喂!"菲利普喊道,"你是谁,在那儿干吗?"

男孩一惊,直起身子。他的口袋和裤腿直淌水。

"抓鱼。"说着,男孩又蹲了下来。

"咋就那样抓?"

"这儿有个洞。"

"鱼在洞里吗?又不是老鼠!"

"可不是。"

男孩仍旧在一个地方摸来摸去,口袋里的鱼越来越多。

"真不假!"老汉说,"鱼怎么会进洞?"

男孩又在树根下掏摸了一阵,然后爬上岸。

"我塞了一只燕子进去。"他说。

"燕子吗?"

老汉困惑不解。

"是呀,是燕子。我在羊圈里打死一只燕子,用石头捣碎,塞进了洞里。这儿有个大洞。鱼都钻进去吃食,很好抓。"

"不赖,不赖!"老汉说。

他流露出不满的神情。

"就是这样!"穿花衬衣的男孩说。

"你们的老师教得真好!伤害燕子!"

男孩说,他们的老师可没有教这个。老师教他们写斜体字,所有字母都朝一边倒,可脑袋不能歪,也不能咬铅笔。这可真难啊。

男孩坐下来,把鱼倒了一地。他开始剖鱼。一群胡蜂在鱼上嗡嗡嘤嘤，随后落在鱼眼上。男孩没管它们。要是赶它们，它们就要螫人。

几只燕子从河上掠过。它们的胸脯贴着水面。它们在洗澡，抑或是在玩耍。老汉瞅着它们的翅膀划出的灰色弧线，想起了大海上的飞鱼。

飞鱼也是这般飞翔，只是它们不是从天上栽下来，而是从墨绿色的深处跃出水面。他常常想起大海，偶尔也梦见大海。大海是那样辽阔，就连在梦中也看不到它的全貌。同大海相比，天空只不过是小小的圆盖。他还记得那些海豚，这是他见过的最逗人爱的鱼。他还记得轮船上的那个天主教堂。有一回风暴肆虐时，船上的人都聚集在里面祈祷。教堂里有一座垫着厚玻璃的沉重的圣像，玻璃下是类似甲虫那样的褐色东西。据说，这是圣忒瑞俄斯身子的一部分。这位圣徒虽然不胖，但很漂亮。他记得她那白雪的、丰腴的、半掩着的胸脯。她的圣像上没有光环。"她干吗需要光环？"一位旅客说，"有这胸脯，光环就一钱不值。"旅客们围着这座圣像祈祷，他只听见他们单调的声音："万福马利亚……喔喔喔—喔喔喔—喔喔喔……阿门！万福马利亚……"

他们在海上过得很愉快，一天早晨终于看见了低低的大地。大地在下面，在轮船的下面。这就是美国。他们沿着大海向美国驶去。现在既看不见海豚，也看不见飞鱼。上岸时，他们照了像，然后喝巴拉圭茶。对于没喝过这种茶的人来说，这东西很苦，很难喝，况且喝时又不加糖。直到后来，他才在一次野餐时习惯了这种饮料。这次野餐很快活，很热闹，有许多保加利亚人。也有美国人，但他们人少。菲利普跳起了鲁切尼查①舞，而一个像用纸剪的没有背部的美国女人轻轻摇晃着细长腿，笑眯眯地瞅着他。还有一些像她那样的薄片似的美国女人，但她们站得离他远远的。男人倒是很厚，他们抽着很粗的雪茄，吐着烟，哈哈大笑。他们很笨。他们笑得越来越厉害，由于抽烟而打喷嚏。谁也没有叫他们把雪茄从嘴里取出来，尽管这很简单，每个保加利亚人都会。

他很喜欢野餐，打算再去，可他已奉召回到保加利亚。祖国在危急中，留在美国的人被宣布为叛徒。菲利普从来没有当过叛徒。轮船又航行在大海上。这是另一艘船，教堂里的圣像也不相同。飞鱼又出现在他们身边，就像在河上飞翔的燕子一样。

"能做汤。"男孩子说。

"你说啥?"菲利普问。

"我是说，这些鱼能做汤。"

"是这样。"老汉说。

"我很会摸鱼。用鱼竿可钓不了那么多。"

"钓得少些，"老汉说，"可是鱼大。"

"又小又多才好。"男孩说。

他把鱼口袋放在河里涮了涮。

"别涮，"老汉说，"有鱼腥味。"

"好吧，我不涮。"男孩说。

---

① 鲁切尼查舞，保加利亚民间舞蹈，可意译为"手帕舞"。

他涉水到了河对岸。

"你可得听听老师是咋说的，"老汉说，"不要他说他的，你干你的。"

老汉断定，男孩没有练习斜体字，而且还咬铅笔。

他又站起来查看鱼竿，又钓了一条鱼。但是，这条鱼一出水就掉进河里去了，鱼钩在空中摆来摆去。一只水耗子夹着秃尾巴，在绿色的水中游来游去。菲利普朝它吐了一口唾沫，提着两条鱼朝草房走去。到了晚上，驼子会用铲子煎鱼。这是他的拿手好戏。

轻风慢悠悠地转动轮子。

太阳已经西沉，草房的影子同冷杉的影子重合在一起，老汉坐在草房前，屁股下垫着外衣。他一小片一小片地削苹果吃。这苹果汁多味美，可他不大管用的牙齿嚼起来仍然费劲。要是他的牙齿结实，雪白漂亮，就像塞内加尔士兵①的牙齿一样，那该多好，说不定塞内加尔士兵能咬碎石头，不眨一下眼睛。

他渐渐忘了咀嚼，侧耳细听着林中的秧鸡和山雀的叫声。山雀正用爪子梳理自己的羽毛。牙齿雪白的塞内加尔人当年倒在地下时，山雀正是发出这种连续不断的吱吱声。

他的脑子里浮现出了那天的情景。这情景犹如露天电影的画面——那儿，在村庄平整的场地上——画面很暗，有许多道道，但仍然清晰，能看清上面的人、自己的同志、鞋油

---

① 一战结束后，占领保加利亚的法军中有塞内加尔人。

盒、刮脸刀、中尉。最重要的是，他在人群中看见了自己。他仿佛从画面上走下来，瞅着电影里的另一个人。

他一眼就瞅见了那个农妇。在她前面，一名士兵正背朝着她干活。远处，在战线那边，空中悬着一个气球。士兵转过脸来，菲利普看见了自己——刚理过发，蓄着胡子。老汉为自己的模样笑了，打心眼里高兴，点着头，似乎在为士兵鼓劲……不过，他没有缘由为士兵鼓劲，因为他知道后来出了什么事。士兵继续擦着多皱的靴子——嚓，嚓，嚓——刷子移动着，要把皮鞋擦亮。他不时往靴子上呵气，然后又用刷子擦。

他当时是勤务兵，熟悉上尉的这双靴子。他天天擦，有时还一天擦两回。靴子已穿得很旧，后跟的左上方有一条皱痕，不管怎么擦都总是擦不平展。皮上已划了许多伤痕，上尉为此找过管理员，要他换一双像样子的。上尉为靴子之事着急得不得了，因为有人说国王可能视察前线，有些司令官要去休假。不过即便国王不来，他也希望去休假。

上尉吹着口哨穿好了靴子，对着桌上的镜子刮起脸来。

"咱们可得有所准备。"他把刀子在皮带上蹭了蹭。

勤务兵瞅着他，有些站立不稳。流行性感冒害得他周身乏力。

"是！"勤务兵说，"我是从美国回来的。我不是叛徒。"

"这很好，"上尉说，"保加利亚就指望咱们。"

刀子没把连鬓胡子修好，还得重来。

"是！"勤务兵说。

他提起水罐，为上尉浇水——上尉刮脸时就得这么着。他看见气球迅速下降。但是，他并不感到惊慌，因为每天都有人把气球升上去再拉下来。勤务兵菲利普压根儿就不明白，干吗非要把气球升上去，然后又拉下来。

"这很好，保加利亚就指望咱们。"上尉说。

"国王也指望咱们，"勤务兵说，"这是那天将军对我们说的……"

"是呀，是呀，"上尉打断他的话，"可咱们不能指望他们。"

上尉说得对。此刻，当他正在刮脸，而勤务兵提着水罐站在他旁边的时候，国王——奥地利亲王和王后齐塔却正在被毁坏的"什蒂列·麦谢"大教堂里默祷，然后开始巡视伊若卓—特里亚门托战场。汽车在意大利北部的公路上行驶，满目疮痍的景象真够君主看的。刚打过仗，他们就来到这儿，想看到官兵们的欢呼。他们没有看到官兵们的欢呼，倒是看到了被遗弃的大炮——其轮子可以装配几千辆嘎嘎作响的大车，还有其他装备、衣物和散发着臭味的死马。"关好车窗！尸体。""天哪，哼……哼……哼……斯拉夫人是怎么祷告的？""呼唤阿门，陛下。这是教会斯拉夫语。""对，对，阿门！"眼前是遭到破坏的大自然和尸体。天哪，你……哼，哼，你未必到过这儿。只有耗子到这里来，可就是国王的汽车经过这里，它们也不哆嗦一下。"要是陛下有意再走，那就往左去圣米赫列高地吧。""行，行。"国王瞅着右边说。

"是呀，是呀，"上尉含糊其词地说，"咱们不能指望他们。"

　　勤务兵菲利普从这句话里听出点名堂,他直挺挺地站着,罐里的水荡了他一手,可他没有动弹。为了祖国和国王,他曾飘洋过海。上尉的话使他怔住了。上尉先生知道海有多大吗?

　　"咱们往后不能指望那些人,"上尉小心翼翼地刮着脸说,"他们的炮弹落在咱们头上。"

　　老汉菲利普坐在草房边,看见勤务兵菲利普提着水罐站在上尉身旁。他现在仍不理解两人当时所谈的一切,可这一切至今还历历在目。

　　上尉又往左边脸上抹了抹肥皂。露天刮脸,肥皂水干得多快!然而,刮胡子刀并没有碰上脸。一股气浪袭来,水罐从勤务兵手中飞了出去。当他弄明白这是怎么回事时,他看见,上尉已侧身倒在胸墙上。接着,左边响起嗒嗒嗒的声音;那儿的预备机枪连跑出营地,躲进掩体。炮弹撕裂空气,菲利普蹲在胸墙后面,感到头顶上和身子周围的空气在颤抖,发出呼啸声。

　　一阵射击之后,菲利普首先想起的是水罐。这突然飞走的水罐,是使他回到现实的唯一重要物件。然后,他想起了上尉。上尉侧身躺在胸墙上。他抹着肥皂的脸白得像粉笔。一只靴子,有皱痕的靴子,别别扭扭地翘着。

　　"荒唐!荒唐!"谁的声音钻进了他的耳朵。

　　皱痕还是老样子,从下至上割裂了牛皮。不管怎么费劲用刷子擦,永远擦不亮了。

"天哪,荒唐!"

他怕得冒了一身冷汗,由于感冒而脸色苍白。他伸出手来,行了一个举手礼。可靴筒上的那条皱痕⋯⋯

他们是谁?围着上尉的是些什么人?是预备机枪手吗?⋯⋯抹着肥皂的脸依旧那样没有一点儿血色。靴筒上的那条皱痕⋯⋯傍晚,他看见老远的前线后边又升起了气球。驮炮弹的马队上路了⋯⋯马和人看上去只是小黑点。他想,我们的榴弹炮将进行反击,也许将发起进攻,挺进奥德林湖。士兵们对此议论纷纷,可军官对此噤若寒蝉。"兄弟们,士气怎么样?"军官们问道。"士兵吗?(这种士气同任何精神的东西一样是看不见的)很旺盛。"士兵们说。随后,侦察员带来一个塞内加尔人。他身材高大,皮肤发紫,牙齿锃亮。他见了谁都笑着点头。一个乐天派!

哨兵朝他背后开了枪。事后,勤务兵打林边走过,看见他躺在地上,牙齿锃亮。尽管他脸上露出某种惊讶的神色,但他还没有来得及现出恐惧,仍然在笑。

"咱们不必那么残忍。"机枪连连长说。

"咱们该把他养着。"士兵们说,"可是,没有面包。好像他们就养着我们的俘虏!"

面包确实不够,英国人和法国人未必还会继续养活我们的俘虏。

"用什么养活他呢!又不是我们叫他来的,也不是我们侵犯了他的国家。"

"要是他待在塞内加尔,谁也不会碰他一下。"

"那地方远得很。我叔叔到过君士坦丁堡，也没有听说过有这样一个国家。"

"大概很远，在地球的另一边吧。"

"地球上没有这个国家，我们学过地理。"

"那就在地球之外。"

大家不再议论塞内加尔人，因为他是从极远的地方，从人类之外，从士兵们陌生的世界来吃他们的面包（本来就没有），杀害他们的。他们被杀得够多了。

他们应该报复。

士兵们最后一次向上尉致敬，然后把他掩埋了。大家在他的十字架上挂了一顶头盔，可当夜又刮风又下雨，头盔被掀到新坟上，勤务兵菲利普第二天发现里面装了水——大概有两捧。尽管在战争中人不像人，勤务兵仍然用皮带把头盔绑在十字架横木的一端，让它下雨时积水。说不定上尉死时想喝水。

塞内加尔人的尸体露置林边，无人掩埋。由于雨水冲刷了整整一夜，他的衣服周正了，双手和指头舒展了。只有他的头发没有直立起来。那一头浓密的鬈发在紫色的皮肤上结成了一小圈一小圈。

勤务兵为上尉挂好了头盔，就去找塞内加尔人的尸体，可是他看见什么东西夹着尾巴跑进了树林。他知道，这是狼，于是扭头就走。每逢这种时候，他总感到恶心。

老汉哆嗦了一下——那只夹着尾巴的野兽，确实在赤杨树丛边探头探脑地走着。他眨巴眨巴沉重的眼睛，认出了猎狗迪亚纳。

"迪亚纳！迪亚纳！"他唤着狗。

猎狗趴下来，用尾巴扫着泥土。它回过头去，什么也没有看见，于是狐疑不决地朝老汉走来。它走近老汉，低下头，乖乖地准备挨揍。老汉可怜它，同时又怨恨驼子。何必对一条病狗下毒手呢？衰老、疾病、狗蚤已经把它虚弱的身子折磨得够受了。

驼子还没有回来。

但是，菲利普老汉并不因此感到孤独。

他从来就不像年轻人那样感到孤独。年轻人独自待着时，心里就空落落的，因为他缺少老年人那样的回忆，命运之风还没有把他带到天涯海角，就像有朝一日秋风使落叶归根一样。当菲利普回忆自己的一生时，他觉得，这并非回忆，而是一个很长的梦，或者是一本很厚的书，比《圣经》还厚的书。而且，也比《圣经》可信。书中装满了美和善，对人有用，因为这是真情实感。他有时想向驼子讲述自己的身世，可驼子喜欢跟兽医聊天，要不就去打猎。他有时想跟老婆说说，可又觉得这是多余的，因为俩人心心相印，无需交谈。至于星星，也许它们是实实在在的。他的回忆像他身上脱落的皮屑一样，是实实在在的，谁也夺不去——不管是飘洋过海，还是薄荷，还是战争，都永远印在他的心里。他问自己：想不想重蹈覆辙？他想使一切重复一遍，但他最想同老婆一起重踏薄荷，要是这可能的话。

但是，这已经不可能了。

那些日子，他觉得，他是整个世界的一小部分，谁也不能把他同这个世界分开，因为这会破坏他的安宁。这就像谁也不能阻止河水奔向大海一样。河水越过种种障碍，奔流向前。

驼子对这一切全然无知。不过，老汉总有一天要告诉他的。一个人不该对别人隐瞒什么。每个人对别人都是一种教训，不管是成功还是失败。

直到太阳落山，驼子的影子才出现在河边。他身前的皮带上系了三只斑鸠。猎狗哼哼着，躲到老汉背后。

"起风了。"驼子说。

"我早就知道，"菲利普说，"昨晚的天空发红。"

"该给轮子上油了，"驼子说，"又干啦。"

轮子在上边，在他们的头顶上咕咕地响着，似乎正在犹豫要不要掉转方向。风向已经变了，风是从山那边吹过来的。

驼子坐在火塘边，老汉拨着余烬，往上加了些干柴。透过青烟，他看见驼子解下了子弹带。红色弹筒不见了。

驼子把猎枪一折，从弹膛里取出那个弹筒。

"我的迪亚纳有运气。"说着，他把红色弹筒塞进子弹带。

"出了啥事了？"老汉问道。

"我跟你说过，它有病。兽医要我把它毙掉。"

"真是这样？"

"一点不假。因此，我才经过佩特洛夫山，想在那儿下手。要是它不转过身来，我可真的开枪啦。"

"怎么个转过身来?"

"我一举枪,它正好转过身来。看来它已猜到我想下手。我一举枪,它就转过身来。"

"没有逃跑?"

"它不想逃跑。它一逃跑,我就开枪。可它一转身,朝我爬来。他边爬边瞅着我,一直爬到我脚下。它停下,抬起头来。要我说,跟人一样。"

"那当然!"

菲利普瞅了一眼猎狗。它蹲在火塘边,直瞅着两人交谈。驼子把铲子放在火上煎鱼。老汉瞅着他的脸,看见那张脸被火光映得通红。一对眼睛也通红。这是另外一对惹人喜欢的眼睛。老汉觉得,鸟的眼睛也是这种颜色,只是驼子的眼睛美丽而又善良。残者好行善——这是尼科尔乔神父说的。但是神父是个醉鬼,老汉不信他的话。老汉以为,一个人少了一条腿或者一只手要比少了头脑或少了良心好得多。他想起了前线,想起了那条像狗一样被毙掉的塞内加尔人,觉得这一切都是因为少了点什么,太出格了。他想,正因如此,使人致残的战争才是可怕的。

在这儿,在这静静的夜晚,一切都令人神往。坐在老汉对面的驼子也比往常善良。菲利普看不见他的背,他在一个劲地讲可怜的狗。猎狗不会说话,可老汉相信,这动物什么都懂,要不,它就不会满心喜欢地睁大一双黄眼睛。老汉也想起了那个偷香瓜的吉卜赛人,而且断定,驼子向他头顶开枪,不过是想吓唬吓唬他。

"你是个好人，"老汉说着，拨了拨火，"现在只差娶媳妇啦。"

驼子心事重重地一笑。

"这我知道，"他说，"你是知道的，就这么干！"

"当然要娶媳妇！"

菲利普老汉相信，会有人爱上驼子的。只要他是人，懂得爱，也就够了。谁要想不费一点劲就得到爱情，那他就是傻瓜。要是费了劲而得不到爱情，那这个世界还有什么意思。

放上铁铲的头一条鱼蜷曲成了一张弓，发出嗤嗤的声音。这是水淋淋的鱼肉的声音。驼子把铁铲放在火边，然后拿起斑鸠，动手拔毛。

一只飞蛾从暗处飞来，围着火塘打转。它飞近火苗，往上一蹦，掉进火里。它把火光当成了救星。

他们就着鱼肉和斑鸠肉吃了晚饭。猎狗啃了骨头。人和狗躺在草房前，驼子首先进入梦乡。迪亚纳很晚才睡着，梦中也不断地哼哼。它也许梦见了猎枪。驼子在梦中微笑着，大概他遇到了好事，也就是他应该干的和向老汉许愿要干的事。菲利普瞅着头顶上的星星怎样坠落下来，翻着那本关于自己一生的厚书，那本比战争、比海洋加上轮船和海豚还要厚的书；那本书比地球还要厚，因为地球上找不到塞内加尔，而他却看见过塞内加尔人。

晚风抚弄着轮子，终于使它动了起来，开始慢慢旋转。轮子上的铁链也不紧不慢地晃悠着，直到早晨，轮子将一直这样旋转，朝着群山旋转。

普查野兔

格奥尔基·米舍夫

[作者简介]

　　格奥尔基·米舍夫 (1935—) 生于保加利亚北部洛维奇州约格拉夫村，毕业于索非亚大学新闻系。当过《人民青年报》编辑和保加利亚电影制片厂创作人员，著有短篇小说集《穿着入时的男人》《秋季集市》，中篇小说《母权制》，电影剧本《普查野兔》等。

　　"我们这个国家呀，什么都想查个明白，"统计局特派员说，"简直可以说，就连这片草场上有多少根草，也得数清楚。"

　　他们在草场上走着，新的一茬柔嫩的绿草温顺地倒伏在脚下。所到之处，秋天的露珠滚落地上，他们身后留下一行黑糊糊的脚印。农民的便鞋都发胀了——这鞋是用猪皮制作的。统计员却挽起裤脚，露出一双印着黄色菱形图案的尼龙红袜。

　　"野物是我们国家的财富，"他觉得大家在听他解释，又补充说，"有一家报纸写道，这是我们祖国有生命的黄金。因此，我们国家想要搞清楚有多少财富。"

他悦耳的胸音使他颇像一位名副其实的演说家，他的话不可能不给听者留下印象。大家已有很长时间没有听过名副其实的演说家演讲了。以前下来讲话的人，不是不知所云，就是干巴巴地照本宣科。而这位表情严肃的高大男人（加上他那身高级料子制作的庄重的深色衣服）虽然挽着裤脚，显得有些好笑，却受到大家的尊敬。大家拉着麻绳编织的拦网，紧靠他走着。

这位表情严肃的男人昨晚一下公共汽车，就把狩猎队队员和当地的积极分子召集在一起开会。在成立普查委员会之前，他向大家讲了半天话。随后，他到狩猎队长家吃晚饭，留在那儿过夜。

第二天早晨，他到人民委员会时，普查委员会的委员们已经等候在那里了。他们带来了拦网，网子缠在大纺锤般的木桩上，有个青年，大概是新手吧，打扮得像是去打猎一样，肩上扛着崭新的双筒猎枪。一条深褐色的猎狗拴在他的马上，此刻正在打瞌睡。

"准备好了吗？"统计员精神抖擞地高声问道。

"除了没来的，全都到了。"年轻猎人回答说。

看来他刚刚退役回家，还没有忘掉军营里的诙谐。

"谁还没来？"统计员又问。

"茨维坦，"狩猎队长说，"一个兽医。"

统计员问兽医站远不远，大家回答说只隔一条街。于是，普查委员会的人全向那儿进发。

这个兽医正在兽医站前面忙碌，那儿拴着一匹马。马的左前腿红了一大片，鲜血顺着大腿往下流，慢慢凝固，就像从树皮下渗出的一滴滴树脂。兽医捏着一个带凸纹的药瓶，瓶里装着紫药水，他用棉团蘸了药水，涂在马的伤口上。棉团每回碰到伤口，马就浑身哆嗦，腿上的皮肤也皱起来，缰绳便哐当作响。

"茨维坦！"统计局特派员喊道，"昨晚就说好啦，可你现在在干啥？"

茨维坦仍然在给马搽药，没有理他。

"不能这样，年轻人，"统计员又说，"你是我们的国家工作人员，你应该执行指示。"

"您看，我有事，"国家工作人员说着，直起身子，"事情一办妥，我就赶到米哈拉去。"

他把药瓶放回兽医站，又穿着白罩衫折返回来，手里的一串钥匙丁当乱响。他从马旁经过时，瞅了瞅马，就动身了。

走在队伍最后的是一名小学教员。

"没有办法，伙计，"教员轻声埋怨说，一把抓住兽医的胳膊，"我撂下两个班，学生们要找学校的。可是，我不得不来。"

"还有一匹病马就要牵来，"兽医说，"要是找不到我，准去告状。每次我不在，总是这样。"

统计局特派员听觉很灵，他瞅了瞅窃窃私语的两个人，说道，不管怎么说，我们这些劳动知识分子就是不好侍候。

"我过去数过桑树、葡萄藤和樱桃树，"小学教员说，"到现在为止，我在十来个普查委员会中干过统计工作。"

这个教员还年轻，可他参加过十来个普查委员会。

"我们这个国家呀，什么都想查个明白。"统计局特派员于是说，接着又扯到草场上的青草。

他们在草场上走着，青草在骄阳下泛出白光。他们用肩膀拖着拦网。统计局特派员走在最前面，他的皮包带子咯咯作响。

时令已至九月末，已经开始下霜。原野上五彩斑斓，热气升腾。马车道两旁，干枯的玉米黄灿灿的，漆树仿佛在燃烧。野葡萄藤上攀附着结满果子的黑莓。杨树最先开始掉叶子，它们的树干很高，它们的汁液最先注入地下。

在秋天的一片宜人的浅黄色中，大地只有一个地方呈现出浅绿色和紫红色，那就是种满甘蓝的鲜亮的菜地。

普查委员会的人走到菜地旁边，停下脚步。

"这儿的兔子最多，"狩猎队长说，"要是运气好，会抓住点什么。"

"试试看!"青年猎人说。

可大伙在想别的。

"瞧，这菜长得多棒!"有人说，"收了大麦，我们就栽上啦，才两个月。"

拉网时，大家就种菜的问题做出结论：有水就有一切。统计局特派员想找点事干，就打开自己的皮包，检查登记本和铅笔。一支铅笔的笔尖折断了，他又小心翼翼地把它削好。

一切就绪，可以行动了。

"咱们应该把电影制片厂请来，"小学教员说，"有一回，我在纪录片上看过布尔加斯州①某地抓兔子，真有意思。"

"白费劲！"兽医说道。他还在想他那个兽医站，不知那儿现在出了什么事。大概生产队长把受了伤的马牵回去了，但是会不会有人牵来别的牲口呢？……有一次，他被叫到城里开会，恰好有人牵来一头吃撑了肚子的水牛。这头水牛啃了一夜甜菜叶子，肚子胀得像个气球，即便去找教授看也无济于事。牛死后，他被问责，判他赔偿三分之一的损失。

"放狗吗？"青年猎人问道。他脱了外衣，露出了腰上的子弹带，这条崭新的子弹带仿佛在咧嘴微笑。

"放吧。"统计员说。猎狗脖子上的皮带一松，它便猛地冲了出去，沿着地坎奔跑起来，边跑边闻泥土。它飞奔似箭，一眨眼就跑到了菜地的另一头。但它没有发现猎物。

"看来啥也没闻出来？"统计员说。

他本来以为猎人会来一句吉利话，可猎人却说，兔子并不像某些人想象的那么容易被发现，有时候寻找一整天，搞得精疲力尽，仍然见不到狡猾的兔子。这个猎人虽然刚学打猎，但他并不过分乐观。

"是呀。"统计员听了他的话，这样说道，于是又思索起来。

他不像早晨那样固执了。未出村前，他把一切都看得那

---

① 布尔加斯州位于保加利亚东部黑海海滨。

么简单容易，好像网一张开，祖国有生命的黄金就会扑通扑通往上蹦。可那是在村子里，那儿的每条街道都很容易被封锁起来，连麻雀也逃不掉。而在这里，在阡陌相连、灌木丛生和庄稼簌簌作响的原野上，情况完全不同了。简直是两样。

这种怀疑蓦地涌上他的心头，但他急于把它赶走，因为他有一句座右铭：相信一切。他为自己的座右铭感到自豪。

"咱们开始吗?"当大伙拉好拦网时，他问，"咱们先把那边拦起来，做个'口袋'。"

"慢着，"一个农民说，"那边低，网要拦在高处，兔子是往高处跑的，不会往低处跑，因为它后腿长，往低处跑会来个倒栽葱。"

"倒栽葱?"统计员想，"又不是球。球才滚动。"

拦网在斜坡上拉好了，由两个人扶着，其他人则在菜地里走来走去赶兔子。

"仔细看看大叶子下面!"狩猎队长说，"说不定兔子躲在下面。"

他们沿着地陌来回走动，拍着巴掌，又嚷又吹口哨，而统计局特派员则拍打着自己的皮包。他的皮包是用狗皮做的，光滑，闪亮，发出扑扑的沉闷声，就像一只有病的老狗哼哼一样。大家低着头捡土块，再把土块扔出去。土块在空中散了架，雨点般落在菜叶上。大家像是在撒播种子，只是没挎篮子。

等大家走到菜地的另一头，青年猎人想试试自己的猎枪。他装了一发子弹，举枪朝天鸣放。这一枪在旷野里毫无反应。

"别浪费子弹。"兽医茨维坦说。唯有他把两只手塞在衣兜里，既不喊，也不扔土块。

"我这在唤狗，"猎人说，似乎在为自己放这一枪辩护，"猎狗不见了，什么也听不见。"

过了一会儿，猎狗真的跑回来了。它抱愧似地尖声叫着，鼻嘴上满是寻找兔子时沾上的泥土。大家往前移动拦网，到了玉米地。统计员这回仍然待在网子旁边，说是拉网只两个人太少了。其实大家心里明白，他是怕把衣服弄脏。

"一副绅士派头，"茨维坦在大家离开统计员走远后，愤然骂道，"穿着华贵的衣服下乡，娇生惯养。"

"可能是没有旧衣服，"教员说，"你知道这干部挣多少钱吗？"

"两百块，"兽医说，"一个月两百块，一个子儿也不少。"

"真不少，"靠他们走着的一个农民说，"是新币吗？"

"那可是旧币！"茨维坦开他的玩笑说，"只有你才会要这种旧币。"

他们在玉米地里走着，吹着口哨，扔土块。快走完玉米地时，大家吹得厌了，就只扔土块，然后到了拦网旁边。

拦网什么也没套住，纹丝不动。虽然微风吹拂，可网子纹丝不动，因为那网眼实在太大啦，风很容易钻过去。拦网纹丝不动。

"白费劲！"茨维坦又说，"一事无成，干脆回家。"

"成不成没啥关系，"有个农民说，"反正要付钱给咱们。"

"可这是不义之财。"教员说。

"别唱高调，"农民脸带愠怒，"叫我来，就得付钱。"

"当然会付钱，"统计员走过来说，"我想，算两个劳动日不少啦，难道你们挣得比这还多吗？"

"我们合作社搞不好，原因就在这里。"教员说，"那钱柜就像一个筛子，没底，全漏啦。"

"您是会计吗？"统计员问。

"一个小学教员。"

"到你教了中学，你还会明白更多事理。"兽医说。

"这么说，你们好像怀疑我们的活动会有进展，"统计员说，"怀疑是头号敌人。"

"怀疑一切，我倒不敢。"这是茨维坦的声音。

一个个农民的脸上绽出笑纹，他们对茨维坦回敬的这一句话感到满意。他们过去就听过兽医同城里的来客争论。这个茨维坦能言善辩，天不怕地不怕。再说，这一带没有第二个兽医，要是把他赶走，就没有人给牲口治病。你瞧，教员就比较克制，他知道州府有师范学院，乡下不乏小学教员。

"得啦，别扯淡，"狩猎队长开口道，"咱们最好找个凉快的地方，看看老婆往咱们口袋里装了点什么吃的。"

半天确实过去了。南边天上的太阳升得老高，该打开口袋吃饭啦。大家躲到一棵梨树下，取出食品，侧身躺下，就着奶酪，痛饮装在汽水瓶里的白酒，谁也懒得去庄稼地里赶兔子，吹口哨，扔土块。

就连统计局特派员也迷上了白酒，再也不提他是干什么来的。别人也对兔子讳莫如深。谁也不会再提这回统计野兔之事，就像村子上空的风暴一样，喧嚣一阵后就无声无息了。

留在人们记忆中的，只有遍地露珠的秋日早晨和浅蓝色的菜地，只有旷野的喊叫声和那用来套兔子的、麻绳编织的长长的拦网。

图书在版编目（CIP）数据

手枪和小提琴：保加利亚现当代中短篇小说选集/余志和编
译. —上海：上海三联书店，2021.3
ISBN 978 - 7 - 5426 - 6956 - 8

Ⅰ.①手… Ⅱ.①余… Ⅲ.①中篇小说－小说集－保加利
亚－现代②短篇小说－小说集－保加利亚－现代 Ⅳ.①I544.45

中国版本图书馆 CIP 数据核字（2020）第 007588 号

手枪和小提琴：保加利亚现当代中短篇小说选集

译｜编／余志和

责任编辑／吴　慧
装帧设计／徐　徐
监　制／姚　军
责任校对／张大伟　王凌霄

出版发行／上海三联书店
　　　　　（200030）中国上海市漕溪北路 331 号 A 座 6 楼
邮购电话／021 - 22895540
印　刷／上海惠敦印务科技有限公司

版　次／2021 年 3 月第 1 版
印　次／2021 年 3 月第 1 次印刷
开　本／890×1240　1/32
字　数／215 千字
印　张／10.875
书　号／ISBN 978 - 7 - 5426 - 6956 - 8/I·1600
定　价／50.00 元

敬启读者，如发现本书有印装质量问题，请与印刷厂联系 021 - 63779028